Das Laubsägenmassaker

drei Erzählungen

Rainer Fischer

Der Autor Rainer Fischer schreibt seit 1988 Kurzgeschichten, Erzählungen und Experimentelles. 1992 Preisträger beim „Jungen Literaturforum Hessen". 2012 erschien die Kurzprosa-Sammlung „Küchendienst in der Hölle", 2013 der Roman „Der Kaktusforscher".

Mehr unter www.druckraif.de

Das Laubsägenmassaker

drei Erzählungen

Rainer Fischer

© Rainer Fischer 2016

Herstellung und Verlag: BoD - Books on Demand, Norderstedt
ISBN 9783741293511
Bibliografische Information der Deutschen Nationalbibliothek

Das Laubsägenmassaker..7
Irene..83
In der Künstlerkolonie.......................................145

Das Laubsägenmassaker

i. Der erste Tag

Alex zog die Tür hinter sich ins Schloss, und im selben Augenblick fiel ihm ein, dass er seinen Müllbeutel drinnen vergessen hatte. Vor ein paar Minuten hatte er ihn drinnen neben die Wohnungstür gestellt. Er war erstens voll und enthielt zweitens die Küchenabfälle vom Wochenende, die bereits anfingen zu riechen und zu tropfen. Er schloss trotzdem ab, warf dem Müllschlucker einen kurzen, bedauernden Blick zu und ging zum Aufzug hinüber. Zu dieser Tageszeit kam der Aufzug sofort, zum Glück, er war ohnehin dabei, sich zu verspäten. Wenn montags die erste Vorlesung um elf Uhr cum tempore begann, was bei dieser Vorlesung bei diesem Dozenten aller Erfahrung nach achtzehn Minuten nach elf bedeutete, man also scheinbar lange ausschlafen konnte, war es unvermeidlich – eine weitere und viel allgemeinere Erfahrung –, sich trotzdem oder gerade deswegen zu verspäten und außerdem viel zu müde zum Mitdenken zu sein.
In der Tiefgarage hatte sich jemand in einem Winkel neben dem Fahrradständer erbrochen, schätzungsweise schon Freitagnacht. Alex öffnete das schwere Bügelschloss und schob sein Rad nach oben auf die Straße. Für Mitte Januar war es warm. Er musterte den grauen Himmel und hoffte, dass es nicht regnen würde.
Zwischen der Ausfahrt und der Haustür dieses monströsen Apartmenthauses hatte ein Mann herumgestanden, der ihn bereits entdeckt hatte und jetzt auf ihn zuging: nicht mehr jung, ziemlich verbraucht, nicht mehr die meisten Haare auf dem Kopf und sicher nicht der Intelli-

genteste. Der Anorak, den er trug, konnte, auch als er noch neu war, nicht schön gewesen sein.

»Entschuldigung, junger Mann, ich hätte da mal eine Frage.«

Vielleicht sucht er nur die richtige Hausnummer, überlegte Alex und beging den Fehler, ihm ins Gesicht zu sehen.

»Haste nich' mal 'ne Mark für einen armen Wanderer?« Scheiße, ich hätte es doch wissen müssen. Das erste Mal, dass ich vor der Haustür angeschnorrt werde. Sonst stehen die Finanzexperten in der Innenstadt und erkundigen sich nach meinem Kleingeld. Sehe ich etwa aus, als ob ich zu viel Geld hätte, dachte Alex, bemühte sich wegzugucken, stieg auf's Rad und sah zu, dass er weiterkam. Hoffentlich würde der noch lang genug bleiben und welche von den Skinheads anquatschen, die irgendwo weiter oben in Haus wohnten. Die würden dann vielleicht »Ab ins Arbeitslager!« zur Antwort brüllen oder sonst etwas Nettes. Es schien zwar unwahrscheinlich, dass Skins in diesem nicht gerade vornehmen, aber immerhin neuen und teuren Apartmentblock wohnten, aber er hatte sie oft im Fahrstuhl getroffen, wo er ein »Tach« oder »Hallo« mit ihnen gewechselt hatte; andererseits, irgendwo mussten sie ja auch wohnen.

Er kam fast zehn Minuten zu spät, öffnete so leise wie möglich die Tür am hinteren Hörsaalende und trat ein. Niemand beachtete ihn, er setzte sich in die Mitte der noch völlig leeren vorletzten Reihe. Ganz hinten saßen zwei der Ober-Esoteriker des Fachbereichs und verfolgten die Vorlesung auch sonst eher distanziert. Einer von ihnen schrieb Vorlesungsmitschriften mit einem aufwändigen Computerprogramm, die er gönnerhaft an ihm genehme Kommilitonen verlieh. Beide schrieben furchtbar ironische Artikel in der Fachschaftszeitschrift. Direkt vor

Alex wölbten sich einige sehr unsympathische breite Rücken. Gewöhnlich saß er viel weiter vorn. Die ersten Reihen waren wie immer leer, in der Mitte verteilte sich die breite Masse. Wie in der Kirche seiner Kindheitserinnerungen.

Eine von drei Tafeln war bereits vollgeschrieben, Alex musste sich beeilen, um das abzuschreiben, gegen den Widerstand seines rechten Zeigefingers, der plötzlich unerklärlich steif und schmerzhaft war. An der Oberkante des rechten Mittelfingers, unterhalb des Nagels, hatte sich eine rötliche, schmerzhafte Mulde gebildet, in die der Stift ganz von selbst rutschte. Ob das jahrelange Schreiben ihn so deformiert hatte? Außerdem konnte er aus der ungewohnten Entfernung die Schrift kaum lesen. Schließlich holte er die Vorlesung in fieberhafter Anstrengung ein und bemühte sich, verständnismäßig einzusteigen und zu folgen. Der rheumatische Finger war etwas beweglicher und weitgehend taub geworden, er konnte wieder einigermaßen leserlich schreiben. Alex fand im gerade Abgeschriebenen einige Fehler. Der heutige Stoff war ganz uninteressant und fernliegend, zudem war der Prof noch chaotischer als sonst, vor allem deshalb, weil er sich mit dem, worüber er sprach, viel zu gut auskannte.

Die drei in der Reihe vor ihm hatten bereits aufgegeben und erzählten sich lieber von ihren Wochenenderlebnissen, wie viel Alkohol sich vernichtet und welche Frauen sie »durchgezogen« haben wollten. Alex kannte alle drei nur vom Sehen und aus Gerüchten, dafür allerdings sehr gut: das feiste Gesicht des einen, die schnieken Klamotten und den Silberblick des anderen. Er hatte sich lange ernsthaft gefragt, wer ihm die Hemden bügelte – er selbst doch bestimmt nicht, dass er eine Freundin hatte, die dumm genug dafür war, wollte er nicht hoffen –, bis er eines Tages durch Zufall mitbekam, dass der Typ noch bei seinen Eltern wohnte. Alex selbst sah seine Eltern nur während der Ferien, viereinhalb Stunden Bahnfahrt kostete das jedes Mal. Jetzt kam der dritte, ein schmerbäuchiger, fusselbärtiger Kettenraucher, mit seiner Story, was Alex endgültig aus dem Konzept brachte. Er ließ den Kugelschreiber fallen und steckte sein Schreibzeug ein. In seiner Tasche fand er ein grünes Taschenbuch, ein Samuel Beckett-Roman, den er in der Vorlesungspause weiterlesen wollte, und den er den dreien vor ihm jetzt gern um die Ohren gehauen hätte.

»Sex unmittelbar nach übermäßigem Alkoholkonsum wirkt sich ungünstig auf die Prostata aus«, sagte Alex so, das sie es hören mussten und sonst niemand, gleichzeitig blickte er über sie hinweg auf die Tafel und wählte einen möglichst sachlichen Tonfall.

Vor ihm waren sie still geworden. Alex sprach den nächsten Satz etwas lauter, akzentuierte ihn so hart wie nur möglich und spitzte jeden Konsonanten einzeln an: »Im fortgeschrittenen Alter, also ab etwa Mitte dreißig, führt das oft zu vorzeitigem Erguss und konstant tröpfelndem Harn.«

Drei befremdete Gesichter wandten sich ihm zu, die Reaktion der Asketen hinter sich bekam er nicht mit, umdrehen durfte er sich jetzt nicht. Die Antlitze der drei infernalischen Brüder, Kreationen aus Teig mit Haaren, fanden langsam ihren gewohnten Ausdruck wieder, also selbstherrliche Gehässigkeit und Gemeinheit, und während sie möglichst witzige Bemerkungen zu machen begannen und diese gegenseitig mit dem Grunzen quittieren, das bei ihnen das Lachen ersetzte, packte Alex seine Tasche und verließ eilig den Hörsaal.

Als sich Alex für sein Studienfach entschieden und mit dem Studium begonnen hatte, hatte er scheinbar grenzenlose Neugier und Enthusiasmus mitgebracht, was ihm jetzt eher kindisch vorkam. Innerhalb von drei Semestern hatte er seinen Eifer in tausend kleinen Arbeiten verzettelt, seine Professoren und Kommilitonen gingen ihm größtenteils auf die Nerven. Der Gedanke, so zu sein wie sie, war ihm unerträglich. Was er je gelernt hatte, hatte er wieder vergessen oder konnte es nicht mit den anderen Lehrinhalten in Übereinstimmung bringen. All das hatte sein Interesse zerstreut. Normalerweise zerstreut der Sprachgebrauch nur Zweifel, was doch eigentlich sinnlos ist, da Zweifel der Gravitation unterworfen sind: Mag man Zweifel auch zerteilen und auseinanderbringen, so ziehen sich die Zweifel gegenseitig an und finden wieder zusammen, um einen großen Zweifel zu bilden. Sein Interesse jedoch war immer mehr abgebröckelt und fortgeweht.

Alex schob Zigaretten rauchend sein Rad nach Hause, obwohl leichter Nieselregen fiel. Bei Regen lief er oft langsamer als sonst. Nachdem er die Vorlesung verlassen hatte, hatte er in der Mensa gegessen, ohne Appetit, nur aus Gewohnheit hatte er sich vollgestopft, bis das Tablett leer geräumt war, gleichgültig gegen das, was er aß, und obwohl er die rote Soße nicht mochte. Als er fertig gewesen war, hatte er sich vor Ekel ein Mastschwein genannt. Aber selbst das drohte zur Gewohnheit zu werden. Wenn sein Studium also sinnlos geworden war und nur noch überflüssige Anstrengung bedeutete, konnte er es ebenso gut aufgeben, besser gesagt, wäre es das Nächstliegende, es aufzugeben. Er konnte sich ohnehin nicht vorstellen, was er hinterher mit seinen sogenannten Kenntnissen anfangen sollte. Nur dass ihm alles, was mit Arbeit, Lebensaufgabe und Geld verdienen zu tun haben könnte, entweder noch widerwärtiger war oder es sehr schnell werden würde, sobald er sich damit beschäftigte. Dabei war er durchaus nicht faul. Aber selbst wenn im Bett liegen und Romane lesen, was er am liebsten tat, ein

Beruf wäre, würde er das nicht ein halbes Jahr durchhalten ohne durchzudrehen. Mehr noch, selbst Alltägliches ließ sich auf die Dauer kaum noch aushalten. Essen, trinken und die Abfallprodukte wieder von sich geben, den zerfallenden Körper waschen, einschlafen und wieder wach werden müssen, konnte ihn so anstrengen und auslaugen und wurde durch gelegentliches Glücksgefühl so schlecht bezahlt, dass er das nicht unbegrenzt würde aushalten können und schon immer öfter darüber nachdachte, einfach Schluss zu machen.

Die einfache Frage, wovon er lebte, fand keine Antwort. Er arbeitete zwar, produzierte jedoch nichts und verrichtete keine Dienstleistungen. Im Gegenteil verbrauchte er sie. Er hatte zwar Geld, aber er hatte es nicht verdient, er hatte zwar genug, um es auszugeben, aber es wollte ihm trotzdem nicht gelingen, damit und davon zu leben. Er aß und trank, vielleicht mehr als er brauchte, aber das schien es nicht zu sein, was seinen Körper noch am Leben hielt, viel weniger seinen Geist in Bewegung. Schade, dass ich nicht nach Erschöpfung bezahlt werde, dachte er sarkastisch, wenn schon nicht nach Leistung.

Also gut, schloss er, ich gebe das Studium auf und lebe weiter, solange ich noch zu leben habe, nämlich solange, wie mein Geld noch reicht, das ich jetzt habe, und dann springe ich von einer Brücke oder hänge mich auf. Und bis dahin kann ich machen, was ich will, ohne überflüssige Rücksichten nehmen zu müssen, ohne mir Gedanken darüber zu machen, wie es weitergehen würde. Geradezu romantisch, noch einmal richtig intensiv leben zu können. Das muss das Konsequenteste sein. Außerdem ist damit ein Anlass und ein Zeitpunkt für den Selbstmord fixiert, auch wenn ich diesen Zeitpunkt jetzt noch gar nicht kenne. Dann bin ich in der letzten Minute das blöde Gefühl los, ich könnte mich zu früh umbringen oder hätte den richtigen Zeitpunkt schon verpasst.

Zum ersten Mal an diesem Tag besserte sich seine Laune. Manchmal arbeitete sein Hirn doch noch richtig, selbst dann, wenn's drauf ankam. Er steckte sich keine neue Zigarette mehr an, sondern fuhr das letzte Stück des Heimwegs, und er freute sich auf den Tee, mit dem er sich aufwärmen würde.

Nach dem Abendessen und Abwaschen fiel Alex nichts besseres ein, als den Fernseher einzuschalten. Ein grimmiger Detektiv mit Hang zur Kahlköpfigkeit, wahrscheinlich wegen Hormonüberschuss, trieb dort sein Unwesen, den er sofort unausstehlich fand. Trotzdem war die Hälfte der weiblichen Rollen so angelegt und die Schauspielerinnen so gestylt, dass kein Zweifel daran bestehen konnte, dass sie ihm vor dem Ende noch zum Opfer fallen würden. Fast ebenso gut konnte man sich denken, welche männlichen Darsteller er entweder verprügeln oder niederschießen würde. Als sich schließlich der Showdown abzuzeichnen drohte, wurde Alex erlöst durch den Kaffee, den er beim Abendessen in Mengen getrunken hatte und der es ihm jetzt erlaubte, sich auf die Toilette zurückzuziehen.

Alex bewohnte ein Einzimmerapartment: Kochstelle und Kühlschrank waren an der dem Fenster abgewandten Seite eingebaut. Seitlich davon gab es ein paar Wandschränke, über die Alex gleichmäßig Socken und Handtücher verteilt hatte. Außerdem hatte er Bett, Schreibtisch, Bücherregal und Fernseher untergebracht. Dusche, Toilette und Waschbecken ergaben gleich neben dem Eingang ein miniaturisiertes Badezimmer, im Mietvertrag Nasszelle genannt.

Alex fixierte eine Stelle neben dem Spiegel über dem Waschbecken. Angenommen, ich wäre eine Frau, dachte er, dann würde ich dort meine Ohrringe aufhängen. Vor seinem geistigen Auge erschien ein Sammelsurium von

Ohrringen, kleine Anhängsel aus Altsilber, etwas größere aus Kupfer und Messing, wie aus Draht und in seltsamen Formen, Knäuel, Spiralen, Quasten, noch größere und seltsamere aus Blech, ein paar aus Holz und Leder. Kein Gold und keine Steine, falsche oder echte, die waren ihm zu hell für die Wand.

Er schüttelte den Kopf. Meine Ohrläppchen sind völlig unberührt, dafür habe ich eine Dachschaden.

Nach dem Händewaschen betrachtete er sich im Spiegel, da durch die Tür zum Wohnraum noch Pistolenschüsse zu hören waren. Der Krimi war noch nicht zu Ende.

Ich habe vortretende Knochen über den Augen, nicht bloß kräftige Augenbrauen. Überaugenwülste. Nase, Kinn ... Mein Gott, ich bin ein Neandertaler. Breite Nase, wenig Kinn, starke Wangenknochen, wulstige Lippen, und dann dieser Gesichtsdruck, der nun wirklich alles andere als Intelligenz verriet. Ich bin ein Neandertaler... Nein, warte. Die Stirn ist zu hoch, Neandertaler haben eine flache Stirn. Hm... Vielleicht ist das das Kinn doch nicht so schwach. Tja, da ist wohl doch viel vom homo sapiens sapiens reingekreuzt. Nicht mal für einen richtigen Neandertaler reicht's bei mir. Oder gleich für einen Dinosaurier. Hauptsache hässlich. Kommt von Hass.

Als Alex das Bad verließ, gluckste der Fernseher grad mit dumpfer Stimme: »Die Natur braucht uns nicht. Aber wir brauchen die Natur!«

Gleich morgen würde er den Fernseher verkaufen.

ii. Die Dachstube

Tatsächlich verkaufte Alex seinen Fernseher erst in der darauffolgenden Woche, obwohl es ihm ernst war mit seinem Entschluss, und er musste sich bis dahin fast Gewalt antun, um nicht von sämtlichen ihm bekannten

Fernsehfamilien einzeln Abschied zu nehmen. In derartigen, man könnte sagen, geschäftlichen Angelegenheiten wie Fernseher verkaufen besaß er eine sehr ausgeprägte Trägheit, die ihn die Dinge immer weiter aufschieben ließ. Nicht nur die Ausführung, allein die Entschlüsse waren unendlich anstrengend. Viel wichtiger als der Fernseher war noch, ein anderes Zimmer zu finden, da erstens das Apartment sehr teuer war, und er vor allen Dingen für niemanden mehr auffindbar sein durfte. Die jetzige Adresse kannten zu viele. Seine Eltern zum Beispiel wären schnellstmöglich angereist, hätten sie erfahren, dass ihr Sohn sein Studium aufgeben und in den Tag hineinleben wollte, vom Selbstmord einmal ganz zu schweigen. Und da Alex nun mal dabei war, sich aus der menschlichen Gesellschaft herauszulösen, schien es ihm selbstverständlich, dass Einwohnermeldeamt, Universitätsverwaltung, Kreiswehrersatzamt, Finanzamt, Polizei und ähnliche Institutionen seinen Aufenthaltsort nicht mehr kennen sollten. Die Folgen dieser Illegalität konnten ihn ja nicht mehr treffen. Schließlich wollte er noch seinen einstigen Kommilitonen aus dem Weg gehen, Professoren und Dozenten sah er außerhalb der Uni sowieso niemals.

Noch vor der Wohnungssuche löste er sein Bankkonto auf, nicht nur um laufende Abbuchungen zurückzuhalten, sondern auch um zu verhindern, dass seine Eltern weiter Geld überwiesen und so sein Leben ungewollt verlängerten. Außerdem trug er seine Fachliteratur ins Antiquariat. Die geliehenen Bücher brachte er selbstverständlich in die Universitätsbibliothek zurück. Den überwiegenden Teil seiner Bücher, hauptsächlich Romane und Erzählungen, ein bisschen Drama und ganz wenig Lyrik, wollte er natürlich behalten.

Ein bisschen tat es ihm um sein Apartment leid, es war eigentlich recht komfortabel, und es gab genug Leute,

die sich für genau so etwas ein Bein ausreißen würden. Sein Vater hatte seinerzeit Herrn Viereck, dem Hausverwalter, fünfhundert Mark zustecken müssen, um es zu bekommen, und immer noch hatte man es wie eine Gnade annehmen müssen. Alex war sicher, dass praktisch alle Mieter den Verwalter geschmiert hatten.
Unter allen Nachbarn gab es nur eine, eine Germanistikstudentin, die er ein bisschen kennengelernt hatte, nachdem sie sich eines Tages seine TippEx-Flasche geliehen hatte. Alex hatte die Befürchtung gehabt, dass sie für den Mietvertrag mit dem Hausverwalter hatte schlafen müssen, aber eines Tages hatte sie ihm erzählt, dass ihr Vater ein Reisebüro leitete und er Viereck und Ehefrau für zwei Wochen eine Ferienwohnung in Florida kostenlos überlassen hatte. Manchmal ging ihm wirklich die Phantasie durch. Erst hatte er innerlich aufgeatmet, dann bedauerte er, dass die beiden drüben nicht von Straßengangstern erschossen worden waren. Er stellte sich die Schlagzeile vor: »Deutscher Hausmeister mit Frau in Florida bestialisch umgebracht« oder etwas in der Art. Dieses Vergnügen blieb anderen Leuten vorbehalten.
Tja, Hausmeister sind grundsätzlich Arschlöcher, genau wie Busfahrer, überlegte er. Eigentlich wäre das gar keine schlechte Idee, deutsche Hausmeister und Busfahrer nach Florida oder vielleicht Los Angeles zu schicken, wo sich die Ghettokids damit beschäftigten, sie um die Ecke zu bringen. Das hätte sogar den äußerst wünschenswerten Nebeneffekt, einige von den Nachwuchsgangster von ihren Weg ins Plattenstudio abzuhalten, wo sie sonst ganz grässliche Rap- und Hip-Hop-Musik produziert hätten, anders gesagt, Stottern durch soziale Indikation als Kunstform. Das hätte die Benutzung von Radios weniger gefährlich gemacht.
Alex erinnerte sich, dass er zufällig beim Betreten des Hauses die Rückkehr der beiden vom Floridaurlaub mit-

bekommen zu haben: Ein Taxi fuhr vor dem Haus vor, und es entstiegen der Vermieter im Hawaiihemd, seine Frau mit Strohhut und Sonnenbrille, beide braun gebrannt, sie aufgekratzt, er mit mit hochherrschaftlicher Attitüde. Während des Kofferausladens hatte Alex sich ungesehen und ohne Gruß vorbeidrücken können.

Trotz der fünfhundert Mark hatte Alex ein Apartment neben dem Fahrstuhlschacht bekommen. Das enthob ihn der Frage, ob dieses Haus laut oder hellhörig sei, nur hatte es Wochen und Monate gedauert, bis er die Fahrstuhlgeräusche spätabends und frühmorgens ignorieren konnte. Für Florida hatte es Westseite gegeben, die beste Lage.

Nun dauerte das Semester nur noch ein Woche, danach würde es schwieriger werden, ein Zimmer zu finden, weil viele Studenten weg fuhren, um zu arbeiten oder um Ferien zu machen. Vielleicht würde er für sein Apartment noch eine Provision herausschlagen können, aber er wollte auf keinen Fall einen Nachmieter suchen, bevor er ein neues Zimmer hatte.

Alex entdeckte beim Absuchen von schwarzen Brettern einen Zettel »Nachmieter gesucht für möbliertes Dachzimmer«, statt einer Telefonnummer war die Adresse angegeben. Vielleicht war das Telefon nur kaputt oder wegen einer unbezahlten Rechnung abgestellt, ihm wäre es allerdings am liebsten, wenn es dort gar keins gäbe.

Das Haus lag näher am Stadtzentrum als die alte Wohnung, die dafür recht nah an der Uni lag. Genau das, was er suchte. Auf beiden Seiten der Straße standen ziemlich alte und etwas heruntergekommene Häuser mit drei oder vier Stockwerken, die Straßenränder waren zugeparkt mit Autos, die meist ebenfalls ziemlich alt und ungepflegt waren, ab und zu war ein getunter Opel oder Ford dazwischen, manchmal ein neuer Kleinwagen. Falls dieser rot war, klebte am Heck ein Fisch-Piktogramm. Als ob Urchristen Auto fahren würden.

Alex' Adresse gehörte zu einem vierstöckiges Haus, das noch etwas schäbiger aussah als die Nachbarschaft. Die Ziegel waren mit der Zeit fast schwarz geworden, sahen aber noch sehr solide aus. Ein schmaler, verunkrauteter Rasen diente als Abstellplatz für Fahrräder. Beim Anblick der Klingeln hoffte Alex, sie würden vorläufig noch funktionieren. Es funktionierte sogar der Türöffner. Dachzimmer, erinnerte sich Alex und kletterte die Stufen hinauf. Überflüssig zu bemerken, dass sie knarrten. Oben im Halbdunkel des Treppenhauses wartete ein langhaariger Kettenraucher, der sich mit Peter vorstellte. Er begann auf Alex einzureden, anscheinend fürchtete er sein Zimmer nicht mehr bis zum nächsten Ersten loszuwerden. Das war zwar genau das, was Alex suchte, aber das brauchte man dem Typen ja nicht auf die Nase binden.

Als Fenster diente eine große Dachluke, eine Art Atelierfenster, wenn dieser Ausdruck nicht viel zu hochtrabend wäre. Dieser Anblick überzeugte Alex noch mehr als die niedrige Warmmiete davon, dass dieses Zimmer genau das richtige für seine letzten Monate sei. Das Zimmer war ansonsten ziemlich eng, Schrank, Bett, Tisch und Stuhl sahen so aus, als ob jemand zu geizig gewesen war, sie zum Sperrmüll zu geben. Dafür gab es ein recht neues Waschbecken, und ein Stück Wand war frei, an dem er sein Bücherregal aufstellen konnte. Damit waren seine letzten Bedenken ausgeräumt.

Peter nannte ihm nun schon zum vierten Mal die Miete. Da Alex wenig Fragen stellte, fiel ihm wenig ein außer »äh«, »ja« und »also«, und irgendetwas musste er ja sagen.

Der Besitzer des Hauses musste auf die Idee gekommen sein, die Wohnungen zimmerweise an finanziell minderbemittelte Studenten und andere arme Schweine zu vermieten, anstatt sein heruntergekommenes Haus von Grund auf zu renovieren. Die kleine Küche und die Überreste des Bades wurden etagenweise benutzt, Alex begutachtete sie nur flüchtig, sie schienen benutzbar zu sein. Bei einer derartigen Besichtigung entgingen einem die wahren Macken ganz zwangsläufig. Außerdem war ihm das alles ganz egal. Von den zukünftigen Nachbarn war glücklicherweise niemand zu sehen. Peter behauptete sie seien sehr ruhig, würden aber auch nichts sagen, wenn man selber mal laut wird. Und ein Telefon gab es tatsächlich nicht, aber die Zelle sei gleich um die Ecke, fügte er eilig hinzu, da Alex aus purer Schadenfreude mit keiner Andeutung seine Freude darüber verriet. Er war sogar Schwein genug, Peter zu fragen, warum er überhaupt auszöge.

Schließlich sagte er zu, froh darüber, diesen Nervtöter so schnell wieder loszuwerden und die Wohnungssuche dazu. In knapp zwei Wochen würde er einziehen können, und wenigstens ein lästiger Bewohner dieser Etage würde dann verschwunden sein. Er musste Peter noch versprechen, gleich morgen zu seinem Vermieter, einem Immobilienmakler zu fahren und den Vertrag zu unterschreiben und dabei auf keinen Fall die Kaution zu vergessen.

Alex machte sich am nächsten Morgen auf den Weg, um seinen Mietvertrag zu unterschreiben, nicht ohne Bedauern darüber, dass er dafür eine Vorlesung ausfallen lassen musste. Eigentlich mochte er Vorlesungen sehr gern, lieber als sich mühsam durch Lehrbücher zu quälen. Manchmal hatte er halt doch gern mit Menschen zu tun. Außerdem war es eine seiner letzten, da das Semester fast vorüber war.

Der Makler war in Wirklichkeit eine ältere Frau, mehr freundlich als herrisch, sie hatte eine hohe, graue Dau-

erwelle und offenbar rheumatische Knie, weshalb sie beim Gehen einen Stock benutzte. Sein rheumatischer Finger von neulich fiel ihm wieder ein. Eigentlich hatte er sich Mietspekulanten und Immobilienhaie ganz anders vorgestellt, aber so viel es ihm leichter, freundlich zu buckeln. Ihre Büroräume waren im Erdgeschoß eines gepflegten Altbaus untergebracht, ziemlich altmodisch eingerichtet und heute morgen jedenfalls überheizt. Außer der Maklerin gab es noch zwei Angestellte.
Sie legte ihm einem vorgedruckten, mehrseitigen Vertrag vor, den Alex nur überflog. Ihm kam die Idee, sich den Zeigefinger aufzuritzen und mit seinem Blut zu unterschreiben. Er reichte den Vertrag zurück, und die Maklerin begann, die Kopfzeilen auszufüllen. Alex bewunderte heimlich ihren Kugelschreiber und ihre Handschrift.
Nachdem sie Ort, Datum und seinen Namen eingetragen hatte, kam die die Spalte »Beruf«.
»Sie studieren, nehme ich an?«
Einfach ja zu sagen, war ihm jetzt zu dumm.
»Ja. Ich studiere Tautologie.«
Alex war in Versuchung, »Misanthropie im Nebenfach« hinzuzufügen, aber das war doch zu gefährlich.
»Im dritten Semester.«
Sie schrieb »Student« auf die freie Linie.
Da er nur Student war, wollte sie, eine reine Formalität, noch die Adresse seine Eltern haben. Einen Moment dachte er daran, ihr zu sagen, dass er keine Eltern mehr habe, aber dann würde sie sicher wissen wollen, woher er sein Geld bekam und ob er die Miete bezahlen könne. Aus Verlegenheit gab er die richtige Adresse an, immerhin würden seine Eltern später auf diesem Weg erfahren, was mit ihm passiert war. Wie perfekt die Welt doch manchmal funktionierte. Dann durfte er endlich die zwei Ausfertigungen unterschreiben. Bevor er ging, nahm sie ihm noch fünfhundert Mark Kaution ab.

»Für die Miete, falls sie beim Auszug in Rückstand sind, und für die Einrichtungen.«
Von den Möbeln sagte sie nichts, und Alex hütete sich zu fragen. Vielleicht wußte sie gar nichts davon, vermutlich war ihr das auch völlig egal, weil sie auf eine Gelegenheit wartete, das Haus günstig weiterzuverkaufen.

iii. Neues Leben

Zweitausendfünfhundertundsiebzig Mark hatte Alex zusammengezählt, die Scheine lagen nach Wert sortiert auf dem Tisch vor ihm. Dazu kam noch etwas Kleingeld, das zu zählen er jetzt zu faul war, vielleicht noch fünfzehn oder zwanzig Mark. Außerdem war die erste Miete bereits gezahlt. Sein Fahrrad hatte er an einen alternativen Fahrradladen verkauft. Hinterher kam ihm das ein bisschen wie ein Verrat an sich selbst vor. Vor allen Dingen hatte er sein Girokonto und ein altes Postsparbuch flüssig gemacht. Streng genommen hatte er sogar noch die Kaution des alten Apartments zurückzubekommen, aber die hatte Herr Viereck einbehalten, da er nicht fristgerecht gekündigt und auch nicht die Wände gestrichen hatte, wie es im Mietvertrag stand. Sicher war die Wohnung in den nächsten Tagen wieder vermietet, aber Alex zweifelte, ob er sich dazu würde aufraffen können, noch mal zum Hausverwalter zu fahren und nach dem Geld zu fragen. Es war ohnehin nicht sehr aussichtsreich, da der Verwalter immer für irgendeinen Schaden Geld zurückbehielt und in die eigene Tasche steckte.
Es war viertel nach eins, nachts, heute war der erste März, Jahresanfang des alten römischen Kalenders, der Beginn des Monat des Kriegsgottes. Tagsüber hatte Alex seine Sache herübergebracht, seine überflüssigen Möbel hatte er per Zeitungsannonce verschenkt an Leute, die ihm dafür mit dem Auto beim Umziehen halfen. Abends

hatte er sein neues Zimmer saubergemacht und eingeräumt, den Schrank vollgestopft und vor allen Dingen sein Bücherregal aufgebaut.

Durch die Dachluke konnte man Sterne zählen, so klar war der Himmel. Draußen war es bitter kalt geworden.

Zweitausend, Fünfhundert und Siebzig. Von jetzt an würde die Uhr also rückwärts laufen. Zweihundertfünfzig kostete das Zimmer im Monat. Das Geld würde schätzungsweise drei oder vier Monate lang reichen. Er hatte sich nicht vorgenommen, sparsam zu sein. Der Entschluss, sein Leben zu verändern und sich umzubringen, sobald sein Geld ausgegeben war, bedeutete durchaus, sich vorher noch etwas zu leisten, um nicht zu sagen, Geld auf den Kopf zu hauen. Vielleicht konnte er jetzt doch noch ein paar angenehme Tage haben, und das sollte nicht am Geld scheitern. Zumindest wollte er nicht schlechter leben und etwa Geld sparen, um seine armselige Existenz zu verlängern und zu verdünnen und immer weiter in die Länge zu ziehen. In die Mensa zum Beispiel wollte er nicht mehr gehen, abgesehen davon, dass er ja kein Student mehr war. Andererseits bedeutet nicht zu sparen nicht, in Ekstase und Verschwendung auf sein Ende zu zu rennen. Dafür brauchte man vermutlich nur einen einzigen Abend, und Alex war sicher, dass er genau an dem dazu bestimmten Abend nicht dazu aufgelegt wäre. Außerdem fand er es pompös und angeberisch, sein gesamtes Geld in einer Orgie durchzubringen und sich anschließend die Kugel zu geben. Mit zweitausendfünfhundertundsiebzig Mark wäre das wohl auch eher albern und armselig.

Immerhin hatte er sich nicht verboten, Geld einzunehmen. Vielleicht würde er im Lotto gewinnen, sechs Richtige mit oder auch ohne Zusatzzahl, das würde möglicherweise Jahrzehnte bedeuten. Das war überhaupt eine witzige Idee, er musste demnächst unbedingt Lotto spie-

len. Weiterhin hatte er die Möglichkeit, noch weitere Dinge, die er für überflüssig hielt, zu verkaufen. Er könnte sogar für Geld arbeiten, rein theoretisch sozusagen, denn es war zwar äußerst unwahrscheinlich, ohne danach zu suchen eine Arbeit zu finden, die bei ausreichende Bezahlung noch leicht und angenehm und vor allem nicht viel Zeit kostete.
Nur um Geld betteln würde er auf keine Fall, allein der Gedanke daran war ihm verhasst. Er selbst gab Bettlern niemals Geld, seine bevorzugte Entschuldigung war – abgesehen davon, dass er sich für nicht wohlhabend genug hielt –, dass man ja nicht dem etwas gab, der es am nötigsten brauchte, sondern dem, dem zu begegnen man das Pech hatte. Nein, zweimal hatte er es doch getan. Das eine Mal war es ihm einfach peinlich gewesen, dass sich ihm jemand in den Weg stellte und solange auf ihn einredete, bis er seine Mark bekam, und dann bedankte der Bettler sich auch noch. Damals hatte er noch keine Übung darin, einfach weiterzugehen. Das andere Mal war es ein kleiner, langhaariger Obdachloser gewesen, den er vom Sehen kannte, da er oft mit seinen beiden Hunden bei der Mensa herumlungerte. Der hatte ihn eines Samstagabends in der Innenstadt gefragt, ob er ihm dreißig Pfennig geben würde, die ihm für ein Bier fehlten. Diese Ehrlichkeit hatte Alex beeindruckt, wenn auch insgeheim eher belustigt, und er hatte ihm die dreißig Pfennig gegeben. Aber er selbst würde niemals Leute anschnorren. Voller Ingrimm stellte er sich vor, wie er an einer Ecke in der Fußgängerzone stünde, und niemand würde ihm etwas geben, da sie alle annahmen, er würde das Geld vertrinken, oder vielleicht Drogen davon kaufen oder nur Zigaretten. Dabei bettelte er sie um die Verlängerung seines Lebens an. Und die Zeit war schon wieder im Kurs gefallen, seit er nur noch trockenes Brot

aß, sie stand jetzt auf ein Tag zu sechs Mark dreiundsechzig. Ekelerregend.
Noch einen Kaffee und dann würde er endlich schlafen gehen. Zum Glück stand seine kleine Kaffeemaschine im Zimmer und Wasser gab es auch, sodass er nicht in die Küche musste. Während der Kaffee durch den Filter lief, nahm Alex die Geldscheine vom Tisch und versteckte sie portionsweise zwischen seinen Büchern. Dabei kam ihm der Gedanke, dass er durch die eigenmächtige Änderung seines Lebensplanes jeden, der jemals in ihn investiert hatte – seine Eltern und die Bundesrepublik Deutschland in erster Linie – übers Ohr hauen würde. Das hatten sie nun davon. Den Kaffee trank er, indem er sich auf dem Stuhl balancierend weit aus der geöffneten Dachluke beugte, Nebelschwaden ausatmete, die heiße dampfende Tasse von einer Hand in die andere nahm und nach Sternen, Straßenlaternen und noch beleuchteten Fenstern suchte. Als die Tasse leer war, legte er sich ins Bett, dessen Federn zu seinem Schreck sehr weit nachgaben, aber er war so müde, dass er bald einschlief.
Gegen Mittag wachte Alex auf, döste noch ein bisschen, stand schließlich auf und frühstückte umständlich, drei Tassen Kaffee und die Reste von den Brötchen und Kuchenstücken, aus denen gestern seine improvisierten Mahlzeiten bestanden hatten. Anschließend ging er den nächstgelegenen Supermarkt auskundschaften.
Nachmittags wollte er die Küche ausprobieren und die gerade gekauften Champignons braten. Sie sah im ganzen etwas alt und schmutzig aus, besaß aber immerhin einen nagelneuen Boiler. Ein paar Töpfe und Pfannen mit angetrockneten Essensresten standen herum und auf der Lampe lag fettiger Schmutz, als sei er wie Schnee darauf gefallen. Alex versengte sich fast die Finger an dem ungewohnten Gasherd, aber all das beeinträchtigte seine gute Laune keineswegs.

Pilze, dachte er, während er dieselben kleingeschnitten in die zerlassene Butter schüttete, fleischgewordene Verwesung, Knollen auf verfaulten Holz. Oder wachsen Champignons auf Stroh oder vielleicht auf Kuhfladen? Nichtsdestoweniger mochte er Pilze sehr gern. Wie wohl gebratene Aasgeier schmeckten?
Er begann, seine mitgebrachten Küchensachen in sein neues Schrankfach einzuräumen: eine Flasche Olivenöl, auf das das Essen besser rutschte. Spülmittel. Der Dosenöffner, das wichtigste überhaupt. Eine Dose roter Pfeffer, die er seit Studienbeginn besaß. Allen Anschein nach befand sich jetzt ein großer roter Klumpen darin, schüttelte man die Dose, so lösten sich einige Körnchen und konnten zu den Löchern heraus rieseln. Ein Marmeladenglas mit Salz, wovon er je nach Tagesform zuviel oder zuwenig nahm, ein anderes voll Zucker, eine Dose Curry, eine mit Oregano. Asche zu Asche, dachte er und streute reichlich davon über seine Pilze. Ketchup oder nicht Ketchup, das ist hier die Frage.

Später am Nachmittag, nachdem er sich an Pilzen mit Nudeln und Ketchup vollgestopft hatte, unternahm Alex einen Spaziergang in die Stadt. Es war immer noch eiskalt, es sah sogar aus, als ob es bald wieder schneien würde. Er lief in die Fußgängerzone, durch eine gepflasterte Straße mit Bänken, Abfallkörben und Pflanzenkübeln, ziemlich teure Geschäfte auf beiden Seiten. Vor einem standen Drahtkörbe mit Waren, Glas und Porzellan. Eine Frau kramte darin herum, Alex sah sie nur von hinten, sie trug einen schwarzen Anorak mit Fellkragen, teuer vermutlich, aber unauffällig. Als er noch etwa zwei Meter entfernt war, wandte sie sich um zum Weitergehen und verlor dabei einen Handschuh, den sie vorher ausgezogen hatte.

»Sie haben ihren Handschuh verloren«, sagte Alex und er fand dabei seine Stimme leise, vor allem heiser und kratzig, schließlich war er nicht darauf vorbereitet gewesen, reden zu müssen. Die Frau blickte sich suchend zur falschen Seite um, worauf er den schwarzen Fäustling aufhob, er war aus schwarzem Wildleder mit Fell und lag unter einem der Körbe, er gab ihn mit einem »Hier, bitte« zurück. Sie trug eine getönte Brille und ihr Gesicht war gebräunt, wovon auch immer, Skifahren oder Sonnenbank. Sie bedankte sich, aber das hörte er nur noch im Weggehen.

War das nun unhöflich, überlegte er. War sie wirklich froh, ihren Handschuh nicht verloren zu haben, oder auch ärgerlich, dass er, also ein vergammelter, ungepflegter Student – seine Schuhe waren lange nicht geputzt, und er trug seine alte, wattierte Jacke – ihren Handschuh in die Hand genommen hatte, den sie vielleicht einen Moment später ohnehin vermisst hätte? Er war vermutlich deshalb so schnell weitergegangen, weil er diesen Fall angenommen hatte, vielleicht auch aus Bescheidenheit oder vielmehr einer Art Minderwertigkeitskomplex. Hatte er überhaupt während des ganzen Vorganges etwas getan, was man wirklich mit Nachdenken bezeichnen konnte? Oder hatte sich nicht vielmehr sein Kopf ebenso mechanisch weiterbewegt wie Arme und Beine, ein Hampelmann, der automatisch Handschuhe aufheben kann? Er fühlte sich benommen. In dem Augenblick, als er in die Knie ging, erinnerte er sich, war es ihm peinlich gewesen, solche Bewegungen auf offener Straße auszuführen.

Falls er nicht stumm weitergegangen war, um, wenigstens für einen Moment, ein gutes Gewissen zu haben – anstatt gar keinem? – oder eine Art von Bestätigung, dass er doch noch irgendwie mit dem Rest der Menschheit zusammengehörte, so hatte er sich das gründlich verdorben. Oder war er einfach so nervös, dass er keinen verlorenen Handschuh auf der Straße liegen sehen konnte? Dann könnte man vielleicht weiter annehmen, dass er den Handschuh nur vor Ärger darüber aufgehoben hatte, wie ungeschickt sich diese Frau anstellte. Das war doch weit übertrieben, außerdem fiel ihm wieder ein, dass es ihm peinlich gewesen war, sie überhaupt nach dem Handschuh suchen zu lassen und nicht sofort darauf zu kommen, ihn selbst aufzuheben. Das war jetzt der Fall ins andere Extrem, er konnte sich doch nicht vorwerfen, dass er nicht noch schneller gedacht und gehandelt hatte. Ärgerte er sich jetzt nicht einfach nur darüber, dass jemand, wie er, einsam, desillusioniert und materiell arm, einer besser gestellten Dame, die sich den Nachmittag mit einem Einkaufsbummel vertrieb, einen blöden verlorenen Handschuh aufgelesen und sich dabei vor sich selbst zum Deppen gemacht hatte? Kam er jetzt nicht von diesem Thema los, weil er vielleicht langsam hysterisch wurde? Langsam dämmerte ihm, was ihn wirklich störte, er hatte sich unbewusst verraten: Er wollte gar nicht seiner Logik folgen und sich selbst ausschalten, sondern zurück zum Rest der Menschheit in ein ganz gewöhnliches Dasein, in dem er Frauen verlorene Handschuh aufhob und auch sonst vor langem erlernte Verhaltensmuster ausführte. Nichts weiter als alte Gewohnheit. Sehnsucht nach dem alten Unglück.

Die nächsten Wochen lebte Alex recht unbeschwert vor sich hin, kam nie vor Mittag aus dem Bett und hatte sich auch sonst angewöhnt, möglichst wenig zu tun. Er sparte nicht am Essen und versorgte sich darüber hinaus großzügig mit Wein und Zigaretten. Um seine freie Zeit und besonders die langen Abende totzuschlagen, unternahm er lange Spaziergänge und ging fast jede Woche ins Kino. Vor allem besorgte er sich viele Bücher, auf die er noch neugierig war und wofür er einen nicht unerheblichen Teil seines Geldes verbrauchte.

Er überlegte, dass er jetzt eigentlich dick und bequem werden müsste und außerdem gleichgültig gegen alles, was nicht mehr sein Wohlergehen betraf. Im Gegenteil schien er auf etwas Unbekanntes zu warten, wenn nicht gar es zu suchen, obwohl er sich sagte, dass das nicht sein konnte. Andererseits wäre es doch fast schade, wenn in seinen letzten Monaten nicht doch etwas aufregendes passieren würde. Eine Frau würde ihm vielleicht begegnen. Oder er würde einen Mord begehen. Fett wurde er auch nicht, stattdessen schien sich sein Appetit zu vermindern.

Seine unruhigen Spaziergänge wurden immer länger, alle Parks, Anlagen und Friedhöfe in seiner Reichweite lernte er kennen, alle Straßen; manchmal lief er bis zu seiner alten Wohnung oder zu Universitätsgebäuden, in denen er zu tun gehabt hatte. Das schien schon alles so lange her zu sein, als ob er sie in frühester Kindheit verlassen hätte.

iv. Die Ratten betreten das sinkende Schiff

Ein kalter Dauerregen fiel gegen die Scheibe – jedenfalls war der Regen gestern kalt gewesen –, und man würde jetzt aus der Ferne das Zwölf-Uhr-Läuten hören können, würde das Trommeln des Regens dieses nicht verschlucken. Alex musste sich also langsam entscheiden, wie er diesen weiteren Tag zu verbringen gedachte. Er war zwar nicht mehr müde, aber durchaus nicht Willens, eine Entscheidung zu treffen, wenn die Entscheidung ihn nicht treffen wollte. Da fiel ihm ein, dass er unbedingt einkaufen musste, da fast nicht Essbares mehr im Haus war. Eine Welle leichten Angeekeltsein stieg in ihm auf, denn die Entscheidung, was er heute essen sollte, war ihm noch unangenehmer als die, was er tun sollte.

Schließlich kam es ihm in den Sinn, den Nachmittag bei Gummibärchen und Cola im Bett zu verbringen und Dostojewski zu lesen. Er zeigte der Welt und dem Leben die Zähne, einmal mehr. Gummibärchen mit Cola bedeuteten so etwas wie die fröhliche, ironische Selbstkasteiung – Cola trank er selten und nicht besonders gern, Gummibärchen hatte er seit Jahren nicht mehr angefasst. Zu Dostojewski hätten zwar Schokoladenkekse und schwarzer Kaffee viel besser gepasst. Oder lieber Kakao statt Kaffee? Nein, dafür wäre immer noch Zeit.

Alex überprüfte sein Portemonnaie, bevor er loszog, ein Markstück als Pfand für den Einkaufswagen war da, aber das Geld würde nicht reichen, er musste einen Fünfzigmarkschein aus seinen Vorräten nachlegen.

Der Supermarkt war angenehm warm und trocken, gelb war die vorherrschende Farbe darin, und der Weg durch den Regen hatte Alex soweit zur Vernunft gebracht, möglichst für mehrere Tage Essen zu besorgen. Er schob seinen Einkaufswagen hastig an Obst und Gemüse vorbei zu den Konservendosen, genauer zu den Fertiggerichten.

Hülsenfrüchte schieden von vorn herein aus, überlegte er, und alles, was sonst noch Eintopf im klassischen Sinne war, auch. Gab es überhaupt Eintopf ohne Hülsenfrüchte, Linsen, Bohnen, Erbsen? Schließlich nahm Alex zwei Dosen Eierravioli in Tomatensauce, wie immer. Dann suchte nach Cola, wobei ihm ärgerlicher Weise einfiel, dass er die leere Flasche für den Pfand zurückbringen musste. Auf dem Rückweg fand er eine Flasche Retsina im Waschpulverregal, die er kurzentschlossen und für alle Fälle in seinen Wagen stellte. In der Nähe der Kassen fand er die Gummibärchen, eine extragroße Tüte Markenbärchen, nicht weit davon die Schokoladenkekse und, wenn wir schon mal hier sind, eine Tüte Kartoffelchips, Geschmacksrichtung Natriumglutamat.

Dostojewski war seit langem einer von Alex' Lieblingsautoren. Faszinierend fand er, wie diese Bücher ohne weiteres andere Schlussfolgerungen zuließen als die wohl eigentlich beabsichtigten, die Alex viel zu christlich, moralisch, zu nationalistisch und was sonst noch alles waren. Jedenfalls, wenn er hinterher das Nachwort mit der Interpretation las. Möglich, dass seine Romane auch weniger den Autor, der sich doch seiner Zwiespältigkeiten bewusst sein musste und trotzdem schrieb, als vielmehr den Leser ausdeuteten. Vielleicht verschlangen sie auch den Leser statt umgekehrt. Sie waren in dem Sinne innovativ, dass sie Dinge ausdrückten, die der Menschheit vorher entgangen und doch absolut real waren. Abgesehen davon, dass sie meistens sehr lang waren, waren sie nicht langweilig oder doch nur ganz selten, dabei düster, das Positive verneinend und was immer man noch hineinlesen wollte. Kurz, Alex hätte selbst nicht genau sagen können, was ihm so faszinierte. Jedenfalls war Fjodor Michailowitsch ein Genie.

Vor ein paar Tagen hatte er begonnen, noch einmal »Die Dämonen« zu lesen, hauptsächlich, um sich noch einmal zu vergewissern, dass zwischen Dostojewskis Selbstmörder Kirillow und ihm keine Ähnlichkeit bestand. Er fand sein Lesezeichen wieder und las etliche Seiten, bevor er müde wurde. Dann stand er auf, um sich ein neues Glas Cola zu holen, die Gummibärchen waren dabei, ihm den Hals zuzukleben. Die Cola half da auch nicht viel, sie war mittlerweile warm geworden. Er legte sich wieder aufs Bett, blätterte aber nur lustlos durch das Buch. Alex fand das vorangestellte Bibelzitat wieder, das er sonst nur überflogen hatte, und er las es. Es war eine Geschichte aus dem Lukasevangelium, von einem Besessenen, der von Jesus geheilt wurde, Jesus ließ seine Teufel in eine Herde Säue fahren, die nun besessenen Schweine stürzten sich in einen See und ertranken. Er las sie ein zweites Mal.

Wie dämlich, dachte Alex und hatte Mitleid mit den Schweinen. Der Besessene stürzte sich natürlich nicht in einen Abgrund, dafür mussten unschuldige Schweine herhalten, die ohnehin zu nichts weiter nütze waren, da sie nicht koscher waren und nicht gegessen werden durften. Woher kamen überhaupt die Schweine, und gleich eine ganze Herde, unter einer Bevölkerung von fanatischen Schweineverächtern? An den Borsten herbeigezogen?! Konnte denn Jesus die Teufel nicht unverpackt ins Wasser schmeißen oder vielleicht mit einem Stein um den Hals? Mit anderen Worten, war seine Wundertätigkeit begrenzt, oder musste einfach lebende Materie dabei verbraucht werden, als Showeffekt sozusagen anstelle von Knall und Rauch, damit die dumpfe Masse kapierte, was sie davon zu halten hatte? Eine derartige Machtdemonstration war doch eigentlich unchristlich.

Wie sinnig eigentlich, das einem Roman voranzustellen, das ist doch geradezu symptomatisch für Prosa aller Art, das unschuldige Nebenfiguren verheizt werden, damit die Hauptfiguren sich einen entscheidenden Millimeter weiter bewegen können.

Das seltsamste allerdings war, dass die Dämonen, oder was immer es waren darum gebeten hatten, in die Säue fahren zu dürfen. Das zu interpretieren ging ihm endgültig ab. Hatten sie nun Angst und erkannten ihren Meister und wollten gar keine Dämonen mehr sein oder war so ein selbstmörderischer Wunsch ein teuflisches Attribut? Waren sie denn überhaupt mit den ertrunkenen Schweine verschwunden? Das war dann wohl die Lebensberechtigung von Schweinen. Kann der Teufel ertrinken? Satanismus und Dämonologie waren nicht Alex' stärkste Fächer. Hatten Schweine ein Recht auf Selbstmord? – Nein, die letzte Frage musste er zurückziehen: Niemand hatte eine Recht auf Selbstmord, solange er ihn nicht erfolgreich begeht.

Spät am Abend desselben Tages kehrte Alex müde von einem langen Spaziergang zurück, wenn Spaziergang das richtige Wort dafür ist, ohne einen weiteren Zweck loszulaufen, als zu laufen und von einem bestimmten Punkt wegzukommen, ein langer und ereignisloser Weg. Die flüchtigen Eindrücke verschwanden im Treppenhaus und mit dem Schließen der Zimmertür. Er schaltete das Radio ein. Er schaltete das Radio wieder aus.
Der Regen vom Vormittag hatte nachgelassen und schließlich ganz aufgehört, übrig geblieben waren dahin hastende Wolkenfetzen, die sich im Mondlicht recht bedrohlich ausgenommen hatten. Nachtspaziergänge waren wie das Laufen durch einen weiten Tunnel mit alten Plakaten auf beiden Seiten und schwacher Beleuchtung oder durch ein Museum nach Ende der Besuchszeit. So als ob er sich für dieses Museum den Eintritt nicht leisten konnte. Manchmal war er auch der Museumswärter, der nach der Schließung seine Runde machte und nachsah, ob alles noch an seinem alten Platz stand.
Den Nachmittag über war er immer unruhiger geworden, wie ein Wolf im Käfig, abends war sein Magen eine Art Knoten gewesen, sein Kopf eine rot glühende Wüste, in der es unmöglich geworden war weiterzulesen. Die frische, von Regen gereinigte Luft hatte seinen Kopf zwar etwas abgekühlt, die Zigaretten hatten ihn beruhigt und abgelenkt, die stetige Bewegung des Laufens hatte allerdings in seinem Magen ein unangenehmes Rumoren hervorgebracht. Mit ein bisschen Phantasie hatte er einen Teil davon als Hunger umgedeutet, abzüglich der Seitenstiche.

Merkwürdig, dachte Alex, wenn ich mich Frage, ob ih noch etwas essen soll oder nicht, entscheide ich mich meistens für Kaffee. Wenn das kein Kompromiss ist. Wozwischen, zwischen Nicht-Essen-Können und Nicht-Nichts-Essen-Können. Die Kaffeemaschine stand auf dem einzigen Tisch, den Alex ohnehin nur noch zum Essen benutzte und auf dem das benutzte Geschirr bis zum nächsten Abwasch stehen blieb. Bei einer neuen Mahlzeit wurde es einfach nach hinten geschoben. Trotzdem standen und lagen auf dem Tisch einige Dinge, die von seinem alten Schreibtisch stammten, ein Becher mit Stiften, ein Bleistiftspitzer und andere Kleinigkeiten. Dazwischen lagen Brotkrümel und verloren gegangenes Kaffeepulver.
Vor Ekel so satt sein, gingen seine Gedanken weiter, dass man nie wieder essen möchte. Oder lieber leer werden und immer leerer, bis sogar jede Möglichkeit für Hunger verschwunden ist wie bei einer Maschine. In seinem halb leeren Magen verdaute es und wollte mehr, dieses halbsatte Hungergefühl regte ihn auf, wenn auch ganz anders als der ganz leere Magen, der sich am liebsten selbst verdauen möchte. Er würde sich wieder vollstopfen, bis sich im Magen nichts mehr regen konnte, und dann nie wieder essen wollen. Am liebsten Kuchen.
Es schien ihm, als habe er über zwanzig Jahre hauptsächlich Dreck gegessen, weil seine Eltern ihm das angewöhnt hatten, um ihn großzuziehen. Im Grunde genommen hatten sie das sogar geschafft, und jetzt war es praktisch unmöglich, damit nicht weiterzumachen. Manchmal hatte er Lust, richtigen Dreck zu essen, ein bisschen Erde und Schlamm, ohne Fett und Kohlenhydrate, und natürlich würde er genau das niemals tun. Woher auch geeigneten Dreck bekommen? Vielleicht eine Handvoll Blumenerde aus einer Grünanlage. Er müsste sie dann entweder gleich an Ort und Stelle ver-

zehren vor den Augen von spielenden Kindern und spazieren gehenden oder auf Bänken sitzenden Rentnern, oder er müsste die Erde einstecken und nach Hause tragen und in seinem Zimmer essen. Beides gleichermaßen absurd.

Genauso irrational war früher der gelegentliche Wunsch, sich auf Kommando erbrechen zu können, zielsicher auf die Füße des Gegenüberstehenden, der dann raten durfte, was die gutbürgerliche Vorverdauungsküche ihm als letztes vorgesetzt hatte. Rheinischen Sauerbraten mit Semmelknödeln und Blumenkohl? Und schon hätte er eine Waschmaschine gewonnen. Alex erinnerte sich, diesen Wunsch gegenüber ihm besonders unsympathischen Personen gehabt zu haben. Wobei Erbrechen doch wirklich unangenehm ist, insbesondere das Würgen im Hals, das Brennen auf den empfindlichen Nasenschleimhäuten und dieser elende Geschmack überall.

Er glaubte sich weiter zu erinnern, wie er während seines ersten Semesters gelebt hatte, zum ersten Mal ganz allein, mutterseelenallein, wenn das nicht sogar zu wenig gesagt hätte, dabei halbwegs glücklich und zufrieden war und sich von Käsebroten ohne Butter, aber mit Gurken und Ketchup ernährte.

Vorsichtig an seiner Tasse saugend streckte sich Alex bäuchlings auf dem Bett aus. Er wünschte, er könnte sich Augen und Ohren für den Rest des Lebens zukleben, seine Exkremente, abgeschnittene Fingernägel und ausgefallene Haare um sich herum auftürmen und eine Mauer um die Welt bauen, innen rot angestrichen. Zumindest noch ein bisschen im Dreck rühren, vor dem Einschlafen.

v. Die Frau

Eines Abends, es war jetzt Ende April, beschloss Alex einmal mehr, ins Kino zu gehen. Er musste sich beeilen, wenn er noch pünktlich sein wollte, und achtete beim Weggehen kaum darauf, dass einige Tropfen Regen fielen; er hatte keinen Schirm und nur eine dünne Jacke. Auf halbem Weg, er ging gerade durch eine der schöneren Einkaufsstraßen, fing es kräftig zu regnen an. Alex stellte sich unter eine Markise vor einem Schaufenster. Er stand vor einem Miederwarengeschäft. Er überlegte, ob er sich von Unterstand zu Unterstand durchschlagen konnte, um den Film noch rechtzeitig zu erreichen. Er lief wieder los, direkt in den Eingang eines Juwelier- und Uhrmacherladens. Die Schultern der Jacke waren bedrohlich nass geworden. Das Schaufenster interessierte ihn wenig, protzige Uhren und Schmuck mit zu vielen Ziersteinen. Es war ein starkes Gitter vorgelassen. Er zog den Kopf ein und lief noch einmal, diesmal unter den geräumigen Vorbau einer Bank, unter dem schon einige Leute standen. Der Regen wurde jetzt entschieden zu heftig zum Weitergehen. Über eine Viertelstunde stand er so mit den anderen und versuchte die Situation komisch zu finden. Er sagte sich, dass der Film ohnehin langweilig gewesen wäre und dass er ihn vielleicht später noch sehen könnte. Er sah sich den Regen an, wo er im Schein einer Straßenlaterne aufs Pflaster prasselte.
Schräg gegenüber war eine Kneipe, die in einem Kellergeschoss untergebracht war. Er war früher ein einziges Mal drin gewesen, wenn er auch nicht mehr wußte mit wem, und sonst sehr oft daran vorbeigegangen. Da Spazieren gehen bei dem Wetter ausgeschlossen war und er auch keine Lust hatte, den Abend zu Hause zu verbringen, überlegte er dort hinein zu gehen. Als der Regen etwas nachließ, lief er hinüber.

Das Leben schwand dahin wie eine brennende Zigarette, wurde immer kürzer und immer bitterer, und schließlich musste man aufpassen, den Filter nicht anzurauchen.
Alex drückte die Kippe im Aschenbecher aus und winkte der Bedienung, um sich eine zweite Rum-Cola zu bestellen. Er saß allein an einem kleinen Tisch in der Mitte des Raumes neben einer Art Säule oder Pfeiler. Die Wände bestanden aus unverputztem Stein, die Möbel waren ziemlich klobig, aber im Grunde war das ganz gemütlich.
Er beschäftigte sich auf dreierlei Weise, abgesehen vom Trinken: Erstens damit, in die Kerze auf dem Tisch hinein zu starren und an ihr herum zu kneten, zweitens einen Bierdeckel in winzige Stücke zu zerreißen, bis ihm die Fingerkuppen wehtaten. Interessant, dass er beides auch tat, wenn er nur allein in einer Kneipe saß und niemand ihm Unsinn erzählte. Drittens beobachtete er verstohlen die übrigen Gäste.
Das Publikum war ziemlich gemischt. Einige Studenten waren sehr leicht als solche zu erkennen. An einem Tisch in seiner Nähe saßen zwei Paare um die vierzig, die den örtlichen Dialekt sprachen, womit sie Alex an die Putzfrauen und Hausmeister in den Unigebäuden erinnerten, und die ihm durch ihre aufdringlich ornamentierte Kleidung, Frisuren und Schmuck und ihr lautes Lachen auf die Nerven fielen. Das Proletariat in den frühen Neunzigern. Bei einigen Gästen ließ sich kaum erraten, was sie sein konnten, etwa bei den beiden Frauen, die direkt in seiner Blickrichtung saßen. Eine drehte ihm den Rücken zu, so dass von ihr nur eine Lawine brauner Locken zu sehen war. Ihre Freundin war dunkelblond, vollschlank, wenn das der richtige Ausdruck war, ein wenig älter als er selber und hätte ebenso gut Theologiestudentin wie Bäckereiverkäuferin sein können. Alex machte sie beide

kurzentschlossen zu Sekretärinnen in einer Anwaltskanzlei.

Jetzt betrat ein Rosenverkäufern das Lokal, mit einem Strauß in der Hand und weiterem Vorrat in einer Plastiktüte. Während er mit aufreizender Langsamkeit seine Runde von Tisch zu Tisch machte, ärgerte sich Alex bei dem Gedanken, er konnte ihm von seinen Blumen anbieten, weil sich einsame Säufer manchmal zum Kauf überreden lassen. Nachdem er an allen gemischt besetzen Tischen gefragt hatte, hielt er den beiden Frauen den Strauß nur hin, Alex konnte ihn schließlich durch einen energischen Blick abschrecken. Er hatte nicht eine einzige Blume verkauft.

Die Prolls am Nebentisch freuten sich soeben lautstark über eine neue Lieferung Weißbier. Von wem hatte er dieses hässliche Wort Proll nur? Alex hasste Bier, er hatte früher gern behauptet, es sei eine Art biologisches Klebemittel. Ein schlechtes Klebemittel allerdings, gerade mal ausreichend, um Bierdeckel auf einer Tischplatte haften zu lassen oder um zweckfrei auf dem Tisch zu kleben. Die Bierpfützen des Vorgängers trockneten allerdings nur sehr langsam, man musste mit dem Finger darin herum malen und sie verteilen, um nachzuhelfen. Der Geruch war schlecht, säuerlich und erinnerte an mehr oder weniger Verdautes, während die Farbe dem entsprach, was später daraus werden würde. Wohl eher ein gruppendynamisches Klebemittel. Zum Betrinken war es auch nicht geeignet, weil man zu viel Flüssigkeit dabei aufnahm und dann wieder loswerden musste. Mit Sicherheit würden statistische Erhebungen ergeben, wenn man sie nur machen würde, dass Bier und Dummheit korreliert sind. Er beschloss, mit Wodka-Lemon weiterzumachen.

Die blonde Anwaltsgehilfin lachte gerade ebenfalls, und Alex entdeckte dabei einen Goldzahn in ihrem Mund.

Das erinnerte ihn an ein Gespräch, dass er einmal mit einem höheren Semester Zahnmedizin gehabt in der Mensa hatte. Der Mann hatte ihm sein Leid geklagt über all die verrotteten Zähne, die er täglich zu Gesicht bekam, und er hatte in einer Art komischer Verzweiflung weiter erzählt, wie ihm der Appetit verging, wenn sich eine gut aussehende Frau sich in seinen Zahnarztstuhl setzte, sie sonst sehr gepflegt war, und dann einen Mund voller kaputter Zähne öffnete, Plomben schon in den Schneidezähnen, die durch Zigarettenrauch orange verfärbt waren, oder alle Backenzähne bis aufs Zahnfleisch runter vergammelt. Alex hatte ihm seinerzeit erwidert, er hätte auch Orthopäde werden können, dann hätte er, wenn seine Traumfrauen die Schuhe auszögen, Hühneraugen, hornige Schwielen, eingewachsene Nägel, verkrüppelte Zehen und stinkende Haltungsschäden aller Art entdeckt.

Wenn meine Eltern, anstatt mich mit allem möglichen vollzustopfen, rechtzeitig darauf bestanden hätten, dass ich mir die Zähne putzte und keine Süßigkeiten aß, dachte Alex, dann hätte ich jetzt nicht gefüllte Backenzähne und hätte in aller Gemütsruhe Zahnmedizin studieren können. Es musste ein Traumjob sein ohne irgendwelche geistige oder körperliche Anstrengungen, ein freiberuflicher und hoch bezahlter Mechaniker. Er hätte zwar mit Menschen zu tun gehabt, aber sozusagen nur mit ihrem mineralischen Teil. Geschickte Hände hatte er immer gehabt und einen Hang zum Perfektionismus auch, oder doch beinahe. Nur konnte er es sicher nervlich nicht ertragen, mit kranken Zähnen zu tun zu haben, wenn er selber schon Karies gehabt hatte und oft genug Angst vor herausbrechenden Plomben und Wurzelentzündungen. Sonst hätte er jegliches Mitleid verlernen können. Zahnärzte mussten wohl extrem dickfällig sein. Er stellte sich vor, wie er allen möglichen Leuten in den Zähnen herum

bohrte, was dann vielleicht doch nicht so schön war, etwa bei dieser Frau mit dem Goldzahn. Dabei sah sie doch gar nicht so besonders aus, angenommen die Haare wären ungewaschen und strähnig und die Kleidung schlechter, so würde es sich geradezu aufdrängen, sie ein Schlampe zu nennen, warum, wusste er auch nicht so recht.
Jetzt hatte sie auch noch entdeckt, wie er minutenlang zu ihr herübersah. Vor Ärger und Verlegenheit nahm er einen tiefen Schluck.

Als Alex wenige Schlucke später seinen Wodka-Lemon ausgetrunken hatte, verabschiedete sich die brünette Freundin. Die blonde Goldzahnbesitzerin sagte, sie wolle noch bleiben. Die Bedienung hatte bereits Alex leeres Glas entdeckt und beeilte sich, es wegzuräumen und beiläufig zu fragen, ob er noch etwas zu trinken haben wolle. Er bestellte ein neues Glas. Die Frau saß ihm wieder gegenüber, sie schien geradezu Blickkontakt mit ihm zu suchen. Ohne ein Glas war Alex ihr hilflos ausgeliefert. Schließlich kam sie mit ihrem herüber und setzte sich ihm gegenüber.
Sie hieß Monika, was sehr seltsam war, da Frauen oder Mädchen, die Monika heißen, etwas dicklicher sind und vor allem dunkle Haare und eine dicke Brille haben, wie damals seine Kindergärtnerin. Er hütete sich aber, ihr das zu sagen. Außerdem musste er sich eine überzeugenden Grund einfallen lassen, warum sie nicht in seine Wohnung gehen konnten. Monika mochte seine Zigaretten nicht, sie seien zu stark. Im Grunde mochte er sie wohl selber nicht. Sie war übrigens Bankangestellte und mittlerweile auch ziemlich angetrunken.

Ihre Wohnung war ohnehin viel geeigneter als seine, auch wenn Alex nicht viel von ihr sehen konnte, da Monika nicht das Deckenlicht, sondern nur eine kleine Leselampe einschaltete, und er außerdem nicht viel Aufmerksamkeit übrig hatte, um sich umzuschauen. Sie waren noch mindestens eine Stunde unter ihrem Schirm in der nassen Stadt spazieren gegangen und hatten miteinander geredet. Sie hatten sich unter ihrem Schirm umarmt und geküsst, waren aber doch immer wieder kichernd weitergestolpert. Jetzt gab keinen Schirm und keinen Grund zum Gehen mehr. Sie redeten etwas Belangloses, und irgendwie gerieten ihre Hände aneinander, und schließlich küssten sie sich wieder.

Der weiche, helle Teppichfußboden war ideal, um Kleidungsstücke lautlos darauf fallen zu lassen. Sie hatte eine große, träge Zunge, sie war überhaupt ziemlich faul, mehr eine passive Genießerin und überließ Alex den größeren Teil der Arbeit.

Ihre Armbanduhr nahm sie erst ab, nachdem ihn sie mit dem Verschluss gestochen hatte, als ihre Hand über seinen Rücken fuhr. Beide lächelten sie nachsichtig, sie wegen der Uhr und er, weil er einen verwundbaren Rücken hatte. Ihre Ohrringe hatte sie gleich zu Beginn von allein abgelegt. Dass sie ihre Socken anbehielt, befremdete ihn, aber er wollte sie nicht auch noch bitten, die auszuziehen, oder es womöglich selbst tun. Außerdem standen in ihrem Unterkiefer die Vorderzähne schräg.

Nach einer Weile, als es endgültig ernst zu werden drohte, fand Alex unvermittelt ein Ohr direkt vor seinem Mund und küsste hinein. Seine Zunge traf auf einen widerwärtigen Geschmack, wie von einer ranzig gewordenen Mischung aus Schmierseife und Erdnussbutter. Er musste plötzlich husten und war nahe daran sich zu erbrechen, was in unmittelbarer Nähe ihres Gesicht doppelt unangenehm war, schließlich bat er um ein Glas Wasser und entschuldigte sich damit, sich verschluckt zu haben. Während sie das Glas holte, entdeckte Alex an der Wand über sich ein kleines braunes Holzkreuz, auf einem Schränkchen stand ein gerahmtes Foto von einem lächelnden jungen Mann.

Sie brachte das Wasser, und er trank langsam.

»Geht's dir wieder besser?« Sie hatte, bevor sie ging, ihre Bluse wieder übergezogen und stand jetzt sehr malerisch in der weichen Beleuchtung.

»Ja, geht schon wieder.« Er deutete auf das Bild. »Ist das dein Bruder?«

Sie stand auf und legte das Bild hin, mit dem Gesicht nach unten. »Das ist mein Verlobter.«

»Das ist oder das war dein Verlobter?«

»Er ist es. Er macht grad ein Auslandspraktikum in Bolivien.« Sie begriff reichlich spät, wie er das gemeint hatte. »Du hast doch nicht etwa geglaubt, dass ich für länger etwas von dir wollte.«

Unerquickliche Stille.

»Liegt das daran, dass ich eine alte Jacke trage und überhaupt nicht reich genug bin, an der hässlichen Nase oder an den langen Haaren?«

»Mein Gott, frag doch nicht so blöd. Christoph und ich kennen uns halt schon zu lange und wissen, dass wir zusammen passen. Außerdem bist du mindestens zwei Jahre jünger als ich.«

Sie nahm ihm das leere Glas weg. »Geht's wieder?«

»Und da dachtest du, wenn er so lange weg ist…«

»Ich bin ja keine Nonne, und außerdem muss er nicht alles wissen.«

»…und da dachtest du, du sucht dir bei Gelegenheit jemand anders, der an deiner Zunge saugt und wohl noch an ein paar anderen Stellen.«

Vorher hatte sie das alles noch für Spaß gehalten, jetzt war sich sichtlich verstimmt und musste erst wieder Spucke sammeln, ehe sie ihn wegschickte. Alex fand es um so peinlicher, als das er sich jetzt vor ihren Augen wieder anziehen musste. Er überprüfte den Inhalt seiner Taschen, bevor er die kleine Wohnung verließ. Nicht dass er hier seinen Haustürschlüssel vergaß.

Er stellte fest, dass er wieder weitgehend nüchtern war und das er jetzt einen ziemlichen weiten Nachhauseweg hatte. Es regnete immer noch ein bisschen.

vi. Ekel

Am nächsten Morgen wurde er von seinem Radiowecker geweckt, der zunächst laute, heftige Geräusche, ein dumpfes Gebrüll und Gejaule, von sich gab, das nicht sofort zu identifizieren war. Währenddessen wurde Alex immer wacher, fetzenweise schoss ihm der gestrige Abend durch den Kopf, ihm war, als müsse Monika noch neben ihm liegen, und er erkannte dabei sein eigenes Zimmer wieder.

Dass er nicht zerbrechen werde, schrie Kurt Cobain aus dem Radio, und das Lied war zu Ende, kaum das er es wiedererkannt hatte. Alex fand endlich aus dem Bett und schaltete das Gerät aus. Dabei mochte er diese Musik eigentlich, aber es war noch entschieden zu früh, noch nicht mal neun. Er zog sich wieder die Decke über den Kopf.

Er erinnerte sich, dass er gestern Nacht, als er nach Hause gekommen war, noch hatte Radio hören wollen, aber nur schmalzige Nachtprogramme gefunden hatte. Dabei musste er wohl versehentlich den Wecker gestellt haben. Der Radiowecker war ein Weihnachtsgeschenk seiner Eltern gewesen. Da Alex jetzt keinen Wecker mehr brauchte, benutzte er ihn nur noch als Radio, seit dem Verkauf des Fernsehers war er gewissermaßen seine letzte Verbindung zur Außenwelt, da er auch keine Zeitungen mehr las. Keine sehr starke Verbindung allerdings, er schaltete nur manchmal das Radio ein, um die Sender

nach erträglicher, nicht aufgesetzter und verlogener Musik abzusuchen.
Er war zu aufgekratzt, um einfach wieder einzuschlafen, gleichwohl todmüde. Sich hin und her wälzend zählte er im Kopf zusammen, was er gestern Abend getrunken hatte und kam zu dem Ergebnis, dass er eigentlich einen Kater haben müsste, wütende Kopfschmerzen oder so etwas. Stattdessen war er dabei, sich bis zur Weißglut aufregen zu müssen. Monika hätte er umbringen mögen, und sich selbst nannte er einen Idioten dafür, dass er nicht einfach genommen hatte, was er hätte kriegen können, oder dafür, dass er sie in irgend einer Form ernst genommen hatte.
Schließend meinte er, das Liegenbleiben nicht mehr zu ertragen. Der Gedanke daran, womit er der Tag verbringen würde, hielt ihm noch ein paar Minuten im Bett. Dann ließ er seine Wut an schwarzem Kaffee aus.

Alex blätterte in Michail Bulgakows »Aufzeichnungen eines Toten«, einem seiner Lieblingsromane. Er suchte eine bestimmte Stelle, da sie ihm wieder ins Gedächtnis gekommen war, Ekel am Ende einer verschwendeten Nacht, mit Fettflecken auf der Jacke und unangenehm klarem Morgenlicht, auch wenn der Anlass ein ganz anderer war als bei ihm selbst. Dann fiel ihm ein, dass der Roman abrupt endete und das Vorwort des fiktiven Herausgebers erklärt, der Ich-Erzähler sei in den Fluss gesprungen. Außerdem gab es weiter vorn in dem Buch die groteske Beschreibung eines Beinahe-Selbstmordes. Genau an solche Dinge hätte er sich jetzt lieber nicht erinnert. Je mehr ihm jetzt danach war, sich die Kugel zu geben, desto weniger wollte er davon hören.
Das Dumme an einem Selbstmord ist, dass schon so viele andere darauf gekommen sind und daher das Neue, Umwälzende weitgehend verbraucht ist, man bessert

damit nur noch eine Statistik auf, wird als krankhaft depressiv abgetan und vielleicht noch bedauert. Außerdem konnte man den ganz dummen Eindruck bekommen, damit nur nachzuahmen, was etliche Romanfiguren vormachten, zum Teil auch ihre Autoren. Dabei war sein Ekel vor fast allen Äußerungen des Lebens so echt und manchmal so intensiv, alle Fallstricke und Widersprüche so offensichtlich, dass die einzige logische, plausible Erklärung für ihn sein konnte, sein Leben möglichst schnell abzuschließen. Es würde sein Selbstmord sein, nicht der von jemand anderem, der Alex bloss ausführte oder nachahmte. Das Dasein musste einfach zu teuer bezahlt werden. Problematisch mochte vielleicht scheinen, dass ein klarer äußerer Grund, ein auslösendes Ereignis fehlte, das wie ein erlösender Befehl gekommen wäre, da eine fundamentale Lebensverneinung nur langsam und schrittweise die anerzogenen Werte ablösen und korrigieren konnte. Aber das hatte er schon geklärt, sein Leben lief aus wie eine Uhr, die nicht mehr aufgezogen wurde, wie ein Fass mit einem kleinen Loch im Boden. Vielmehr war gerade das Fehlen von Ereignissen eine der Ursachen, die ihn so weit trieben.
Der angefangene Tag wurde immer unerträglicher. Er konnte nichts mehr tun und er konnte noch weniger ruhig sein. In seinem Zimmer überkamen ihn beinahe in Zustände von Klaustrophobie. Er lief draußen herum, saß stundenlang auf einer Parkbank und starrte in den Ententeich. Zum Glück regnete es heute nicht, obwohl der Himmel grau und verhangen war, es war sogar beinahe warm. Als es Abend wurde, war er in einer nie zuvor betretenen Vorstadt angekommen. Er kaufte in einer Bäckerei drei übrig gebliebene, altbackene Brötchen, die er gleichgültig verschlang. Es dauerte noch recht lange, bis es schließlich dunkel wurde. Man konnte bereits ahnen, dass bald die Nächte warm und stickig werden wür-

den. Er ging fröstelnd nach Hause und legte sich ins Bett.
Er legte sein Gesicht neben das Kissen, kreuzte die Füße – Gewohnheiten, die er einfach nicht mehr loswerden konnte und von denen er nicht mehr wusste, wann er sie angenommen hatte – und versuchte zu schlafen. Seine Zähne drückten sich in die Backe ein. Möglicherweise würde er sich das Gesicht wund liegen, bevor er einschlafen konnte.
Unvermittelt fiel ihm wieder ein, dass er gestern in einem fremden Bett gelegen hatte, und dass seine Zunge eine fremde berührt hatte, vor nur etwa zwanzig Stunden. Minutenlang konnte er sich nicht mehr von Vorstellungen von Dingen wie Haut und Mund lösen, und das brachte ihn wieder ein gutes Stück vom Schlaf weg. Sein Kopf wälzte sich unruhig, immer noch neben dem Kissen, fast darunter, er kreuzte die Füße andersherum.
Ein paar Zentimeter unter ihm lag auf dem Fußboden Dreck: Flocken von Staub, ausgefallene Haare, Sand aus den Schuhsohlen, Krümel vom Brotschneiden. Alle paar Wochen fegte er das ganz gleichgültig weg. Der Fußboden bestand aus Bahnen von Linoleum, die sich langsam von dem lösten, was auch immer darunter war. Im Zimmer lebten mindestens drei Spinnen. Gelegentlich erschlug er eine, die allzu dreist in seiner Reichweite herumkrabbelte, diese drei jedoch saßen in den Ecken unter der Decke in kleinen, staubigen Netzen, und es gab keinen Grund für sie herunterzukommen, wenngleich es rätselhaft war, wovon sie überhaupt lebten.
Da Alex seit fast zwei Monaten nichts anstrengendes mehr zu tun gehabt hatte in Vergleich zu früher, hatte er sich angewöhnt, viel Zeit mit Schlafen zu verbringen. Trotzdem dauerte es jede Nacht endlos, bis er endlich eingeschlafen war. Dafür kam er mittags nur mit Mühe aus dem Bett. Und obwohl er in der letzten Nacht wenig

geschlafen hatte und erschöpft davon war, den ganzen Tag draußen verbracht zu haben, war es in dieser Nacht besonders schlimm, er schlief erst nach einigen weiteren zergrübelten Stunden, einigen Gläsern Wasser und mehreren Toilettenbesuchen ein.

Ab und zu kamen ihm in den folgenden Tagen der ketzerische Gedanke, Monikas Verhalten wäre plausibler gewesen als seines. Trotzdem war es eine Schweinerei, wie sie ihn behandelt hatte, sie aber schien ganz naiv ihren Egoismus für das Normalste von der Welt zu halten. Alex ärgerte sich, für dumm verkauft worden zu sein, ohne sich allzu sehr, vor allem allzu wirksam gewehrt zu haben. Er verbrachte immer noch viel Zeit damit, Monologe zusammenzustellen, in denen sie niedermachte, solange bis er sich wütend und beschämt fragte, ob er nicht doch wieder gern mit ihr zusammen wäre.
Das Beste schien ihm, sich von solchen Gedanken so weit wie möglich abzulenken. Öfter ins Kino, neue Bücher, vielleicht mal Essen gehen. Das würde allerdings einiges kosten. Am Ende hatte sie auf diese Weise sogar sein Leben verkürzt. – Hatte er sich das nicht schon alles vorgenommen?

vii. Reine Nervensache

Das Fenster des Dachzimmers lag nicht über der Straße, sondern nach hinten raus. Wenn er sich sehr weit hinauslehnte, sah er auf den Hinterhof hinab, der mit einem Maschendrahtzaun gegen das Nachbargrundstück abgegrenzt war. Der Hof wurde von niemandem benutzt, Gerümpel und Bauschutt lagen herum, dazwischen wuchsen Gras und Brennnesseln. Deshalb und weil das Zimmer oben unter dem Dach lag, drangen nur wenige Geräusche von außen hinein, wenn das Fenster geschlossen

war. Von seinen Nachbarn war ebenfalls nicht viel zu hören. Alex kannte sie noch weniger als die Nachbarn seiner alten Wohnung, wenn überhaupt nur daher, dass er sie kurz auf der Treppe oder auf dem Gang gesehen hatte, Studenten vermutlich. Er hätte anfangs nicht sagen können, ob sie tatsächlich ruhig waren, ob sie nur selten zu Hause waren, oder ob die Wände einfach alle Geräusche abhielten. Als das nächste Semester anfing, hatte Alex das daran gemerkt, dass der Wecker seines Nachbarn hinter der Wand, an der das Bett stand, ihn mit seinem durchdringenden Piepsen aufweckte, aber er gewöhnte sich bald daran und fiel dann jedes Mal in einen leichteren Schlaf zurück mit lebhafteren Träumen als vorher.
Manchmal knackte es vernehmlich im Dachgebälk.
Manchmal fand Alex ein Radioprogramm, das ihm gefiel, wo andere sich für ihn austobten oder ausweinten und das er längere Zeit laufen ließ, ohne sich über die Lautstärke Gedanken zu machen, wie geborgen unter einer Glocke aus Tönen. Dann konnte es passieren, dass ihm aus irgend einem Grund wieder einfiel, dass er Nachbarn hatte, die er vielleicht schon lange mit der lauten Radiomusik störte, und beim Weiterhören störte ihn diese Möglichkeit, ein schlechtes Gewissen haben zu müssen, eine Art Unwohlsein, bis er es nach einer Weile vergaß oder aber das Radio abschaltete.
Wenn er langsam und leise genug über den Flur ging, konnte er bemerken, dass durch die Türen viel mehr drang als durch die Wände. Auf der anderen Seite des Korridors gab es eine Tür, hinter der jemand ständig einen Fernseher laufen hatte, oder, da es dort praktisch zu jeder Tageszeit Spielfilme mit bombastischer oder dramatischer Hintergrundmusik gab, Schreien, Krachen oder entsprechend drastischen Dialogbruchstücken, einen Videorecorder in Betrieb hatte.

Alex erinnerte sich an sein altes Haus, wo man auf dem Korridor die Telefone hinter den Türen kichern hörte. Hier hörte er nichts dergleichen, vielleicht, weil es keine Telefone gab.

Solange Alex las oder etwas aß oder sich sonstwie beschäftigte, machte er sich kaum Gedanken über zu laute Geräusche. Es kam allerdings vor, dass er in seinem Zimmer saß, ohne irgend etwas zu tun und die Stille bedrohliche Ausmaße annahm. Das war meist am frühen Nachmittag, wenn kaum jemand nach Hause kam oder wegging, und jeder, der da war, still arbeiten oder sich ausruhen mochte. Dann tat er solange nichts als ängstlich und neugierig zu horchen, bis er meinte, ein lautes Ausatmen zu hören, Papierrascheln wie beim Umblättern von Zeitungsseiten, ein knackendes Gelenk oder vielleicht das Kratzen eines Stiftes, durch die Wand dumpfer geworden, bis diese Geräusche zusammenwuchsen, immer weiter anschwollen und ein bedrohliches Hintergrundrauschen hinter der allgemeinen Ruhe wurden, bis die Gegenwart der Nachbarn hör- und fühlbar geworden war. Dann war sein Gehör so empfindlich geworden, dass jedes Geräusch in seinen Ohren explodierte, das er nun selbst zu machen gezwungen war, Räuspern, wenn sein Hals sich verschloss, Knarren des Bettes oder der Bodenbretter, wenn sein Körper nicht mehr bewegungslos bleiben konnte, das Kratzen eines Gegenstandes, den er in die Hand nahm, einer Tasse, die er auf den Tisch stellte. Es war, als ob er alle unwillig lauschenden Nachbarn mit den privatesten Geräuschen seiner Existenz belästigte. Es war schlimmer, als nackt auf einem belebten Platz ausgesetzt zu sein, da er zwar gehört wurde, aber selbst niemanden und vor allem keine Reaktion zu sehen oder hören bekam. Am Ende vielleicht doch nicht schlimmer, da er schließlich die Möglichkeit einkalkulieren musste, doch nicht gehört zu werden, da er vielleicht mit dem Knallen eines zugeschlagenen Buches die Trommelfelle der Lauschenden zerreißen konnte, oder, indem er sich durch die Stimmen von Tür und Schlüssel abmeldete, sich damit gleichsam entschuldigte, sich ungesehen ins Ungehörtsein zurückziehen konnte und einfach das Haus verließ.

Mindestens zweimal pro Tag verließ er jetzt ohne besonderen Zweck das Haus, einfach weil sein Körper in der Enge des Zimmers außer Form und Funktion zu geraten drohte, weil er ermüdet und durch Bewegung durcheinandergebracht werden musste, um wieder einen erträglichen Zustand annehmen zu können. Das Zimmer selbst war mit drei Schritten durchquert, wobei er noch aufpassen musste, nichts umzustoßen oder zu zertreten. Durch den Korridor und die Treppe hinunter schlich er, als seien sie Friedhof und Minenfeld zugleich. Erst draußen fing er an, sich mit jedem Schritt, den er sich entfernte, besser zu fühlen.
Nachts ging er am liebsten in die Fußgängerzone hinüber mit ihren Lampen und erleuchteten Schaufenster, in denen er sich Dinge ansehen konnte, die ihn vielleicht interessierten, die er aber ohnehin nicht mehr brauchen würde. Einmal entdeckte er eine Kamera, die gerade so teuer war, wie das Geld, das er noch besaß, siebenhundert Mark. Ein kleiner schwarzer Kasten als Äquivalent zum Rest seines Lebens.
Tagsüber nahm er gern abgelegene Wege mit möglichst wenigen Menschen und möglichst vielen Bäumen und Schatten. Trotzdem musterte er neugierig die Leute, die ihm begegneten, ohne sie darum auffällig anzustarren. Nachts war das nicht möglich, wenn es nur noch Umrisse von Menschen gab, ohne Farben und mit wenig Einzelheiten, die sich entweder von ihm weg oder auf ihn zu bewegten. Kaum war er an denen vorüber, die er als un-

terschiedlichste Vertreter normalen menschlichen Daseins erkannt hatte, so hatte er sie auch schon wieder vergessen.

Zwei gab es allerdings, die er auch wiedererkannt hätte, wenn sie ihm weniger oft begegnet wären, und diese Begegnungen waren ihm bei beiden jedes Mal äußerst unangenehm. Die eine war eine alte, magere Frau mit einem unsicheren, wackeligen Gang, einem hellen, leichten Mantel und wirrem Haar. Als sie ihm das erste Mal auf der Straße entgegengekommen war, schien es von weitem, als halte sie etwas im Mund, eine Art Spange, beim Näherkommen erkannte Alex schockiert, dass das die Zähne des Unterkiefers waren, den sie trotzig vorstreckte, während der Oberkiefer zahnlos und eingefallen war. Wenn sie ab und zu und offenbar ganz unbewusst den Unterkiefer hob, schnappten die gelblichen Zähne ins Leere. Einmal hatte sie mit diesem Mund sogar eine Zigarette geraucht. Ihr begegnete er ziemlich oft und an entfernt voneinander liegenden Orten, offenbar hatte sie wie er die Angewohnheit, ausgiebige Spaziergänge zu machen.

Der andere war ein kleiner, dicklicher Mann mit einem kleinen Buckel, er trug außerdem einen Vollbart und einen Filzhut mit einem kleinen Büschel von Federn und hatte einen kleinen schwarzen, wolligen Köter bei sich.. Er wohnte in einer Baracke für Obdachlose, die ausgerechnet an einem von Alex' Lieblingswegen lag. Manchmal saß er draußen mit einem Radio, aus dem laut die entsetzlichste Schlagermusik plärrte und schmetterte, und versuchte vehement, auf einem verstimmten Banjo im Takt mitzuschrammeln. Zu anderen Zeiten beschäftigte er sich lieber damit, den Vorübergehenden etwas zuzurufen, was nur ein völlig unverständliches mechanisches Knarren und Räuspern ergab und ziemlich wütend klang, offenbar hatte er einen künstlichen Kehlkopf.

Bei beiden bemühte er sich weiterzugehen, ohne eine Miene zu verziehen, weder Ekel zu zeigen noch einem dritten gehässig zuzugrinsen. Zweifellos hatte er mit beiden auch Mitleid, aber die Abscheu überwog bei weitem. Ein paar Schritte weiter war die Qual jedes Mal ausgestanden, und wenn derartige Begegnungen seine Katastrophen darstellten, musste er sich doch eigentlich glücklich schätzen.
Was Katastrophenbilder betrifft, hatte wohl der Verlust des Fernsehers eine Lücke gerissen. Er war auf diese Weise mit Unglücken beliefert worden, mit schon passierten, gerade geschehenden oder nur fiktiven, Mord, Krieg, Folter und allen anderen sorgfältig ausgearbeiteten Formen von Gewalt. Diese Lücke wollte nun geschlossen werden. Welche Formen von Katastrophen fielen ihm noch ein? Umweltverschmutzung, Gentechnik, Überbevölkerung, der lang erwartete Dritte Weltkrieg, wenn auch in einer anderen Konstellation als früher angenommen, sowie überhaupt jedes schon gewesene Unglück noch katastrophaler wiederholt oder fortgesetzt werden konnte. Es war bezeichnend für Alex, dass er das alles hilflos und im Voraus vor dem Fernseher betrauert hatte, er war ein gläubiger Anhänger der bekannten Murphyschen Gesetze – erstens, alles kann schiefgehen, zweitens, alles wird schiefgehen.
Und seltsamerweise vertrug sich das ohne weiteres damit, dass er das Fernsehgerät ganz praktisch als eine Art Reißwolf für überschüssige Zeit benutzt hatte. Hatte er für eine bestimmte Zeit nichts Rechtes zu tun gehabt, hatte er ihn eingeschaltet. Hatte er für Sinnvolles nicht genug Konzentration übrig gehabt, hatte es dafür immer noch gereicht. Wenn er sich richtige Filme ansehen wollte, ging er ins Kino.
Da ihm jetzt aber der tägliche allgemein gültige Schrecken fehlte, konnte er geradezu die Überzeugung an-

nehmen, dass die Welt doch gut und friedlich sei. Es hätte ja ebenso gut sein können, seine Einbildungskraft den Horror in beliebiger Höhe weiter produzierte. Aber offenbar brauchten die Faulgase seiner Phantasie etwas zum Reiben, woran sie sich entzünden konnten.
Und an dieser Stelle hätten seine Spekulationen ihren Höhepunkt erreichen können, denn nach all diesen Ausweichmanövern gab es tatsächlich etwas, das beständig an ihm bohrte und zerrte, ohne das er damit weiterkam, und das war seine Kurzzeitaffäre mit Monika. Offenbar hatte er das Trauma, enttäuscht und weggeschickt zu werden, nur deshalb so grob provoziert, um ein Unglück zu haben, mit dem nicht fertig zu werden war, das nicht hinweg dacht werden konnte, sondern ihn zergrübelte. Im Grunde war es sehr bequem, auch und gerade für die ganz Normalen, sich etwas zum Hassen zu suchen, aber es verwickelte ihn in unauflösbare Widersprüche, dass er das mit Liebe verbunden hatte. Hatte er sich wirklich in den paar Stunden verliebt?

Es war bereits später Nachmittag, als Alex sich schon wieder der Haustür näherte und aus einem offenen Fenster im Erdgeschoß laute Musik hörte. Zuerst knallte ein Schlagzeug, dann wurde es von einer verzweifelten Mundharmonika angegriffen, die Musik legte sich in rhythmischen Schlingen aus, türmte sich zu einem Haufen auf, hielt kurz an und bekam eine durchdringende Stimme.
Das kam ihm bekannt vor, für einen Augenblick dachte er daran, denjenigen zu suchen, der diese Platte hörte.
Erst als er wieder in seinem Zimmer angekommen wa, fiel ihm wieder ein, woher er das Lied kannte: »When the levee breaks« in der Version von Led Zeppelin. Er hatte es bei einem Freund gehört, der Michael hieß und mit dem er während seiner letzten Schuljahre oft zu-

sammen gewesen war. Er hatte ständig diese altmodische, abgehobene Musik gehört, Pink Floyd, Jimi Hendrix, King Crimson oder Frank Zappa, am liebsten im Dunkeln mit Kerzen und Räucherstäbchen. Einmal hatte Michael einen Joint mit ihm geteilt. Er hatte zu fliegen angefangen über das plastisch gewordene Meer und auf den Gipfel zurück, Töne waren zu Farben geworden, Licht zu Klang und umgekehrt. Die nächsten drei Tage hatte er Kopfschmerzen gehabt.

Als Michael später seinen Zivildienst angefangen hatte, hatten sie sich nach und nach aus den Augen verloren und das Interesse verloren. So etwas war vorher und vor allem danach auch mit allen anderen Freunden passiert, die er gehabt hatte. Ihnen waren dann andere Leute oder andere Dinge wichtiger geworden, und wenn Alex sich dann mit witzigen Einfällen Aufmerksamkeit retten wollte, kam er sich bald wie der Hofnarr vor, der seinen Auftritt immer zu unpassenden Zeiten haben wollte, zu oft sowieso. Außerdem hatten sie meistens vermieden, ihn mit ihren anderen Freunden zusammenkommen zu lassen, was ihn insgeheim beleidigte. Dem einen oder der anderen hätte er manchmal liebend gern den Abschied gegeben, jedoch hatte er immer so wenig Freunde gehabt, dass er jeden so lange wie möglich behalten musste.

Seit ungefähr einem Jahr hatte er keine engeren Freunde mehr gehabt, wenig Zeit eigentlich, um sich von den Gedanken zu befreien, oder besser gesagt den Denkweisen, mit denen er sich ihnen zuliebe eingelassen hatte.

viii. Im Untergrund

Es war ein trister Maimorgen. Draußen würde die Sonne träge durch die Wolken klettern, hässliche Menschen würden über die Bürgersteige hasten und die städtischen

Parkwächter wären schon lange dabei, Autos aufzuschreiben. In seinem Zimmer stand Alex vor der Kaffeemaschine und beschloss, sich das Essen abzugewöhnen.

Was sich in seinem Magen regte, war alles andere als Hunger. Außerdem hatte er noch einen schweren Kopf. Chianti, dachte er grimmig, musste das italienische Wort für Kopfschmerzen sein. Eigentlich wäre jetzt die Zeit fürs Frühstück gewesen, jedoch war nichts mehr zu essen da.

Unter den sogenannten normalen Zuständen hätte er jetzt hinausgehen und um sein Dasein kämpfen müssen. Dazu ging man in sogenannte Läden, Supermärkte oder was auch immer und haute die Verkäufer übers Ohr: Man nahm die Sachen mit, die man für brauchbar oder wichtig hielt oder ganz einfach haben wollte, und gab ihnen dafür Papier oder Metallstücke, mit denen man sonst gar nichts weiter hätte anfangen können. Mit der richtigen Hochstaplermiene hatte es bis jetzt noch jedes Mal geklappt, wenn es auch manchmal sehr anstrengend geworden war, scheinbar unbefangen zu bleiben. Seine schlimmsten Gegner waren füllige Bäckereiverkäuferinnen. Allein der Gedanke an den Geruch von frischen Brötchen erweckte ein neue Welle von Übelkeit. Und ständig dieses verlogene Spiel, um Dinge essen zu können, die man vielleicht gar nicht essen wollte. Er schüttete Kaffee in das Säurebad hinab, das sein Magen war.

Es widerstrebte ihm schon, nur hinauszugehen in das Allerweltswetter und in all die stumpfe Geschäftigkeit, wo man dem Wunsch widerstehen musste, Uniformierten die Mütze über die Ohren zu ziehen und Autos anzuzünden. Heute allerdings schien ihm zudem der Vorgang der Nahrungsaufnahme so widerwärtig, dass er es aufgab und beschloss, vorläufig probeweise nichts mehr zu essen.

Bloß, was sollte er sonst tun?

So, wie man plötzlich bemerkt, dass man etwas in der Hand hält, von dem man nicht mehr weiß, wann und warum man es genommen hat, fand Alex unter seinen Gedanken, die ihm gerade durch den Sinn kamen, den Satz »Lerne leiden, ohne zu klagen«. Etwas diffus noch war seine anfängliche Zustimmung dem erhöhten Schwierigkeitsgrad gegenüber, als ob heißen würde »Gleichgewicht halten, ohne sich festzuhalten« oder »ohne Netz und doppelten Boden«. Dann wurde sein Widerspruch wach: Bedeutete das nicht statt dem Verzicht auf etwas, dass man nicht unbedingt brauchte, ein Verbot, das einen schädigte, verletzte, einengte und lähmte und gegen das man sich wehren musste? Es bedeutete heillose Resignation, wenn man es auf sich selbst anwendete, oder aber einen heuchlerischen Ratschlag, falls man gar nichts zu klagen hatte.

Streng genommen hatte er selber keine Möglichkeit zu klagen: Klage ohne Publikum.

Vielleicht war auch das Leiden der wunde Punkt in »Lerne leiden, ohne zu klagen«, falls man das Leiden vermeiden konnte, war das ganze Problem hinfällig geworden. Andernfalls macht man sich als Selbstzerquäler unbeliebt. Wenn man klagte.

Stunden später saß er immer noch da, Arme ineinander verknotet, Beine verknotet, der Magen ein weiterer Knoten und das Hirn auch. Elf Zigaretten waren in Rauch aufgegangen. Er grübelte immer noch an irgend etwas herum, und die Übelkeit stieg ihm bereits in der Kehle hoch.

Die seelischen und körperlichen Entzugserscheinungen waren also schon dabei, ihn zu überwältigen. Das kommt davon, wenn man schon vom frühesten Kindesalter an den Genuss von Nahrungsmitteln gewöhnt und schließlich davon abhängig gemacht wurde. Ebenso gut hätte er

versuchen können, sich das Schlafen abzugewöhnen. Oder besser das Wachsein.
Hunger! Essen! Nahrung!
Als die Visionen von Pommes frites mit Ketchup zu plastisch wurden, und er schon den Geruch in der Nase zu haben glaubte, gab er auf und ging zum nächsten Imbiss.

Kafkas »Verwandlung«, sonst eines seiner Lieblingsbücher, drang nicht durch, nicht in diesem dauernden Lärm und in dieser Luft. Innerlich stoßseufzend packte Alex sein Buch weg. Seine Wäsche würde noch etwa eine halbe Stunde rotieren in einer von den Maschine, die seltsamerweise rot gestrichen waren. Er fand ein herumliegende Illustrierte und blätterte sie uninteressiert durch, er stand auf und überflog die Wohnungs- und Arbeitsangebote am schwarzen Brett.
Unter den anderen Wartenden und Waschenden war ihm ein langhaariges Mädchen aufgefallen mit entzückenden dünnen Beinen. Sie trug eine enge kurze Radlerhose. Jetzt saß sie da und las in einem Englisch-Lehrbuch.
Die übrigen Anwesenden erschienen ihm eher nervtötend und aller anziehenden Wesenszüge ledig. Und alles Leute ohne eigene Waschmaschine.
Nachdem seine Maschine endlich ausgelaufen war, musste er noch schleudern und trocknen und fand das alles viel zu aufwendig und zu teuer. Einen netten Abend konnte man im Waschsalon sicher nicht verbringen. Nach einer Trocknung war seine Wäsche noch »mangelfeucht«, noch eine Mark bezahlen und auf »schranktrocken« warten, wollte er nicht, es war schon ermüdend genug gewesen. Er legte also seine Sachen zusammen, einschließlich Unterhosen und Socken, mit denen in der Öffentlichkeit zu hantieren ihm peinlich war, und packte sie in seine Tasche. Und zu Hause würde er alles wieder

in den Schrank packen müssen. Schicksalsergeben trug er seine schwere Tasche hinaus. Unterwegs bekam er eine blöde Bemerkung nachgeworfen von vier Halbstarken mit Baseballmützen, die wie die Hühner auf der Stange auf der Lehne einer Bushaltestellenbank hockten. Er verspürte den Wunsch sie zusammenzuschlagen, ohne dabei sonderlich wütend zu sein.

Vor dem Waschen war Alex schon Einkaufen gegangen, Ravioli und Toilettenpapier in der Hauptsache, und für die nächsten Stunden fühlte er sich derart erschöpft, als ob beides zusammen mehr als genug Anstrengung für einen Tag gewesen sei, wenngleich die Logik ihm sagte, dass das Universum längst zusammengebrochen wäre, wenn nicht die meisten anderen Leute erheblich mehr zu leisten imstande waren.
Gegen elf war er so weit, dass er wieder einen seiner Spaziergänge brauchte.
Alex konnte Litfaßsäulen und Riesenplakate nicht ausstehen, die einem hassenswerte Werbefotos und Sinnsprüche entgegen schleuderten wie »Liebe Autofahrer, achten sie auf Kinder«, »Kondome schützen«. »Von festkochenden Chefköchen aus klassischen Speiseölländern empfohlen.« Dagegen mochte er die alte, mit Plakaten zugeklebten Bretterwand, die er jetzt unversehens wiedergefunden hatte, übereinander geklebt und halb wieder abgerissen hingen dort Theater- und Konzertanschläge, Demonstrationsaufrufe oder auch Hochglanzposter, die Diavorträge über Nepal oder Peru ankündigten. Ein geradezu hochkulturelles Programm. Zum Glück stand grad gegenüber eine Straßenlaterne. Er war schon einige Male hier stehengeblieben und hatte irgend etwas interessantes entdeckt, beim näheren Hinsehen stellte sich dann heraus, dass das betreffende Konzert

oder die Aufführung schon Wochen zurücklagen. In solchen Momenten bedauerte er fast, dass er sich das Zeitungslesen abgewöhnt hatte.

Dieses Mal fiel ihm eine grelle, abstrakte Figur auf sowie ein ziemlich dämlicher Name, der einer finnischen Hardcore-Band, wie sich herausstellte, die am Samstag also in zwei Tagen hier spielen würde. Halb zum Spaß prägte er sich Ort und Zeit ein.

Das Konzert fand einen Tempel der hiesigen Subkulturszene statt, welcher im Gebäude des ehemaligen Strahlenmedizinischen Instituts untergebracht war. Alex war ein einziges Mal vorher dort gewesen. Der ganze Bau sah von außen sehr trist und nach Beton aus, innen eher chaotisch, die Wände vollgekritzelt, die meisten Details gnädig von der schlechten Beleuchtung verborgen. Hundert oder hundertfünfzig Leute mochten in den großen Raum hineinpassen, wo seltsamerweise Bühne und Theke, von einer Wand getrennt, nebeneinander lagen.

Den ganzen Samstag verbrachte Alex mit kaum etwas anderem als den Abend abzuwarten, nachdem er sich endgültig entschieden hatte hinzugehen. Er war einer der ersten zahlenden Kunden, eine Viertelstunde vor der ausgedruckten Zeit. Das musste er mit den Anfangszeiten im Kino verwechselt haben, in dem man vorher für seine Karte anstehen musste, während Rockkonzerte erst lange nach dem Einlass anfingen. Während er noch das Wechselgeld einsteckte und den Stempel auf seinem Handrücken begutachtete, beendete drinnen die Band ihren Soundcheck und zog sich in die Garderobe im Keller zurück. Hinter der Theke bewachte jemand die Bierkisten und las dabei in einem Taschenbuch. Alex konnte ihn dazu bewegen, ihm eine Flasche zu verkaufen, da er sich nicht die ganze Zeit mit seinen Zigaretten allein beschäftigen wollte. So fing er an, Bier zu trinken, während sich draußen erst der Abend rötete.

Alex hatte tatsächlich einige Augenblicke darüber nachdenken müssen, was er zu dieser Gelegenheit am besten anzöge, etwas sichtbar altes, kaputtes und möglichst cooles. Obwohl sein Besitz an Kleidungsstücken durchaus nicht der größte war, hatte er geglaubt, etwas passendes gefunden zu haben. Nun wurde ihm immer klarer, dass er einfach zu hell und zu harmlos angezogen war. Je dunkler es draußen wurde, desto zahlreicher kamen die Leute, und desto schwärzer waren sie angezogen, viele davon noch mit schwarzgetönten, haarlackgetränkten Frisuren. Zum Kontrast besaßen sie wachsbleiche Gesichter und Hände. Eine zweite, ihm genauso unähnliche Spezies trug weiße, bedruckte T-shirts und stoppelkurzes, gebleichtes Haar, war aber deutlich in der Minderzahl. Der Rest war indifferent verwildert, mit mindestens schulterlangen, strähnigen Haaren. Alex war sich sicher, dass man ihm ansehen konnte, sich nicht gerade oft in Gesellschaft wie dieser zu befinden, und fast ebenso sicher, dass niemand einen Gedanken darüber verschwenden würde. Schade eigentlich. Vielleicht würde man sich hier mit der Zeit akklimatisieren können. Seit langem war das zum ersten Mal ein Ort mit den dazugehörigen Menschen, der ihm nicht anwiderte. Die meisten rauchten sogar dieselben Zigaretten wie er.
Seltsame Heilige, gefallene Engel, arme Teufel. Müde Zyniker und gequälte Ketzer.
Alex' Blase war den Bierkonsum nicht gewöhnt, und so war er bald gezwungen, sich vor der einzigen Toilette anzustellen. Egal, dachte er, er hatte ja vorher auch nur gewartet. Jedenfalls dämpfte der Anblick des Kloraums sein Hochgefühl etwas, und er fragte sich, ob nicht einfach zuviel getrunken hatte, und ob sich nicht am Ende wieder alles in Ekel auflösen würden.
Mittlerweile war es entschieden voll geworden. Alex hatte die Beobachtung der Anwesenden wieder aufge-

nommen, als sich einige Leute durch den ganzen Saal bis nach vorn zur Bühne drängten. Es war tatsächlich die Band, an die Alex schon gar nicht mehr gedacht hatte. Was mochten sie bloß so lange in der Garderobe gemacht haben. Sie kletterten auf die Bühne und machten sich an ihren Instrumenten zu schaffen. Alex entdeckte, dass er in der Strahlrichtung der Bassboxen stand und kaum eine Ausweichmöglichkeit hatte. Immerhin stand noch jemand dazwischen, der größer war als er.
Sie waren nur zu dritt, Gitarrist, Bassist und Schlagzeuger, außerdem standen zwei Mikrophonständer auf der Bühne.
Eine kurze Basslinie sprang in den Raum, eine atemlose Pause und dann begannen alle drei Instrumente simultan eine Art rhythmisches Dahinrasen, das einen an eine durchgehende Mammutherde denken ließ. Die Lautstärke schlug wie warmen Wellen gegen die Magengrube. Oberkörper und Köpfe der drei ruckten im gleichen Rhythmus vor und zurück, was sich auf das Publikum übertrug. Mit langen Haaren sah das geradezu malerisch aus. Der Bassist war gleichzeitig der Sänger, wenngleich kein Wort vom Text zu verstehen war, wahr aber wohl auf Englisch. Der Gesang war genauso laut, verzerrt und aggressiv wie die übrige Musik. Der des Gitarristen war eher ein akzentuiertes Gebrüll zu nennen, trotzdem hatte diese Zweistimmigkeit eine sehr interessante Wirkung. Beiden hingen die Haare in den Mundwinkeln.
Nach dem ersten Stück sagte der Bassist Hallo und stellte die Band vor, bevor er fragte: »Is it loud enough? We should probably make it louder.«
Das zweite Stück war anders als das erste, jedoch auf genau dieselbe Weise rhythmusorientiert, und nach zwanzig Sekunden hatte Alex gar keine Vergleichsmöglichkeit mehr. So wie die Texte nicht zu verstehen waren, prägte sich ihm auch keine Melodie ein, und auch an den

Rhythmus erinnerte später eher wie an einen Zustand, gewalttätig wie eine Keule, fast archaisch. Hätten Steinzeitmenschen elektrische Gitarren besessen, hätten sie vermutlich ähnliche Musik gemacht. Der Schlagzeuger spielte viel, laut und genau auf den Punkt. Hagelschauer und Maschinengewehrsalven. Der Gitarrist war alles andere als ein Solist, eher ein Expressionist, gewalttätig und manchmal atonal, vor allem wenn die Gitarre rückkoppelte, pfiff, heulte und randalierte. Es klang nicht mehr nach Musikinstrument, aber auch nicht wie irgend etwas außerhalb der Musik. Der Bassist schien mit seinen Stop-And-Go-Linien die beiden zusammenzuhalten und in die richtige Richtung zu treiben wie ein Schäferhund seine Herde, er wirkte weniger weggetreten als seine Bandkollegen. Am Ende des zweiten Stücks zogen sie ihre Hemden aus, wischen damit den Schweiß von den Instrumenten und warfen sie nach hinten. Dunkle nasse Haar auf blassen Oberkörpern, tätowierte Oberarme. Das war also Hardcore, wie der Ahnungslose sich das vorstellt hätte, dachte Alex, ohne das Ironie und Bewunderung im Widerspruch gestanden hätten.

Es war unmöglich, diese Musik anzuhören und bewegungslos zu bleiben, abgesehen davon, dass das in der dichten Menge eher Rempeleien provoziert hätte als sich mitzubewegen. Es fühlte sich einfach gut an, mitzutanzen, den Oberkörper ruckartig und im Rhythmus zu verbiegen, als ob man den Kopf von den Schultern abknicken wollte. Einen momentlang wünschte er sich längere Haare. Bloß niemanden verletzen. Er versuchte, seine Arme mitzunehmen. Aber seine Knochen weigerten sich, über einen bestimmten Punkt hinauszugeben und er lief Gefahr sich reichlich blöd vorzukommen. Er schloss die Augen und wog Kopf und Schultern.

Auf die Dauer wurde er müde, Arme, Beine, Kopf und seltsamerweise die Lendenwirbel fühlen sich wie ausge-

leiert an. Vor allem hatte er Seitenstiche bekommen. Er schätzte ab, wie lange es noch dauern würde, und korrigierte sich innerlich aufseufzend, als ihm einfiel, dass es noch mindestens eine Zugabe geben würde.
Sie spielten so ungefähr eineinhalb Stunden und verließen schweißnass und sichtbar erschöpft die Bühne. Natürlich mussten sie sofort für die Zugabe wieder zurück. Der Gitarrist hatte Mühe, seine Gitarre wieder zu stimmen, er besaß aber glücklicherweise noch eine zweite. Sie improvisierten noch mehr als eine Viertelstunde, und jeder bekam ein langes Solo, als letzter der Gitarrist, der fast ausschließlich mit Feedback spielte, bis ihn der Bassist, ungeduldig, da er solange nur »Wumm-Wumm-halbe Pause« spielen durfte, ihm gegen den Verstärker schubste.
Der Tumult löste sich bald, und die Musiker verschwanden endgültig. Die meistens Leute gingen ebenfalls nach und nach, wahrscheinlich um anderswo weiter zu trinken. Alex wäre ganz gerne geblieben, hatte aber eigentlich keinen Anlass mehr. Außerdem musste der Veranstalter auf Grund irgendwelcher Verordnungen pünktlich um zwölf Uhr schließen.
Auf dem Nachhauseweg und während der nächsten Stunden, in denen er nicht schlafen konnte, hörte er nichts anderes als der Pfeifen und Rauschen in seinen Ohren und roch nichts anderes als den konzentrierten Zigarettengestank aus Kleidern und Haaren. Ein altes Krankenhaus hing wie ein Ozeanriese im Nachthimmel.

ix. Krankheit und Verfall

Der Mai ging zu Ende, und das Wetter wurde besser, strahlender Sonnenschein und wohlige Wärme. Nach Überweisung der Miete für den Juni waren Alex noch etwa vierhundertfünfzig Mark geblieben.

Eines Morgens in der übernächsten Woche wachte er auf und bemerkte, dass er Halsschmerzen hatte, das übliche Kratzen und ein unangenehmer Druck beim Schlucken, der ihm den ganzen Tag an seinen Hals erinnerte. Er erinnerte sich an ein altes Hausmittel und gurgelte ein paar Mal mit heißem Salzwasser. Bis zum nächsten Tag hatte sich die Infektion ausgebreitet. Das einzige, was ihn sich etwas besser fühlen ließ, war, heißen Kaffee zu trinken.
Am dritten Tag fand er sich am Morgen reichlich benommen, aß sein Frühstück ohne eine Spur von Appetit und blieb beim Kaffee sitzen, um zu lesen, er war gerade dabei, sich durch Kleists Erzählungen zu arbeiten.
Es ging nicht, er konnte weder der Geschichte noch dem verschachtelten Satzbau folgen. Hinter seiner Stirn breitete sich ein bösartiger Kopfschmerz aus, außerdem stellte er fest, dass er Fieber bekam. Seine Nase war zu, ohne sich durch Naseputzen befreien zu lassen, sein Halsschmerz war längst nicht verschwunden. Arme und Beine begannen, bei jeder größeren Bewegung zu schmerzen und hingen bleischwer herab. Es blieb ihm nichts zu tun, als sich wieder aufs Bett zu legen und das Radio laufen zu lassen. Anscheinend hatte sich das Leben in aller Gleichgültigkeit dazu verschworen, es ihm schlechtgehen zu lassen, und das gerade damit, ihm die allergewöhnlichsten Dinge zu vergiften. Gemein genug, dass es ihn nur eine Zeitlang von seinem normalen Zustand abhielt. Bis zum frühen Nachmittag hatte er sich dazu durchgerungen, zu einer nahen Apotheke zu gehen und ein Schmerzmittel zu besorgen. Geistesgegenwärtig stellte er fest, dass er bei dieser Gelegenheit neue Papiertaschentücher besorgen musste.
Vor der Haustür traf ihn die Wärme wie ein Schlag ins Gesicht. Der Weg zu Apotheke kam ihm vor, als müsste er eine glühende Wüste durchqueren. Sein Mund war ausgetrocknet, und sein Gang kam ihm sehr mühsam und

schwankend vor, als habe er Mühe, seinen virenschweren Kopf zu balancieren. In der Apotheke sah er sich der Situation ausgesetzt, erklären zu müssen, was er haben wollte, was er jedoch selbst nicht nicht genau wußte, ein Schmerzmittel oder ein Grippemittel. Einfach nur seine Symptome zu schildern aber kam ihm dumm und wehleidig vor. Die Apothekerin hatte zum Glück genug Routine und bot ihm ein erkältungshemmendes Schmerzmittel an oder was immer es war. Alex nahm es zustimmend, froh überhaupt etwas zu bekommen, ohne zum Arzt geschickt zu werden. Besonders gemein an seiner Hinfälligkeit fand er, dass es allen anderen Menschen geradezu blendend ging.

Zu Hause nahm er ordnungsgemäß seine erste Tablette, unentschlossen, ob er sich von dem Mittel nun eine Wirkung erwarten wollte, und machte sich den Zeitvertreib, den Beipackzettel zu lesen. Die Entdeckung, dass die Tabletten Koffein enthielten, bestärkte ihm darin, viel Kaffee zu trinken. Draußen glühte die Sonne, drinnen in dem engen, dumpfen Zimmer glühte Alex' Kopf und seine Kaffeemaschine. So verbrachte er den Rest des Nachmittags und einen langen Abend.

Am nächsten Tag wachte Alex früher als gewöhnlich auf, blieb aber müde und benommen liegen und fing an, sich die Nase wund zu putzen. Nach dem dritten Taschentuch bemerkte er, dass sich die Nase schneller als gewöhnlich mit Flüssigkeit füllte. Er hob den Kopf und fand an seinen prüfenden Fingern Blut. Er legte den Kopf zurück in der Hoffnung, es möge schnell aufhören. In ihm stieg etwas wie Wut über seinen Zustand auf.

Schließlich fand er sich vor Spiegel und Waschbecken wieder, das Blut war um die Mundwinkel herum bis zum Kinn gelaufen. Der metallische Geschmack in seinem Mund musste ebenfalls von seinem eigenen Blut herrühren. Er wusch sich, so gut es ging. Hunger oder nur Appetit hatte er nicht, dafür Durst und Halsschmerzen. Alles, was er noch zu sich nehmen mochte, waren Kaffee und Schokokekse.

Er war immer noch gezwungen, in seinem Zimmer zu bleiben, es war eng wie immer und zudem dunkel, er hatte das Fenster so weit wie möglich mit einem Handtuch verhängt, da ihn allzu viel Licht und Wärme störten. Wie ein Stück Käse lag er im Dunkeln und schwitzte, klebte an den Laken und begann zu zerfließen. Sein Kopf war ein sterbender Planet, vom Rotieren überhitzt und überdreht. Der flüssige Kern begann zu sieden. Vulkane brachen auf, Kontinente verschoben sich und zerrissen. Schmutz wucherte darüber. Die Viren, die ihn bewohnten, brachte er im Fieber zu tausenden um und entledigte sich der Leichen in schleimigen Eruptionen. Es waren immer noch Blutklümpchen dazwischen.

Er stellte fest, dass er das Zimmer hasste und das ganze Haus dazu. Nachdem er seine Habseligkeiten darin untergebracht hatte, war kein Platz mehr für ihm selbst gewesen, um sich auszubreiten. Es war, als ob er in einem Schrank wohnen musste, in einem unaufgeräumten und schmutzigen dazu, was zugegebenermaßen seine eigene Schuld war. Raskolnikows Kammer aus »Schuld und Sühne« fiel ihm ein, auch wenn er sich die noch kleiner und finsterer vorstellte. Außerdem hatte der Nervenfieber bekommen, nicht bloß einen grippalen Infekt (oder wie immer man das nennen sollte). Was war das eigentlich, Nervenfieber? Ein richtiges Delirium konnte vielleicht ganz interessant sein. Alex war nun auch nicht rausgegangen, um alte Pfandleiherinnen zu erschlagen, er hatte keine blutige Axt gefunden, und das Blut unter seinen Fingernägeln stammte vom Nasenbluten.

Das ganze Haus fand er unerträglich schmutzig und vor allem eng. Das hätte es vielleicht auch auf eine maleri-

sche Art sein mögen, aber es war nur widerlich. Auf dem Korridor roch es nach ungewaschenen Füßen. Die Küche schien selbst Ungeziefer abzuschrecken, von den Bewohnern mal abgesehen. Das Schlimmste war der Raum mit den Toiletten und der Dusche, den Alex bei seinem hohen Kaffeeverbrauch jetzt häufig aufzusuchen gezwungen war. Die Installationen und die Trennwände waren alt und offensichtlich nicht von bester Qualität, immerhin ziemlich sauber gehalten. Die Kabinen waren so eng, dass sie einen zu aufrechter Sitzhaltung zwangen. Manchmal war eine Schüssel verstopft, anscheinend, weil jemand seine Studienunterlagen darin versenkte, man konnte Stücke von kopierten Buchseiten darin sehen, irgendeine Geisteswissenschaft. Die Abläufe der Duschen waren immer wieder durch Klumpen von Haaren verstopft, der Boiler produzierte so wenig heißes Wasser, dass man entweder unter einem kalten oder einem dünnen Strahl stehen musste. Das war besonders bei seinem jetzigen Zustand unangenehm.
Und natürlich wollte niemand damit anfangen, hier etwas zu verändern. Hier zu wohnen musste einem jeden Sinn für Realsatire austreiben. Selbst die Türen waren so eng, dass man beim Öffnen mit der Hand am Türrahmen anschlug.
Alex hatte angefangen, auf der Tapete über dem Kopfende seines Bettes mit dem Bleistift herum zu kritzeln.

Am späten Nachmittag, nachdem die schlimmste Hitze vorbei war, musste Alex einkaufen gehen, er hatte fast nichts mehr zu essen. Das Fieber und die Kopfschmerzen waren etwas zurückgegangen.
Auf dem Rückweg, er war bepackt mit zwei Taschen mit neuen Vorräten: Brot, Kaffee, Kaffeefilter, die unvermeidlichen Schokokekse, frisches Obst, was ihm hoffentlich gut tun würde, hatte er eine äußerst beunruhi-

gende Erscheinung. Er kam an einer Einfahrt vorbei, die von niedrigen Mauern begrenzt war. Auf einer saß ein kleiner, magerer, älterer Mann in der Abendsonne, er wirkte ziemlich verwahrlost, an einem Arm fehlte die Hand, der Unterarm war ein dünner, brauner Stumpf mit Haut, die aussah als ob sie entzündet oder allergisch war. Als er sah wie Alex im Näherkommen entsetzt auf den Stumpf sah, bewegte er die andere Hand, mit der er wie in Gedanken in der unteren Hälfte des Gesichts gekratzt oder gerieben hatte, sie war bandagiert und schien ebenfalls keine Finger zu haben. Er machte eine Gebärde, als ob er Alex mit der fingerlosen Hand zuwinken wollte, mit einem spöttischen, aber nicht bösen Gesicht, als wollte er sagen: »Na, sowas hast du bestimmt noch nicht gesehen?«
Alex lief stur weiter, wie ein Panzer, bemüht, möglichst teilnahmslos vorbeizusehen. Der Anblick raubte ihm für einige Zeit die Fähigkeit zu denken. Als er später in seinem Zimmer wieder zu sich kam, war er nicht mehr sicher, ob er tatsächlich das gesehen hatte, was er glaubte gesehen zu haben, oder ob das Fieber aus etwas, das viel harmloser gewesen war etwas derart Monströses gemacht hatte.

In den nächsten Tagen wurde das Wetter wieder kühler, und gleichzeitig besserte sich Alex Zustand.
Der nächste Samstagnachmittag fand ihn auf einer Parkbank in einer Anlage vier oder fünf Kilometer von seinem Zimmer entfernt. Zum ersten Mal machte er wieder eine längere Wanderung. Es herrschte hier eine Art Friedhofsatmosphäre: hohe Bäume, so dass man wie in einer Halle saß, und, eine Stufe niedriger, dunkle Hecken, Rasen und ein Denkmal für Gefallenen aus dem ersten Weltkrieg. Den tapferen Jägern. Ansonsten wäre es für einen Friedhof reichlich ungepflegt gewesen. Der

Frühling hatte überall seinen Müll in Form von toten Blüten und Blättern hinterlassen. Einige Meter hinter Alex' Bank lagen Eisenbahngleise, auf der anderen Seite eine Schnellstraße, jenseits von beiden wieder Häuser. Der Himmel war mehr grau als blau.
Es gab eine kleine Grünanlage wenige hundert Meter von seinem Haus entfernt, welche erheblich idyllischer war, mit Blumenbeeten und einem Springbrunnen, mit Liebespaaren am Abend, Rentnern am Nachmittag, die sich am Stock ums Karree schleppten sowie spielenden Kindern. Vor Wochen hatte Alex dort zwei kleine Mädchen mit einem Puppenwagen entdeckt und war erstaunt gewesen, dass es so etwas überhaupt noch gab. Öfter sah er allerdings die Kinder, die am Springbrunnen ihre Wasserpistolen auffüllten. Zur Zeit war eine Art Wasser-Maschinenpistole in Mode, die aufgepumpt werden musste und dann weiter und härter schießen konnte.
Bestimmte Haarsträhnen, fand Alex, hatten die Neigung, in den Augenwinkeln hängen zubleiben. Manchmal hatte er noch an bestimmten Punkten im Gesicht das Gefühl, als ob Blut aus ihm heraus sickern und ins Kalte laufen würde.
Solange nun hatte er sich erfolgreich abgelenkt.
Gestern Nachmittag war er auf dem Weg zu seinem Lieblingsbuchladen durch eine Straße gegangen, die er bis dahin gern gemocht hatte, sie war breit und ruhig, alte, hohe Häuser mit einigen Geschäften, obwohl sie in einem Wohnviertel lag, Bäume, in deren Schatten Autos parkten. Auf der Seite, auf der er gegangen war, hatte eine menschliche Gestalt regungslos auf dem Gehsteig gelegen, auf der Seite mit dem Gesicht nach unten. Die abgetragenen Schuhe des Mannes hatten neben ihm gestanden, und man hatte sehen können, dass ein Fuß zu kurz und verbunden gewesen war. Daneben hatten zwei,

drei leere Flaschen gestanden, die Alex bereits mit dem Blick gesucht hatte.
Der Bürgersteig war so breit, dass der Mann ihn nicht versperrt hatte, Alex war dabei gewesen, an ihm vorbeizugehen, da er sich gesagt hatte, dass das ein betrunkener Stadtstreicher sei, der seinen Rausch ausschlief und in ein paar Stunden verschwunden sein würde, als er zwischen den parkenden Autos eine Frau entdeckt hatte, die, der Haltung nach, ratlos und erschüttert dagestanden und auf den Liegenden geblickt hatte. Sie war ziemlich klein gewesen, deshalb hatte er sie wohl so spät gesehen, mochte einige Jahre älter gewesen sein als Alex, war gut gekleidet gewesen und hatte eine Brille getragen. Jetzt hatte er erst recht weitergehen müssen, sonst wäre er ja ihretwegen stehengeblieben. Ohne die Frau wäre ihm die Sache sicher weniger katastrophal vorgekommen. Er war gar nicht in der Lage gewesen, darüber nachzudenken, ob er wirklich wie mit Scheuklappen weitergehen sollte. Hinterher hatte er angefangen, sich vor sich selbst zu rechtfertigen, oder vielleicht nur zu rechtfertigen, warum er ein zynischer Egoist war, und dass ihm schließlich auch niemand half, und so weiter. Er hatte es sich schon als humanistische Haltung angerechnet, niemandem an die Kehle zu gehen. Irgendwann später war ihm eingefallen, dass er sich sogar unterlassener Hilfeleistung schuldig gemacht haben konnte. Andererseits würde die Beweislage sicher schwierig sein.
Dann würde Alex aus seinen Erinnerungen gezogen. Eine Parkbank weiter hatten sich ein paar Männer niedergelassen, während Alex hier saß, und wurden jetzt lauter. Sie hatten Flaschen dabei, ihre Kleidung war alt und schäbig, Alkoholfett, erschlaffte Haut und ungewaschene Haare, ihre Nasen wirkten geschwollen und violett. Alex hielt sie wieder für Penner, bevor er sich sagte, dass es vielleicht nur frustrierte Arbeitslose und keine

Obdachlose seien, und dass er vielleicht langsam hysterisch wurde. Trotzdem war er froh, dass ein Gebüsch zwischen ihnen lag, gleich neben Alex' Bank, sodass er hindurch schauen konnte, und er beschloss, beim Verlassen des Parks nicht an ihnen vorbei zu gehen. Manchmal wurde man von solchen Leuten nach Kleingeld gefragt, Alex fragte sich dann, ob sie ihn für reich – ihn für reich? – oder für einen unbeholfenen Idioten hielten, der sich vielleicht nicht anders helfen konnte, als ihnen Geld zu geben, und der sich noch freute, wenn sie sich bedankten. Anscheinend waren das die letzten, die noch irgend etwas von ihm wollten.
Vielleicht lag der Mann immer noch da.
Zum ersten Mal seit Tagen entzündete er wieder eine Zigarette.

x. Zum Sommeranfang

Den Anflug von Paranoia, der Alex befallen hatte, machte er sich dadurch erklärlich, dass sein fiebriger Zustand mit dem zufällig gehäuften Auftreten bestimmter Schlüsselreize zusammenkam, um seine nervliche Verfassung zu zerrütten und ihm ganz überflüssiger Weise seine Urängste von Verfall, Verstümmelung und Dahinvegetieren aufzuzeigen. Das kühlere Wetter, Bewegung an frischer Luft sowie das weitere Ausbleiben der bewussten Reize führten dazu, dass Alex sich beruhigte und sein Zustand sich besserte. Unablässiges rationales Analysieren dieser Krise ließen bald eine Hornhaut über seinen seelischen Wunden wachsen, die sich in sich wiederholenden, immer länger werdenden inneren Monologen materialisierten, in denen er seine misanthropen Gedanken ausbreitete.
Als Alex eine Woche später einen Nachtspaziergang machte und, als er unter einer Autobahnbrücke durch-

ging, plötzlich eine Gestalt im Schlafsack ein paar Schritte neben sich auf dem Betonfundament entdeckte, war er in der Tat so weit genesen, dass ihm diese Begegnung nicht mehr weiter berührte, und er es stattdessen als eine Art der Abhärtung betrachtete, unter Brücken zu schlafen, und er war überzeugt, dass es dem Schlafenden subjektiv nicht schlechter ging als ihm. Vielleicht würde es in ein paar Jahren ganz normal sein, draußen auf Beton zu schlafen.

Zu Hause, als er gerade sein Zimmer aufschließen und eintreten wollte, kam ein Nachbar aus der gegenüberliegenden Tür, der ihm bis dahin unbekannt war, ein Mann mit Schnäuzer und Halbglatze, Jeans und einem veilchenblauen Polohemd tragend, der Alex grüßte und ihn fragte, was das Studium machte.

»Man schlägt sich so durch und lernt jeden Tag dazu«, antwortete Alex. Der Mann lachte kurz und ging zu Toilette. Augenscheinlich war er ziemlich angetrunken. Aus seiner halb offnen Tür schien Licht und es drangen die Stimmen von zwei Männern heraus, die mindestens genauso so angetrunken waren. Alex, der sich angewöhnt hatte, allein zu trinken, verabscheute derartige Männerabende. Immerhin war es merkwürdig, dass jemand sich hier einmietete, der kein Student und über dreißig war, wahrscheinlich sogar über vierzig. So schlecht musste es einem erst mal gehen.

Er war noch nicht sehr müde und kramte noch ein bisschen in seinem Bücherregal. In Robert Musils »Mann ohne Eigenschaften« steckte ein Lesezeichen. Tausend Seiten, durch die sich mühsam eine geistreich erzählte, aber blutarme Geschichte schlängelt, erinnerte er sich, und das war erst der erste Band. Kaum zu glauben, dass er das jemals gelesen hatte. Er schlug das Buch auf und entdeckte einen Absatz, den er damals unterstrichen hatte, über die unzureichenden Vorstellungen von der Unendlichkeit und Phantasielosigkeit der Hölle, die nicht interessant, sondern furchtbar sei, und über die Angst, den Verstand zu verlieren.

Am nächsten Morgen wachte Alex ungewöhnlich früh auf und blieb müde liegen. Aus dem Nebenzimmer drang rhythmisches Stöhnen einer weiblichen Stimme, das keinen Zweifel über seine Ursache zuließ. Alex durchfuhr es siedend heiß, seine Phantasie war angesprungen und lief knatternd wie ein Rasenmäher weiter, er meinte sogar, das benachbarte Bett im Takt knarren zu hören. Er rettete sich auf die Toilette, da er sich sagte, dass die beiden noch länger brauchen würden, und er keinesfalls bis zum Ende zuhören wollte. Mit dieser Art sich zu vermehren und dem Drang, es tatsächlich auch ständig zu versuchen, hatte sich die Natur einen denkbar üblen Scherz erlaubt. Auf der Toilette gefiel es ihm kaum besser, diesmal randalierte seine Nase, er atmete kaum, solange er sich dort aufhalten musste. Wenn er schon nicht den Anblick seiner lieben Mitmenschen ertragen musste, drängten sie sich ihm durch Ohren und Nase auf. Es war ein Fehler gewesen, ein Zimmer zu mieten, wo man die Toilette mit Biertrinkern und Fleischfressern teilen musste. Es war überhaupt ein Fehler gewesen, alles zu verzögern und dieses viertklassige Leben anzufangen. Jetzt war es viel zu spät, noch etwas zu ändern, und er würde mit dem Rest an Zeit fertig werden müssen.
Möglichst laut polternd lief er in sein Zimmer zurück, zog sich hastig an und verließ das Haus. Er ging ohne groß darüber nachzudenken in die Fußgängerzone, welche am Sonntagmorgen um neun fast menschenleer war und friedlich in der Sonne lag, selbst die Tauben waren verschwunden. Alex war erstaunt über den ungewohnten Anblick, er setzte sich aus die Einfassung eines Springbrunnens und genoss die Sonne und den Ausblick.

Alex hatte einen seltsamen Beobachtungszwang. Schon als Kind hatte er gern in fließendes Wasser, Kaminfeuer und Kerzenflammen hinein gestarrt. In den letzten Jahren hatte sich dieses Fasziniertsein besonders auf alle möglichen Formen von Verfall und Verrottung spezialisiert. Gegen Ende des Winters hätte er am liebsten den letzten schmutzigen Schneekrusten beim Schmelzen zugesehen und neugierig die Dinge betrachtet, die schwarz und weich vor Nässe darunter zum Vorschein kamen, um wiederzuerkennen, was sie im Herbst gewesen waren. Wenn jetzt in seiner Küche jemand tagelang einen Topf mit Essenresten stehen ließ, schüttete Alex sie nicht etwa weg, wenn sie zu riechen anfingen, sondern wartete, ob sie eher zu faulen anfingen oder der Besitzer sie wegwarf.

Als letztes hatte er begonnen, den eigenen Verfall zu observieren. Bartstoppeln wuchsen ein paar Tage lang und wurden dann abgeschnitten. Zähne mussten unbedingt vor dem Verfall bewahrt werden, da sie nicht adäquat repariert oder ersetzt werden konnten – das war der Unterschied zwischen Karies und Rost an einem Auto. Wenn er vor dem Spiegel den Mund aufmachte, saß ein Gebiss darin, das ihn an ein altes Pferd oder eine Kuh erinnerte. Unter den Haaren war die Form des Schädels erkennbar. Die Füße wurden platter und der Rücken krummer.

Seine Haut hatte sich verändert, wenn er Hände und Unterarme betrachte. Sie waren blass geworden und hatten eine gelbgraue Farbe angenommen, über den Fingergelenken spannte sie sich hellgelb, alte Narben traten noch heller hervor. Dazu hatte sie einen verdächtigen matten Glanz angenommen und schien dünn und zerreißbar wie Papier oder Pergament. Seine Gesichtshaut, wenn er sich richtig an sein Spiegelbild erinnerte, war ebenfalls zu blass, für die Jahreszeit und wirkte kränklich, wie noch nicht richtig aufgebackener Blätterteig. Er verabscheute selbst die Haut, in der er steckte.

Unter dem Vorbau eines Bankgebäudes, unter dem Alex sich an jenem verhängnisvollen Abend untergestellt hatte, hockte im Schneidersitz eine alte, südländisch aussehende Frau mit Kopftuch, die obligatorische Schale mit ein paar Münzen darin vor sich, und bekreuzigte sich in einem fort, von einer Vor- und Zurückbewegung des Oberkörpers und lautlosem Murmeln begleitet. Diese Versunkenheit, fand Alex, war eine sehr elegante Lösung, um der direkten Konfrontation mit den Vorübergehenden zu entgehen, sie blickte nicht einmal auf, wenn eine Münze in der Schale klirrte, der Geber konnte ihre Gebete als Dank ansehen, die Passanten, die nichts gaben, blieben von Vorwürfen verschont, was vielleicht doch ihr Mitleid fördern konnte, und die Alte selbst war allen feindlichen Blicken entrückt.

Er ging weiter, nicht recht wissend wohin, nachdem er eine halbe Stunde in einem Kaufhaus herumspaziert war und schließlich befand, dass ihm dieser ganze Konsumterror fürchterlich auf die Nerven ging, genau wie das Laufpublikum, durch das er sich jetzt drängte. Manchmal überquerte er ein freies Stück Weg und erschrak dann, wenn er mit der Nase in eine Wolke stehengelassenen Parfüm- oder Aftershave-Duftes hineinstieß. Während sein Schritt immer schneller wurde, entwickelte sich seine Stimmung dahingehend, dass er am liebsten von mindestens fünfzig Prozent der ihm entgegenkommenden Gesichter die Haut heruntergerissen hätte.

Inmitten von blühendem Leben und Geschäftigkeit ertappte er sich dabei, dass sein rechter Arm in die Höhe steigen wollte, um den Unterarm waagerecht empor zu halten und die Hand wie einen Gehenkten herabbaumeln

zu lassen. Er sah die flügellahme Haltung nicht nur vor dem inneren Auge, sondern fühlte die Nerven im Arm die Bewegung vorwegnehmen. Eine entschiedenere und krankhaftere Geste als die Faust mit dem nach unten gestreckten Daumen. Aber Alex unterdrückte seinen Arm, für jeden anderen hätte das nur lächerlich ausgesehen.
Immerhin erinnerte ihn das daran, dass er bis jetzt noch gar nicht darüber nachgedacht hatte, wie er sich nun eigentlich umbringen wollte. Aufhängen wäre natürlich eine Möglichkeit. Eleganter wäre es natürlich, sich zu erschießen, aber dazu besaß er nicht die Mittel, geschweige denn die Verbindungen, sich eine illegale Schusswaffe zu besorgen, ebenso um sich schmerzlos und sicher zu vergiften. Improvisieren konnte man da natürlich immer etwas. Sich die Pulsadern aufzuschneiden wäre ebenfalls eine praktikable Lösung, schied aber als zu schmerzhaft aus. Die Todesart musste erstens absolut sicher sein, zweitens schnell und schmerzlos. Unangenehm etwa, wenn er nicht verblutet wäre, weil er alles andere, nur nicht die Schlagadern zerschnitten hatte, aber zwei Wochen später mit vereiterten Wunden an einer Blutvergiftung stürbe. Von einer Brücke oder einem Hochhaus zu springen, wäre nicht schlecht, sicher und schnell, falls man nur tief genug fiel, andererseits konnte Alex sich überhaupt nicht mit dem Gedanken anfreunden, hinterher als eine blutige Masse dazuliegen, die Zähne in der näheren Umgebung verstreut, und von wildfremden Leuten begafft zu werden. Es schien ihm wesentlich bequemer, sich zu Hause umzubringen, vorher noch die Polizei zu verständigen, sodass er sofort und ohne zu viel Aussehen weggebracht würde.
Am Ende entschied er sich dafür, seinem rechten Arm den Willen zu lassen und sich aufzuhängen. Das konnte man ohne allzu großen Aufwand so einrichten, dass man sich sofort das Genick brach und Schluss!

Immer noch bewegte er sich weitgehend unbeschadet über die Oberfläche eines Planeten, von dem er längst wusste, dass auf ihm kein Leben möglich war. Trotzdem gab es nicht nur einige Lebewesen hier, ihre Anzahl war sogar absurd hoch. Vermutlich hatte das den einen ganz banalen Grund: Sie sind nicht robust und anpassungsfähig, sie brauchen nur sehr lange zum Sterben. Ihre fortgesetzte Existenz gründete sich vermutlich nur auf demselben Mechanismus, der eine Topfpflanze, die auf ihrer Fensterbank auf Dauer nicht überleben konnte, dazu brachte, Notblüten zu treiben, um wenigstens die eigene Art fortzupflanzen. Und das gelingt bei ihnen in solch einem Maße, dass die unerträglich hohe Anzahl dieser Notzuchtprodukte, die man ja als Beweis des lebenserhaltenden Potential dieses Planeten ansehen könnte, ihn eigentlich erst unbewohnbar macht.

Dass das ein logischer Zirkelschluss war, machte es nur noch realistischer.

Es war anscheinend völlig normal, dass jede Form von Leben feindlich behandelt wurde. Leben war das erste Stadium des Todes und wurde deshalb instinktiv bekämpft.

Falls man als Alleebaum aufwuchs, wurde man angefahren und angepisst, in kleinen Dosen vergiftet und schließlich umgesägt. Kam man als Mastschwein in diese Welt, wurde man in äußerst liebloser Weise vollgestopft, eingepfercht, gedopt, getreten, hatte sich mit seinem Mitschweinen um das Futter zu streiten und, falls man ein kräftiges Mastschwein war, diesen auch noch Ohren oder Schwänze abzubeißen.

Zum Glück glaubte er nicht an Reinkarnation.

Dass man sich hierzulande unter Menschen seit einigen Jahrzehnten nur noch in Ausnahmefällen direkt an die Gurgel ging und erwürgte, vierteilte, abhäutete oder zum

finalen Rettungsschuss ansetzte, war vielen Grund genug, sich in Sicherheit zu wiegen und zu glauben, dass sich doch noch alles zum Guten wenden würde, auch wenn die Geschichte und größere Teile vom Rest der Welt täglich das Gegenteil bewiesen. Selbst, seit er nicht mehr täglich Nachrichten las oder im Fernsehen sah, bekam er mehr als genug davon mit.
Die Lebensfeindlichkeit hatte hierzulande nur ihre Methoden kultiviert und verfeinert. Man konnte es sich, wenn man mochte, einfach ersparen, eine böse Absicht zu haben, zum Beispiel, wenn man jemanden mit dem Auto überfuhr. Oder aber man behielt die böse Absicht und verzichtete auf jede Form körperlicher Gewalt und setzte Lohnabhängige, leibliche Kinder oder Gymnasiallehrer jahrelang massiver psychischer Folter aus. Die Gewalt war jetzt entpersonifiziert worden, in der Regel war es etwas Gesichtsloses oder doch eine ganz beliebige, austauschbare Person, die den Opfern – also irgendwie jedem – das Leben zur Hölle machte.
Es war kein Zufall, sondern hatte System. Wie gesagt, dieser Planet war unbewohnbar und das Todesurteil längst gesprochen.
Der Grund war ganz einfach, dass die Menschheit aus gemeingefährlichen Irren bestand: schockierende, umwälzende, niederschmetternde Erkenntnis Nr. 1.
Nr. 2 könnte jetzt sein, dass er entdecken musste, selbst einer von diesen gemeingefährlichen Irren zu sein, um daraufhin in seinen Krokodilstränen zu ertrinken oder aber ein gemeingefährlicher Irrer zu bleiben. So einfach war das aber nicht.
Erkenntnis Nr. 2 war, dass er selbst in jeder Sekunde zu einem gemeingefährlichen Irren werden konnte und deshalb fürchterlich auf sich aufpassen musste.
In der Tat versuchte er wohl, ein guter Mensch zu sein. Das Überflüssigste, was man sich vorstellen konnte. Er

war einer von den neunundneunzig Gerechten, über die ganz zu Recht weniger Freude im Himmel war als über den einen reuigen Sünder. Das mochte zur Not auch eine Form von Märtyrertum sein. Keine Ahnung, was mit den anderen achtundneunzig war.

Er konnte es gar nicht mehr lange machen: Selbstzerstörung als einzig mögliche moralische Handlung.

xi. Auflösung

Das erste, an das er sich später erinnern sollte, war, dass er gerade in diesen Garten oder eher in diese Wiese gekommen war, in der kahle Obstbäumen standen, um einen wichtigen Auftrag oder Befehl auszuführen, der wohl mit dem Tier zusammenhing, das er bei sich hatte. Er nannte es hartnäckig Hamster, obwohl es vermutlich keiner war, es hatte ein langes, flauschiges schwarzes Fell und wache schwarze Knopfaugen, in denen ein Vorwurf zu sitzen schien, wenn es ihn ansah, als wollte es sich über schlechte Behandlung beklagen. Es war, wie er hinterher vermutete, ein schwarzes Angora-Meerschweinchen. Das Tier untersuchte nervös den Boden und versuchte ständig, sich in der lockeren schwarzen Erde eine Höhle zu bauen, sodass er den »Hamster« immer wieder herausziehen musste. Sie befanden sich jetzt im hinteren, tiefer gelegenen Teil der Wiese, die mit hohem, rostigem Maschendraht abgezäunt war. Zwischen schwarzen, knorrigen Sträuchern fand das Tier dann die Beute aus dem Raubüberfall, die er zu suchen hatte. Den »Hamster« hatte man ihm mitgegeben, weil er beim Verstecken der Beute dabei gewesen war, vielleicht sogar beim Überfall, als Hamster aber vor Gericht freigesprochen worden war.

Er nahm noch einmal das Gras, das viele Moos und die lockeren, kalkigen Steine beiseite, um sich die Beute anzusehen, und stellte fest, dass sie hauptsächlich aus sorgsam gestapelten Tonbandkassetten bestand. Das Tier war wohl doch eine Art Spürhund, denn der Verbrecher hatte nach dem Raub und seiner Verurteilung länger im Gefängnis sitzen müssen, als die Lebenserwartung eines Hamster betrug. Dieser, grau und hager, kam jetzt tatsächlich mit etlichen Komplicen, um die Beute zu heben. Sie betraten die Wiese von oben, von der Straße her, und sie kamen einzeln zwischen den dürren, schwarzen Bäumen herab. Alle trugen sie Trenchcoats und breite Hüte, und er hatte nur eine Spielzeugpistole aus Plastik, um sich und den Hamster zu verteidigen, die überdies einen kaputten Griff hatte und laut knackte, wenn man darauf drückte. Das mochte einen Schuss zur Not ersetzen. Jeder einzelne der Gangster fiel widerwillig erst beim zweiten Knacken, obwohl er sorgfältig gezielt hatte. Zum Schluss erschoss er auch noch den Kommissar, der ihnen gefolgt war, weil er ihn zu spät erkannte. Aber das war wohl nicht so schlimm, da er vielleicht ein auch Gangster oder gar nicht richtig tot war.

Mittlerweile war ein zweites Tier aufgetaucht, das hellgrau war, sonst dem anderen glich, obwohl es natürlich ein Weibchen war. Die beiden waren gerade dabei, in ihrem Bau zu verschwinden, er konnte es gerade noch verhindern. Es tat ihm fast weh, so gemein zu dem Tier zu sein.

Dann wurde Alex langsam wach.

Plötzlich war er ganz wach, als ihm einfiel, dass es heute passieren würde. Er erinnerte sich, gestern Abend noch etwa elf Mark gezählt zu haben, und später war er wie gewöhnlich rausgegangen und hatte dabei spontan beschlossen, eine Pizza zu essen: acht Mark fünfzig. Nach mir die Sintflut, abends um halb zwölf in einem tristen Stehimbiss. Die Luft war so warm gewesen, dass sie am Körper zu kleben schien. Da man in einer so wichtigen

Angelegenheit sichergehen musste, stand er auf und schüttete den Inhalt seines Portemonnaies auf den Fußboden: drei Mark dreiundvierzig. Danach kontrollierte alle Bücher, in denen Geldscheine versteckt gewesen waren, ob er nicht doch einen Schein übersehen hatte.

Da er gesehen hatte, dass es mit seinem Geld zu Ende ging, hatte er immer weniger ausgegeben und sogar die fällige Miete am ersten nicht überwiesen. Jeden Tag musste jetzt eine Mahnung kommen.

Drei Mark dreiundvierzig reichten immerhin, um zum Frühstück Brötchen zu holen. Oder eher Kuchen. Niemand isst acht oder neun Brötchen, um dann mit übervollem Magen abzutreten.

Dem Geruch nach, den das ungemachte Bett an sich hatte, hielt sein körperlicher Verfall mit dem geistigen ohne weiteres Schritt. Also war es wohl besser, sich zu waschen, bevor er – ohnehin mit leerem Magen – die Bäckerei betrat und sich der Gegenwart der Verkäuferin aussetzte. Das Zähneputzen allerdings konnte er sich schenken, stattdessen steckte er das Seifenstück in den wassergefüllten Zahnputzbecher. Irgendwo hatte er aufgeschnappt, dass eine Henkerschlinge vor den Erhängen mit Schmierseife eingeseift wird. Sicher in irgendeinem schlechten Krimi.

In ein paar Stunden war Schluss mit diesen sinnlosen Grübeleien. Wenn das kein Grund war, sich zu freuen.

Das Seil hatte er aus einem Garten gestohlen. Außerdem hatte er unter dem schrägen Teil der Zimmerdecke Tapete und Wandverkleidung soweit entfernt, dass er den Strick sicher an einem Dachbalken befestigen konnte, so dass sein Körper mindestens einen Meter tief fallen konnte.

Das ergab in einer Überschlagsrechnung eine Fallzeit von Wurzel aus zwei mal einem Meter geteilt durch die Erdbeschleunigung, etwa zehn Meter durch Sekunde im

Quadrat. Folglich fing der Strick seinen Nacken bei einer Fallgeschwindigkeit von Wurzel aus zwei Meter mal zehn Meter Sekunde hoch minus zwei, machte etwa vierzehn Meter pro Sekunde. Das ergab eine kinetische Energie von einhalb mal Eigengewicht mal vierzehn im Quadrat, letzteres ungefähr gleich zweihundert. Das machte ungefähr sechstausendfünfhundert Joule. Das reichte hoffentlich, um seinen schwachen Nacken sofort zu zerbrechen. Obwohl er eigentlich keine richtige Vorstellung davon hatte, was sechstausendfünfhundert Joule eigentlich waren.

Er beschloss, die Schlinge erst nach dem Essen aufzuhängen und ging los. Draußen war es war und dunstig, nicht zu hell, ein schöner Tag zum Nichtstun. Da fiel ihm ein, dass er kurz vorher noch die Polizei anrufen musste, wenn er in seiner Dachkammer nicht verschimmeln wollte.

Vielleicht sollte er nach dem Essen noch etwas lesen, als würdiger Abschied. In letzter Zeit hatte seine Lektüre hauptsächlich aus Comics bestanden, alles andere ging ihm etwas auf die Nerven. Aber zum Abschied sollte man sich wohl noch etwas wirklich gutes vornehmen. Beckett? Kafka? Dostojewski? Karl May?

Es war sogar etwas sonniger geworden, und die Straßen an diesem späten Sommermorgen sahen aus, als ob er in dieser Stadt nur zu Besuch wäre. Er betrachtete Schaufenster, Plakate und Menschen mit einer gutmütigen Neugier an Dingen, mit denen er nichts mehr zu tun haben würde.

Im Fenster einer Zoohandlung, über den Zwergkaninchen, entdeckte er eine Schild mit der Aufschrift »Aushilfe gesucht«. Er trat ein, um herauszufinden, dass der ältliche Besitzer des Ladens wirklich händeringend jemanden suchte, um Käfige sauberzumachen, Futtersäcke auszuladen, die Hunde in Bewegung zu halten, Meer-

schweinchen zu zählen, Fische zu füttern, Katzenklos zu säubern, Laufräder in Hamsterkäfige einzubauen, Vogelsand und Flohhalsbänder ins Regal zu räumen, nett zu den Kunden zu sein, zur Not den Chef zu vertreten und selbst etwas zu verkaufen, und dass der Lohn gar nicht so übel war. Alex machte einen hinreichend guten Eindruck auf ihm, er konnte gleich am selben Nachmittag anfangen und später vielleicht als Vollzeitkraft arbeiten.
»Sobald ich es mir leisten kann«, dachte sich Alex, »werde ich die Wohnung wechseln.«

Irene

»Frau Felberich, ich möchte noch einmal auf einen Punkt zurückkommen, den wir in einer der vorangegangenen Sitzungen schon kurz angesprochen haben.« Herr Witten rollte die Augen zur Seite, um sie nicht mehr direkt anzublicken. »Nämlich die Rolle der Sexualität und der Beziehungen zu Männern in Ihrem Leben.«
Niedlich, dass er mir dabei nicht ins Gesicht sieht, dachte Irene, wahrscheinlich denkt er, dass er mich sonst verunsichert.
»Sie haben mir erzählt, dass die Beziehungen, die Sie gehabt haben, nie sehr lange gehalten haben. Mir ist dabei nicht ganz klar geworden, weshalb. Kann man sagen, dass es dabei jeweils ähnliche Gründe oder ähnliche Schlüsselsituationen gab?«
Manchmal wirkt er, wie ein kleiner Junge, fand sie. Oder nein, irgendwie auch nicht, zu alt, zu pedantisch. Aber das verstrubbelte Haar würde auch gut dazu passen Ich kann mich gar nicht erinnern, ihn mal ordentlich gekämmt gesehen zu haben. Ob er ohne die Brille auch wie ein intelligenter kleiner Junge aussehen würde?
Irene versuchte, sich weiter zurückzulehnen, wodurch ihre Sitzposition noch unbequemer wurde. Blöder Stuhl, viel zu tief, dachte sie, ich verstehe gar nicht, wie er so entspannt in seinem sitzen kann.
Und laut: »Tja... man könnte sagen, dass diese... Beziehungen zu Ende gingen, weil ich nicht das bekam, was ich erhofft hatte... oder eher das, was ich bekam, nicht wollte.« Sie beugte den Oberkörper nach vorn, was sie zwang, auf der Vorderkante der Sitzfläche zu balancieren, und fixierte das leere Tischchen mit der runden Glasplatte, das zwischen ihren Sesseln stand.

»Das extremste war wohl, als ich einen Freund verlassen hatte, weil mir seine Fingernägel nicht gefielen... Eigentlichen war er ein netter Kerl, und wir hatten ziemlich viel Spaß zusammen. Aber eines Tages kam ich zufällig dazu, mir seine Hand genauer anzusehen. Die Fingernägel waren einfach beängstigend groß. Und gewölbt... wie riesige Käfer. Ich konnte meine Gedanken nicht mehr davon ablenken, wenn ich mit ihm zusammen war und auf seine Hand sah...«
»Wenn ich – «
»Ich – «
»Nein, reden Sie ruhig weiter.«
Irenes Stimme, wie sie sich selbst hörte, war dünn und unregelmäßig, sie schien sich in dem hohen Raum zu verlieren, während die Stimme des Therapeuten voll und angenehm klang. Das liegt vielleicht daran, wie die Sessel aufgestellt sind, überlegte sie halb ernst, obwohl ich nicht direkt in der Zimmerecke sitze. Wahrscheinlich ist das Absicht, damit die Patienten lernen, deutlich zu sprechen, ihre Stimme aufzubauen und ihr Selbstvertrauen gleich mit. Ich sollte mich beim nächsten Mal einfach auf seinen Platz setzen.
Sie lehnte sie wieder zurück.
»Die Vorstellung, diese Nägel noch Monate oder Jahre sehen zu müssen als die meines Freundes, oder von ihnen berührt zu werden, wurde mir immer unangenehmer. Nicht dass sie schmutzig oder abgekaut oder ungeschnitten waren. Aber diese Nägel hatten irgendwie nichts in meinem Leben zu suchen... Anders gesagt, ich stellte fest, dass es nicht gab, was die Nägel kompensierte. Deshalb habe ich die Beziehung abgebrochen.«
Vermutlich ist das nicht das, was er hören wollte. Außerdem, dachte sie, hört er, dass ich das nicht gerne erzähle.
»Und wie genau haben Sie die beendet? Ich kann mir nicht vorstellen, dass Sie hingegangen sind und gesagt

haben: ›Hör mal, du bist zwar ein netter Kerl, aber deine Fingernägel ertrage ich nicht!‹«
Er hat ja sogar recht, »netter Kerl« war eine idiotische Formulierung. »Nein, natürlich nicht. Zuerst habe ich einfach Verabredungen und Einladungen nicht mehr angenommen. Er wurde natürlich schnell misstrauisch und wollte wissen, was los ist. Ich habe gesagt, dass ich nicht mehr mit ihm zusammen sein möchte, mit so allgemeinen Begründungen wie ›Wir passen nicht zusammen‹. Eine Weile versuchte er noch, mich umzustimmen, aber irgendwann hatte er kapiert, dass es aus war. Vermutlich hatte er schnell eine andere gefunden.«
»Ja... gut, das ist eine interessante Geschichte, über die wir noch mal sprechen müssen. Aber so ganz speziell war meine Frage vorhin nicht gewesen. Versuchen wir es mal anders: Welche Rolle hat die Sexualität in diesen Beziehungen gespielt, und inwiefern hat sie zum Abbruch beigetragen?«
Wieder hatte er vermieden, sie direkt anzusehen.
Irene verzog ein bisschen das Gesicht, bevor sie sprach.
»Sexualität ist ja eher der Grund, eine Beziehung anzufangen, als eine zu beenden, sollte man meinen. Von daher... Meistens war nicht ich der aktivere Teil, am Anfang. Ich habe mich eher hineinziehen lassen, natürlich nicht gegen meinen Willen... mit einer gewissen... positiven Erwartungshaltung, was Sexualität betrifft... Aber dann wurde es eher frustrierend, anstatt irgend welche Erwartungen zu erfüllen. Auch wenn ich selber... aktiv versucht habe, das zu ändern, dann ist das nicht so gut angekommen und hat am Ende alles noch verschlimmert.«
Mein Gott, stöhnte sie innerlich, das hört sich an, als wäre ich schon durch tausend Betten geturnt. Und hätte mich dabei noch zu dumm angestellt. »Da ich emotional wohl doch nie zu allzu viel investiert hatte – bis auf eine

Ausnahme –, habe ich es dann für das Beste gehalten, die Beziehung jeweils abzubrechen. Einen Herren, der mir entschieden zu schnell war, wollte ich gleich am ersten Abend wieder loswerden. Er hat das erst dann ernst genommen, als ich ihm auf's Auge gehauen habe. Dabei habe ich reichlich Angst bekommen, weil er nach der ersten Überraschung natürlich wütend geworden ist, aber es lag gerade eine große Papierschere in Reichweite. Er hat mich dann wohl für gemeingefährlich verrückt gehalten und war froh, als ich gegangen bin.«
Für einen Moment sprach keiner von ihnen.
»Lustig, nicht?«
»Frau Felberich, dem Ton nach, in dem Sie das alles erzählt haben, besonders am Anfang: Ist es vielleicht so, als ob Sie sich dafür schämen, dass Sie mit sich selbst und den Erwartungshaltungen anderer nicht zurecht kämen?«
»Ja… so ein bisschen schon.«
»Aber wenn Sie mal überlegen, dann zeigen Sie doch eigentlich mehr Stärke als Schwäche. Sie fanden sich in einer Situation wieder, die Sie so nicht wollten, die Ihrer Persönlichkeit nicht entsprach, und Sie haben den Mut gefunden, das zu beenden. Das zeigt doch, dass Sie eine starke Persönlichkeit besitzen.«
»Wenn Sie das so betrachten… Übrigens gab es bei Beziehungen diese eine – also insgesamt waren es acht in zwölf Jahren, ich weiß nicht, ob Sie das noch in Erinnerung haben. Also, es gab einen Freund, den ersten überhaupt, der stand mir emotional viel näher, und bei dem es mir sehr leid tat, als die… Beziehung zerbrach… hm… Es ist ziemlich schwierig -… außerdem ist das eine längere Geschichte… Irgendwie wollte er nur eine platonische Freundschaft, und ich mehr. Mal verstanden wir uns sehr gut, dann war die Stimmung zwischen uns sehr angespannt. Schließlich gab einen großen Krach

wegen einer Kleinigkeit, als bei uns beiden die Nerven schon ziemlich blank lagen. Kurz danach begann ich mein Studium, und seit dem haben wir uns nicht mehr gesehen... tja... Den passenden Ersatz habe ich dann wohl gesucht und nie gefunden.«
»Wie lange liegt Ihre letzte Partnerschaft jetzt zurück?«
»Zwei Jahre... oder eher zweieinhalb.«
»Frau Felberich, wenn es Ihnen recht ist, kommen wir beim nächsten Mal darauf zurück, wir sind nämlich mit der Zeit fast am Ende, und ich wollte Sie noch etwas fragen: Ich hatte Ihnen gesagt, Sie sollten möglichst oft Sport treiben, laufen, schwimmen. Was haben Sie bis jetzt so unternommen?«
»Tja... Beim letzten Versuch zu joggen ist mir schlecht geworden, ich musste mich sogar übergeben. Dafür habe ich angefangen, mehr Rad zu fahren. Nach Möglichkeit mache ich jeden zweiten Tag eine längere Tour.«
»Laufen wäre eigentlich besser. Sie müssen sich richtig auspowern, verstehen Sie, bis an Ihre Grenzen gehen, und das so oft wie möglich. Das ist die beste Möglichkeit, Ihren nervösen Beschwerden beizukommen. Was langfristig auch sehr gut wäre, wäre eine Mannschaftssportart. Oder noch besser eine Kampfsportart. Gäbe es da vielleicht etwas, das Sie interessieren könnte? Boxen zum Beispiel wäre sehr gut, oder vielleicht Judo.«
»Ähm... Da müsste ich vielleicht noch mal drüber nachdenken.«
»Tun Sie das, und bis dahin verschaffen Sie sich wie gesagt möglichst viel Bewegung. So! Wir sehen uns dann am nächsten Donnerstag zur selben Zeit.«
Obwohl eindeutig er das Gespräch beendet hatte, hatte er es geschafft, dass sie vor ihm aus ihrem Sessel aufstand. Er drückte ihr wie immer fest die Hand und öffnete ihr die Doppeltür.

Irene Felberich war vierunddreißig Jahre alt, ledig, kinderlos und Magister der Philosophie, arbeitete aber seit Ende ihres Studiums als Buchhändlerin in der Universitätsstadt, in der sie den größeren Teil ihres Studiums bis zum Abschluss absolviert hatte.

Seit einigen Jahren hatte sie zunehmend unter gesundheitlichen Widrigkeiten zu leiden gehabt wie Kopfschmerzen und Konzentrationsschwäche, außerdem häuften sich depressive Stimmungen, Müdigkeit und Kreislaufschwächen. Ihr Hausarzt hatte damit nicht allzu viel anfangen können, ihr das eine oder andere Mittel verschrieben und sie schließlich an einen Neurologen überwiesen. Als Irene dem ihren Fall geschildert hatte, interessierte er sich besonders für die »depressiven Stimmungen«, von denen sie gesprochen hatte. Da ihr EEG normal war, und auch sonst kein Hinweis auf eine organische Erkrankung vorlag, stand für ihn fest, dass Depressionen die Ursache allen Übels seien. Auch Irenes lebhafte Reflexe, ihre verspannten Schultern, ihr angespannter Kiefer und ihre Schwierigkeiten, sich und ihre Probleme zu artikulieren, zeigten für ihn innere Spannungen an, die sie nicht abbauen konnte. Insgeheim fand es Irene zwar normal, nur mit Widerstreben ihre gesundheitlichen Probleme auszubreiten und verspannt zu sein, nachdem sie zwei Stunden im Wartezimmer gesessen hatte. Die Diagnose traf sie jedoch, als hätte ein Urteilsspruch eine halb bewusste oder halb eingestandene Schuld bestätigt. Irene versuchte, dem Neurologen zu erklären, dass sie die Depressionen als Symptom angesehen und eine äußere Ursache angenommen hatte, Quecksilbervergiftungen durch ihre Zahnfüllungen zum Beispiel oder irgend etwas Organisches. Sie unterließ es wohlweislich, alle Verdachtsmomente – auf Elektrosmog, Vitaminmangel, Vergiftung durch dieses oder jenes und noch einiges mehr – aufzuzählen, um nicht auch noch als Hypochonder zu gelten. Der Neurologe erwiderte, dass so etwas möglich sei und sie in dieser Hinsicht sich informieren und die Augen offen halten sollte, ob Hinweise auf eine Überempfindlichkeit auf Quecksilber oder was auch immer sich ergäben, dass er jedoch vor allem eine Psychotherapie für notwendig halten würde. Sie sollte mit einer dafür kompetenten Person über ihre Probleme sprechen und auf jeden Fall etwas für ihre Depressionen tun. Das war Irene zwar auf die eine Art und Weise lieber als Medikamente zu nehmen oder sich sonst einer anderen medizinischen Behandlung zu unterziehen, und sie verspürte sogar Neugier, obwohl sie als gebildeter Mensch einigermaßen wusste, dass eine wirkungsvolle Psychotherapie auch sehr unangenehm werden musste. Darüber hinaus wurde sie mitverantwortlich für ihre Gesundung. Und sie war immer noch nicht sicher, ob sie schuldig oder unschuldig verurteilt war, aber sie nahm das Urteil schließlich an und sah sich von da an als psychisch kranke Patientin. Das verstärkte ihre Depression fürs erste. Sie versuchte sich zu trösten, indem sie sich sagte, dass jetzt immerhin etwas passierte. Mit dem Therapeuten, den ihr der Neurologe empfohlen hatte, kam sie allerdings nicht gut aus. In der ersten Sitzung fing sie an, von ihren Problemen und sich zu erzählen. Sprach sie mehrere zusammenhängende Sätze, kam ihr das Gefühl, ihre Darstellung wäre viel zu einfach für den wahren Sachverhalt. Geriet sie ins Stocken oder korrigierte sich, bekam sie ein schlechtes Gewissen, weil sie über ihre Probleme nicht sprechen konnte. Der Therapeut stellte nur wenige Fragen. Manchmal hörte sie auf zu sprechen, und für eine Weile keiner sagte mehr etwas. Die meisten Fragen irritierten sie mehr, als dass sie das Gespräch voran brachten oder ihr Verständnis signalisierten, weil sie den Eindruck bekam, dass er Dinge falsch oder verzerrt aufgefasst hatte – was dann wohl an ihrer Darstellung lag –, oder er wollte mehr über Dinge erfahren, die sie für völlig nebensächlich hielt. So erzählte sie von philosophischen Essays, die sie nicht für die Uni, sondern mehr für sich geschrieben hatte, um auf diesem Weg auf deren Inhalte zu sprechen zu kommen. Er jedoch, vermute, sie habe sie veröffentlichen wollen, um sich zu profilieren, habe aber keine Ahnung gehabt, wie es anzustellen sei, die Arbeiten zu publizieren.

Sie fand ihre Erwartungen an die analytischen Fähigkeiten und das Einfühlungsvermögen eines erfolgreichen Psychotherapeuten aufs Schlimmste enttäuscht, kam immer mehr aus dem Konzept und war mehrmals richtig bestürzt, da dieser Mensch sie offenbar für viel beschränkter hielt als sie war. Manchmal stellte er ihr rhetorische Fragen, die ihr wohl beweisen sollten, dass sie an allem selbst schuld war: »Haben Sie da nicht selbst... Und meinen Sie nicht auch... ?« Als ob das so einfach wäre.

Selbst die körperliche Präsenz des Therapeuten nahm sie negativ war. Die meiste Zeit schien er sich auf seine Schreibunterlage zu konzentrieren, wenn er ihr Fragen stellte, schaute er sie kalt und starr an, dass sie den Eindruck bekam, er taxiere den Gesundheitszustand eines Versuchstieres. Stellte sie Fragen, etwa danach, ob die Krankenkasse denn die Behandlung einfach so bezahle, kam sie sich unglaublich dumm und minderwertig vor.

Bei der zweiten Sitzung war alles noch etwas unangenehmer, und ihre Abneigung, etwas über sich zu erzählen, war so groß geworden, dass sie, wenn der Gesprächsfaden gerissen war, ihn nicht mehr bemüht wieder aufnehmen wollte, sondern absichtlich weiter schwieg. Auf die Frage nach seiner Diagnose antwortete der Therapeut, sie selbst müsse schließlich erkennen, was nicht in Ordnung sei. Das war zwar richtig, und vermutlich hätte es dem Konzept der Therapie widersprochen, sich gleich auf eine Diagnose festzulegen, seine Abwehr hinterließ aber ein sehr ungutes Gefühl: Die medizinische Bezeichnung, meinte der Therapeut, würde eigentlich nur die Krankenkasse interessieren.

Er schlug ihr schließlich vor, sich stationär behandeln zu lassen. Das sollte nichts über die Schwere ihres Falles aussagen. Sie sollte trainieren, mit ihren Mitmenschen klarzukommen, und sie sollte sich mit Menschen in der gleichen Situation austauschen. Irene wechselte den Therapeuten. Vielleicht hatte er sie sowieso nur loswerden wollen.

Herr Witten war Juniorpartner einer Gemeinschaftspraxis, die sie aus dem Telefonbuch herausgesucht hatte, und in die sie mangels weiterer Alternativen gegangen war. Nachdem ihr erster Therapeut promovierter Mediziner war, schien es ihr ein positives Zeichen zu sein, dass Herr Witten Diplom-Psychologe war. In den ersten Gesprächen mit ihm fühlte sie sich bedeutend besser als bei seinem Vorgänger. Herr Witten erwies sich als rücksichts- und verständnisvoll, und Irene fühlte sich erleichtert und begann neue Hoffnung zu schöpfen. Die Sitzungen stellten zwar auch eine Art psychischer Belastung dar, trotzdem fing sie an, diese Gespräche zu brauchen und ungeduldig auf das nächste zu warten. Die stationäre Behandlung hielt er zu ihrer großen Erleichterung für unangebracht.

Offenbar einigten sie sich stillschweigend auf ein gewisses Konzept, zumindest was die Vorgespräche betraf: Irene gab einen Überblick über ihre Situation und kam dann je nachdem, was dem Therapeuten oder ihr wichtig erschien, auf verschiedene Punkte zurück, um sie detaillierter zu schildern, Verbindungen zu knüpfen oder Vergleiche zu ziehen. Sie schilderte ihre Kindheit und ihr distanziertes Verhältnis zu ihren Eltern, was Herr Witten wichtig zu überprüfen war, dem er aber nicht zu viel

Aufmerksamkeit widmete, da er, in Übereinstimmung mit Irene, vermutete, dass fürs erste anderes relevanter war. Irene erzählte von ihrem Studium und ihrem privatem Leben, wobei sie sich fragte, inwieweit sie ihre Gedankenwelt hier ausbreiten konnte und inwieweit ihr Therapeut einen Zugang hierzu gewinnen konnte oder wollte.

Sprachliche Schwierigkeiten hatte sie dabei immer noch, wenngleich das hier nicht mehr so störend, sondern fast schon angemessen, um nicht zu sagen symptomatisch schien. Sie empfand ihre Sprache als zu grob für das, was sie meinte, zu linear und eindimensional für ihre Gedankengänge, zu festlegend. Es war ihr auch unangenehm, in den Gesprächen von »Depressionen« oder »Therapie« zu reden, weil ihr diese Schemata nicht angemessen erschienen. Herr Witten hatte weniger Schwierigkeiten damit: »Was Sie da Depressionen nennen...« oder »Therapie ist so ein großes Wort und sagt doch nicht allzu viel aus. Sagen Sie doch einfach, Sie hätten Gespräche, wenn Sie zum Beispiel mit Ihren Eltern oder Freunden darüber reden möchten.«

Sie bekam den Verdacht, seiner Rhetorik nicht beizukommen, weil sie eher zu simpel war und sich mehr auf Selbstbewusstsein als auf analytische und logische Fähigkeiten stützte. Unterschwellig fing sie an, seine professionelle Zuversicht und Gelassenheit als ihr unangemessen zu empfinden, aber sie versuchte sich davon abzuhalten, in dieser Richtung weiterzudenken, da sonst zu dem Schluss kommen könnte, dass ihr im Grunde nicht zu helfen sei. Ihr Fehler war, sagte sie sich, dass sie sich als Patientin zu wichtig nahm: Wenn die Patienten bestimmten, wie die Therapie aussähe und die Therapeuten sich zu verhalten hätten, wäre wahrscheinlich niemandem geholfen.

Am nächsten Donnerstag ging Irene wie verabredet wieder zur Therapiestunde, stieg die breite Altbautreppe zur Praxis hinauf, meldete sich bei der Dame in der Anmeldung und musste wieder warten, obwohl sie genau zur richtigen Zeit gekommen war. Im Wartezimmer war niemand außer ihr. Ein großer Gummibaum und ein paar kleinere Pflanzen standen vor dem Fenster, an den Wänden hingen Dali-Graphiken, die sich bei genauerem Hinsehen als ziemlich abstoßend erwiesen hatten. Die einzigen Zeitungen, die auslagen, waren die illustrieren Wochenendbeilagen einer überregionalen Tageszeitung, die Irene ohne größeres Interesse durchblätterte. Dann wurde sie endlich aufgerufen und ging ins Behandlungszimmer, wo außer Herrn Witten all die üblichen Kulissenteile auf sie warteten: Die doppelte Tür – damit von außen nichts zu hören war, vermutete sie –, die Herr Witten ihr aufhielt und hinter ihr schloss, nachdem er sie mit Händedruck begrüßt und zu ihrem Sessel gewiesen hatte. Von außen hing ein »Nicht stören« -Schild daran. Am Fenster, außerhalb ihrer Reichweite, stand der Schreibtisch, der aussah, als ob gerade jemand mitten in seiner Arbeit davon aufgestanden wäre, sogar die Lampe brannte noch. Dann war da der hässliche runde Glastisch, der zu nichts gut zu sein schien als den Raum zwischen den beiden Sesseln zu füllen, die aus verchromtem Stahlrohr mit Segeltuch bestanden. An den Wände hingen drei gerahmte Reproduktionen von Gaugin-Bilder. In der letzen freien Ecke stand eine Yucca-Palme.
Mittlerweile hatten sie beide zügig Platz genommen. Herrn Witten trug wie immer ein konservatives braunes Jackett und hatte die übliche etwas zerzauste Frisur.
»Frau Felberich, über Ihre Arbeit haben Sie mir früher schon einiges erzählt, Sie haben nach dem Studium angefangen, als Buchhändlerin zu arbeiten und inzwischen auch Ihre Lehre gemacht und abgeschlossen.«

»Eigentlich hatte ich schon während des Studiums in dem Laden gejobbt, wo ich jetzt arbeite. Danach habe ich erstmal weiter als Aushilfe gearbeitet und schließlich die Lehre gemacht.«

»Ja, was mich jetzt interessiert, ist, wie Sie mit der Arbeit zurechtkommen, wie Sie sich dabei fühlen, speziell, da Sie ja eigentlich mal einen anderen, ich sage mal anspruchsvolleren Beruf ins Auge gefasst hatten. Vielleicht erzählen Sie doch erstmal, wie es jetzt dazu kam, dass Sie jetzt in diesem anderen Beruf sind.«

»Wenn ich richtig darüber nachdenke, hatte ich mich für das Studium entschieden, ohne mir darüber allzu viele Gedanken zu machen, was ich später damit anfange, und wie ich es zu Geld mache. Den Beruf ›Philosoph‹ gibt es ja leider nicht... Vielleicht ist das auch ganz gut so, irgendwie stand und stehe ich dem zwiespältig gegenüber. Das Studium und das, womit ich mich beschäftigt habe, haben mir natürlich sehr viel gegeben und mich ganz entscheidend geprägt. Der Unibetrieb war mir dabei eher zuwider, deshalb habe ich gar nicht daran gedacht, zu promovieren und eine Universitätskarriere zu machen.«

»Bei vielen wäre da auch ausschlaggebend, wie erfolgreich das Studium verlaufen ist. Wie war das bei Ihnen, hätten sie sich gesagt, was ich draufhabe, reicht für eine Promotion allemal, oder eher: ich musste mich so durchs Studium quälen, das lasse ich lieber?«

»Hm... herausragende Leistungen hatte ich wohl nicht zu verzeichnen, aber wenn ich mich mit einigen mir bekannten promovierten Geisteswissenschaftlern verglichen hätte, hätte ich wohl ohne weiteres promovieren können. Falls es wirklich nur davon abhinge... Ich meine, ein paarmal bin ich schon eher schlecht durch Prüfungen gekommen, aber nur, weil ich Interessanteres zu tun oder zu lesen hatte und mich nicht gut vorbereitet hatte. Wenn ich es wirklich darauf angelegt hatte, war es

eigentlich kaum möglich, meine Argumente oder was auch immer zu widerlegen. Aber meistens hatte ich nach Prüfungen oder am Semesterende das Gefühl, dass ich eigentlich besser hätte sein können beziehungsweise, dass ich noch Lücken aufzuarbeiten hätte.«
»Lücken haben doch eigentlich alle, die einen mehr, die anderen weniger.«
»Naja, andererseits bin ich ziemlich schnell, ohne irgendwo durchzufallen, durchgekommen.«
»Also doch recht erfolgreich, und so wie ich Sie verstanden habe, haben Sie sich doch sehr mit ihrem Studienfach identifiziert. Warum haben Sie nach dem Studium jetzt nicht diese Linie weiter verfolgen können?«
»Erstens einmal lagen und liegen Stellen für Philosophieabsolventen nicht gerade auf der Straße. Was eine ›richtige‹ Stelle betrifft, hätte ich vielleicht mit viel Glück einen Arbeitsplatz gefunden, um ein einigermaßen gutes Auskommen zu haben, aber wohl keine Tätigkeit, die mir zugesagt hätte. Oder sagen wir mal, die darauf aufgebaut hätte, was mir im Studium wirklich wichtig war.«
»Das ist jetzt etwas zu abstrakt für mich. Wenn Sie Ihren Wunscharbeitsplatz beschreiben, wie sähe der aus? Was würden Sie am liebsten machen?«
»Tja, lesen und darüber schreiben. Das heißt wohl, ich hätte journalistisch oder publizistisch im weitesten Sinne arbeiten sollen. Dazu fehlten mir aber die Kontakte. Ich bin viel zu spät darauf gekommen, dass ich schon lange vor dem Abschluss Leute gebraucht hätte, die mich weiter bringen. Stattdessen bin ich immer zu schnell angeeckt. Aber mich einzuschleimen war halt nie mein Ding. Und andere Sachen, die mehr in Richtung Verwaltung oder Management gehen, so für Quereinsteiger werden die schon mal ausgeschrieben, aber das liegt mir gar nicht.«

»Haben Sie denn versucht, eine derartige Stelle zu bekommen, oder wo haben Sie diese Eindrücke her?«
»Ich habe natürlich einige Bewerbungen abgeschickt – ziemlich viele sogar –, aber meistens nur Absagen bekommen. Zwei Vorstellungstermine hatte ich, aber die waren eher frustrierend. Das durfte wohl vor allem daran gelegen haben, dass ich mich nicht schmackhaft genug machen konnte, und dass mir anzumerken war, dass ich nicht gerade begeistert von der ganzen Sache war... So einige andere Informationsquellen hatte ich schon, ich hatte mich mit vielen Leuten darüber unterhalten... Auf der Uni hatte ich genug Freiraum gehabt, um meine eigene Arbeitsweise zu finden, die nicht unbedingt dem entsprach, was von einem erwartet wurde, aber, wie eben schon gesagt, ausreichte, um seine Scheine und gute Prüfungsergebnisse zu bekommen. Aber der Gedanke, geistige Arbeit nach Arbeitszeit und Vorschrift und nach Ergebnisvorgaben zu leisten, war mir doch sehr... unbehaglich, das hat wohl auch eine Rolle gespielt. Ich wäre ja auch in eine völlig andere Art von Umgebung hereingekommen...«
»Die Arbeit im Buchladen haben Sie also als weniger einengend oder beängstigend empfunden, wenn ich Sie richtig verstehe. Womit Sie ja auch eine größere Lebensumstellung erspart haben, einen Umzug in eine andere Stadt zum Beispiel.«
»Sicher auch. Obwohl ich diese Stadt nicht besonders mag, und die Vollzeitarbeit schon eine Umstellung war.«
»Es ist ja auch schmeichelhaft oder, sagen wir mal, bestätigend, wenn einem angeboten wird, eine Aushilfstätigkeit in eine richtige Arbeit umzuwandeln.«
»Ja, wohl auch. Ich habe mich bei der Arbeit ja auch nicht unwohl gefühlt. Vor allem hatte sie den Vorteil, dass ich meine Gedanken eher heraushalten konnte. Als ich angefangen habe, Bücher zu verkaufen, musste ich

mich erstmal daran gewöhnen, mich nicht mehr darum zu kümmern, was für Bücher das waren. Ein unausrottbares Klischee, Buchhändler würden sich mehr als andere Menschen für Bücher interessieren. Es reicht, wenn die Kunden wissen, was sie wollen, finde ich. Ich habe mich seitdem darauf beschränkt, nur noch die Bücher zu lesen oder wiederzulesen, die ich wirklich für wichtig halte. Ein großer Gewinn... Ich arbeite ja hauptsächlich in der Wissenschaftsabteilung, im Lager oder in der Buchhaltung. Wenn ich mehr in der Belletristik zu tun hätte und mich die Leute dauernd nach Urlaubslektüre fragten, wäre ich wohl reichlich genervt. Wahrscheinlich würde ich die Kunden vergraulen, wenn ich ihnen irgendwelche Reißer und Bestseller ausreden und ihnen dafür Kafka und Dostojewski oder vielleicht garstige Beckett-Romane aufschwatzen wollte...«
Ein kurzes, höfliches Lächeln, das nicht verriet, ob er mit Beckett etwas anfangen konnte.
»Oder Kinderbücher, das ist für mich ein völlig unbekanntes Territorium. Obwohl es da sicher auch ein paar sehr schöne Sachen gibt...«
»Ihr Verhältnis zu den Kunden ist also eher distanziert, wenn ich das richtig verstanden habe. Gibt es vielleicht so etwas wie Stammkunden, die Sie persönlich kennen? Und wie kommen Sie mit Ihren Kolleginnen und Kollegen zurecht?«
»Hm... Ich bemühe mich, mit allen gut auszukommen, und das klappt eigentlich auch. Mit der einen oder der anderen Kollegin kann ich mich sehr gut unterhalten, und es gibt da eine gewisse Vertrautheit, aber allzu nahe steht mir da eigentlich niemand. Manchmal erkenne ich einen Kunden wieder, und manchmal fängt einer ein Gespräch an, das ich dann auch nicht abwürge, wenn ich Zeit habe, aber das bleibt doch distanziert. Manchmal ernte ich sogar geistreiche Bemerkungen. Ansonsten...

In letzter Zeit habe ich das Gefühl, dass mir alles ein bisschen zu viel wird, ich mache mir alles so einfach wie möglich und vermeide, mich allzu sehr anzustrengen.«
»Frau Felberich, Sie sagten eben, Kinderbücher seien für Sie fremdes Terrain. Gilt das vielleicht auch für die Kinder selber?«
»Ja… eigentlich schon. Nicht, dass ich sie nicht leiden kann, aber ich kann mit Kindern wenig anfangen. Ich bin wohl zu weit darüber hinaus, so wie ein Kind zu denken oder mich in eines hineinzuversetzen. Vielleicht fehlt mir auch nur die Übung… Hm, eigentlich finde ich Kinder oft lästig, manchmal sogar bedrohlich. Zum Beispiel, wenn ich mit einem Bus fahre, der voller Schulkinder ist. Wenn ich manchmal mit ansehen muss, wie Eltern mit ihren Kindern in aller Öffentlichkeit umspringen, im Supermarkt oder im Bus, finde ich das auch schrecklich. Manchmal, weil die Kinder einfach zu blöd sind, aber meistens wegen der Eltern und ihrer verheerenden Erziehungsmethoden. Irgendwie schamlos, in der Öffentlichkeit zu zeigen, dass einem die eigenen Kinder lästig werden… Verstehen Sie, was ich ungefähr meine?«
»Ich denke schon. Aber wenn Sie sagen, dass Sie sich über Erziehung Gedanken machen, frage ich Sie, worauf ich eigentlich hinauswollte: Haben Sie selbst schon mal darüber nachgedacht, selbst Kinder zu haben?«
»Um Gottes Willen, nein! Abgesehen davon, dass das völlig über meine Kräfte ginge… Irgendwie wäre mein Leben davon viel zu stark eingeengt, um nicht zu sagen ruiniert… Wie gesagt, eigentlich kann ich mit Kindern nichts anfangen. Und selbst wenn ich mir wirklich Mühe geben würde… Ich glaube nicht, dass für das Kind allzuviel Gutes dabei herauskäme… Wahrscheinlich, gerade weil ich mir zu viele Gedanken machen würde.«
»Das hört wirklich eher ablehnend an.«

»Ich weiß nicht, mein Leben hat sich davon schon viel zu weit weg bewegt... Dabei gibt es schon noch einige Fürsorgereflexe, wenn ich zum Beispiel sehe, wie ein Kind von seinen Eltern fertiggemacht wird. Oder verzogen...« Sie lächelte zerstreut. »Oder wenn ich irgendwo ein Spielzeug liegen sehe, dass jemand verloren oder vergessen hat, finde ich das furchtbar traurig, das nimmt mich richtig mit. Ich weiß dann gar nicht, ob ich nicht etwas tun sollte. Meistens lasse ich es dann liegen in der Hoffnung, dass das Kind noch einmal zurückkommt... Einmal habe ich einen kleine Teddybären gefunden, in einer Pfütze auf einem Parkplatz, abends beim Spazierengehen. Den habe ich mitgenommen und sauber gemacht, und jetzt liegt er seit Jahren in einer Schublade. Dabei war er eigentlich nicht so schön, eine Art Schießbudenteddy, wie ihn manche Leute an den Autorückspiegel hängen... Komische Geschichte, nicht?«
»Nein, gar nicht. Ich finde das eigentlich sehr schön, wenn Sie so emotional reagieren können.«
»Hm... Wo Sie eben fragten, ob ich nicht selber Kinder haben wollte, habe ich ganz vergessen, dass dazu ja irgendwie ein Mann notwendig ist.«
Jetzt lächelte Herr Witten. Richtig, sein Lieblingsthema, dachte Irene.
»Ich meine, es gäbe eine hohe Wahrscheinlichkeit, dass ich dann den Vater zum Kind auch noch am Hals hätte... Mein Gott, was für ein Thema!«
»Ja, nachdem Sie heute so tapfer mitgekämpft haben, erlöst Sie auch schon bald der Gong, wir haben nämlich nur noch ein paar Minuten. Ich meine, heute waren Sie viel lebhafter und mitteilsamer als beim letzten Mal. Jetzt möchte ich Sie nur noch fragen, was der Sport macht?«
»Was soll der machen... Gestern ist mir beim Waldlauf wieder schlecht geworden, und ich musste dann langsam

nach Hause gehen. Vielleicht sollte ich besser aufpassen, was ich vorher esse.«
»Ja, da sollten Sie wohl noch dran arbeiten.«
»Manchmal klappt das mit dem Joggen ja auch ganz gut. Aber irgendwie scheint sich das meinen Willen zu entziehen, wozu ich gerade in der Lage bin und wozu nicht... Manchmal scheint es mir plötzlich zu viel Anstrengung zu sein, nur die Treppe bis zu meiner Wohnung hochzugehen.«
»Solche Rückschläge kann es natürlich geben, aber das sollte mit der Zeit eigentlich aufhören, da müssen Sie ganz einfach dranbleiben. Haben Sie darüber nachgedacht, was Ihnen an Mannschafts- oder Kampfsportarten Spaß machen würde.«
»Ja... aber ich habe noch nichts gefunden. Wie wär's mit Schwimmen?«
»Da müssen wir dann beim nächsten Mal noch darüber reden. Jetzt – « er richtete sich nur auf in seinem Sessel und brachte sie wieder dazu, vor ihm aufzustehen » – müssen wir für heute Schluss machen. Am nächsten Dienstag, Uhrzeit wie immer?! Also dann auf Wiedersehen.«
Derselbe Händedruck wie immer, Irene murmelte »Auf Wiedersehen«, und er öffnete ihr die Türen.
Unten auf der Straße erinnerte Irene sich daran, wie er nach ihrer Teddygeschichte gesagt hatte, er fände es schön, wenn sie so reagieren könnte. Hielt er sie denn für unfähig, irgendwelche Emotionen zu haben? Sie hätte eigentlich verärgert reagieren sollen. Jetzt war es zu spät, aber vielleicht konnte sie ihn beim nächsten Mal noch darauf ansprechen.

Samstags schloss Irenes Buchladen früher als die meisten anderen Geschäfte. Meistens ging sie dann selbst schnell noch einkaufen. Irene schleppte also zwei ziem-

lich volle Einkaufstaschen nach Hause, froh, endlich aus dem überfüllten Supermarkt und dem noch volleren Bus heraus zu sein. Sie war so in sich versunken, dass sie Herrn Witten erst bemerkte, als er fast vor ihr stand.
»Frau Felberich, gut, dass ich Sie treffe...«
Irene fand wieder zur Realität zurück und sagte guten Tag. Er wirkte etwas verwirrt und außer Atem, außerdem trug er einen alten Strickpullover, sonst kannte sie ihn nur im Jackett.
»Ja, ich wollte Sie ganz unbescheiden fragen, ob Sie mir vielleicht helfen können... Ich stecke gerade in einer Art häuslichen oder vielmehr familiären Katastrophe, ich bin sozusagen zu Hause rausgeflogen. Dummerweise habe ich weder Geld noch Autoschlüssel, Ausweis, Bankkarte oder sonst etwas bei mir. Zufällig sah ich Sie gerade die Straße entlang kommen mit Ihren Einkaufstaschen, da dachte ich, Sie wohnen vermutlich hier ganz in der Nähe.«
»Stimmt. Meine Adresse kennen Sie vermutlich auch...«
Irene kam undeutlich der Gedanke, er wollte sie um Geld bitten.
»Wie? Nein, Ihre Adresse kenne ich nicht, ich erinnerte mich nur an das, was Sie von ihrer Wohnung erzählt haben. Eigentlich wollte ich zu einem Studienfreund, der hier in der Nähe wohnt, aber offenbar ist er am Wochenende nicht da. Wie ich so ratlos hier herumlaufe, sehe ich Sie kommen. Und jetzt wollte ich Sie fragen, ob ich mich eventuell übers Wochenende bei Ihnen einquartieren kann? Sie sind sozusagen meine letzte Rettung.«
Irene wußte überhaupt nicht, was sie davon zu halten hatte.
»Ähm... na gut, meinetwegen«, hörte sie sich sagen. Im selben Moment bereute sie es.
»Ich wäre Ihnen wirklich sehr dankbar und würde das bei nächster Gelegenheit wieder gut machen. Sehen Sie,

das ist eine einmalige Notsituation, aber fragen Sie mich bitte nicht, was passiert ist. Dummerweise kann ich sonst niemanden fragen, ich wusste grad gar nicht mehr, was ich tun sollte. Sie hat wirklich der Himmel geschickt! Soll ich Ihnen eine Tasche abnehmen?«
»Ja, dann kommen Sie mal mit, wir sind eh fast da.«
»Ich weiß gar nicht, wie ich Ihnen danken soll.«
Dir fällt doch sonst immer was ein, dachte sie.
Irene überlegte, dass sie überhaupt keine Lust hatte, mit ihm zu reden oder nur an ihn zu denken, aber vielleicht würde er sich mal weniger distanziert zu ihren Fall äußeren und sich in Zukunft besser und verständnisvoller um sie kümmern. Sie nahm noch war, dass er etwas verloren neben ihr her trabte, dann fiel sie vor Müdigkeit in ihre Gedankenlosigkeit zurück.
Irene hatte eine kleine Dachwohnung in einem Mehrfamilienhaus abseits vom Stadtzentrum. Herr Witten hielt ihr die Haustür auf, nachdem Irene aufgeschlossen hatte. Irene lief die Treppe hinauf, er hinterher. Oben angekommen schloss sie die Wohnungstür auf. In dem schmalen Korridor setzte sie ihre Einkaufstasche ab, ging in ein Zimmer, dessen Tür offen stand, und weiter direkt auf eine kleine Stereoanlage zu, die in einem Bücherregal stand. Das Schlüsselbund, das sie noch in der Hand hielt, warf sie unterwegs in den einzigen Sessel. Sie drückte ein paar Knöpfe und blieb abwartend stehen. Aus den Lautsprechern kam überraschend laut etwas, dass ein bisschen nach Kreissäge klang, aber zweifellos eine verzerrte elektrische Gitarre war. Zuerst schien sie nicht recht vorwärts zu wollen, geriet aber in den Sog von Schlagzeug und Bass. Die drei schrubbten schön rhythmisch los, wenn auch ein bisschen stupide, um die Basis für eine etwas quäkende, aggressive Gesangsstimme zu bilden.

Irene wippte mit dem Kopf leicht im Rhythmus. Dann drehte sie sich um und ging den Schlüssel aufheben. Merkwürdigerweise fühlte sie sich jetzt erst richtig müde. Herr Witten stand noch eher unschlüssig in der Zimmertür. Mit einer Handbewegung wies Irene ihn, da sie ihn wieder wahrnahm, ins Zimmer und ging an ihm vorbei, um die Einkaufstaschen zu holen. Als sie zurückkam, standen sie sich unversehens Auge in Auge gegenüber, als das Lied endlich beim Refrain ankam und Herr Witten deswegen unwillkürlich das Gesicht verzog. Irene ging zur Anlage, um sie leiser zu stellen, und verschwand mit ihren Taschen in der Küche.

Herr Witten folgte ihr, nachdem er sich eine Weile in dem umgesehen hatte, was Irenes Wohn- und Arbeitszimmer war und einen sehr unaufgeräumten Eindruck machte. Irene verteilte gerade Konservendosen und Flaschen mit Reinigungsmitteln auf verschiedene Küchenschränke. Sie sah ohne damit aufzuhören zu ihm hinüber und sagte: »Ich wollte gleich etwas zu essen machen, Sie haben vielleicht auch Hunger. So in einer halben Stunde, wenn Sie es bis dahin aushalten?«

»Ja sicher, nur keine Umstände. Wenn ich Ihnen etwas helfen kann, sagen Sie es nur.«

»Nein, lassen Sie nur.« Vielleicht sucht er jetzt Gesellschaft, um sich von seiner »häuslichen Katastrophe« abzulenken. »Sie können ja nachher beim Abwaschen helfen.«

»Haben Sie keinen Geschirrspüler? Äh… ja, sicher« und nach einer etwas längeren Pause: »Ich bin etwas überrascht, dass Sie solche Musik hören.«

Sie erschrak, als sei sie beim In-Der-Nase-Bohren erwischt worden. Dann sagte sie sich, dass das wohl nur ein Versuch war, die Konversation aufrechtzuerhalten.

»Manchmal kann ich so was sehr gut hören«, sagte sie, während sie eine Dose Sauerkraut öffnete und den Inhalt

über den Spüle in ein Sieb schüttete, »aber nicht immer. Ich habe auch noch andere Musik, vielleicht findet sich ja noch was für Ihren Geschmack. Ich weiß ja nicht, was Sie so beim Kochen hören.«
Das Sauerkraut kam in einen Topf und auf den Herd, daneben ein Topf mit Wasser.
»Tja, ich koche nicht so oft. Um ehrlich zu sein, soviel mache ich mir nicht aus Musik, jedenfalls aus Rock und solchen Sachen. Erinnert mich an das Praktikum in der Jugendpsychiatrie. Ich hätte gar nicht gedacht, dass Sie so häuslich sind. Kann ich Ihnen wirklich nicht helfen?«
»Nein, nein. Ist eh nicht viel zu tun.«
Die Rockmusik verstummte und kam auch nicht wieder. Herr Witten drehte sich um, als wollte er sich dessen noch einmal versichern.
»Ich hatte nur die drei Stücke programmiert... Früher fand ich Hard Rock und Heavy Metal auch fürchterlich. Heute eher lächerlich. In meiner Teenagerzeit gab es ziemlich viele Jungen, die sich das anhören. Fiel mir wieder ein, als Sie Jugendpsychiatrie sagten. Mir reichte es schon, wenn ich die Hüllen von diesen Monsterplatten sah, die sie mit in die Schule brachten, um sie sich gegenseitig auszuleihen. Damals waren das ja noch großen Langspielplatten. Das waren dann auch meist die Leute, die sich auf Klassenfeten betranken und sich auch sonst manchmal daneben benahmen. Heute kann ich eher nachvollziehen, dass sie so etwas wie eine Gegenwelt suchten, etwas unangepasstes, mit dem man andere Leute noch abschrecken konnte.« Das Wasser kochte, und Irene schüttete ein Päckchen Gnocchi hinein. »Na ja, eigentlich besitzt diese Musik meiner Meinung nach schon die Fähigkeit, eine bestimmte Art von Frustration oder Entfremdung adäquat wiederzugeben, – wenn diese Musiker nur eine realistischere Sicht auf sich selbst hätten.«

»Und auf den Rest der Welt vielleicht auch.«
»Jaja… Wenn wir beachten, dass sich das Selbst über das Nichtsein dessen, was es nicht ist, oder des Restes der Welt, wie sie gerade sagten, definiert, gehört das schon zusammen. Dialektik für Arme sozusagen.«
»Das ging mir jetzt zu schnell zum Verstehen. Vielleicht können Sie mir das mal bei Gelegenheit begreiflich machen.«
Sie bemerkte, dass er wenig Interesse hatte mitzubekommen, was sie sagte.
»Was hören Sie denn so für Musik?« fragte sie.
«Eher in Richtung Jazz, mehr instrumentale Sachen, ein bisschen Klassik. Das heißt, die meisten Platten gehören meiner Frau.«
Irene fing an, das Sauerkraut aus verschieden Streuern und Gläschen zu würzen, was seinen Blick anzog. Schließlich goss sie eine nicht unerhebliche Menge Ketchup dazu, bevor sie die Gnocchi abgoss und unter das Kraut rührte.
»Darf ich fragen, was Sie da zaubern?«
»Gnocchi mit Sauerkraut und Ketchup… Eines meiner Standard-Schnellgerichte. Der Versuch, etwas nachzukochen, was ich früher ab und zu in der Mensa gegessen habe. ›Schupfnudeln mit Kraut‹ oder so ähnlich. Richtige Schupfnudeln sind mir aber zu teuer. Tja, die Mensa. Lange her.«
»Schmeckt bestimmt trotzdem köstlich.«
»Naja, es sieht ein bisschen wie… hm, möglicherweise etwas unappetitlich aus.«

Nach dem späten Mittagessen und einem schwarzen Tee und Schokolade zum Nachtisch ging Herr Witten Zigaretten holen, nachdem er sich von Irene etwas Geld, ein Feuerzeug und die Wohnungsschlüssel ausgebeten hatte. Das war ihr sehr recht, da ihr die unaufgeräumte und

verstaubte Wohnung sehr peinlich war und sie jetzt noch etwas aufräumen konnte, bevor diese Vernachlässigung mit ihrer psychischen Verfassung in Zusammenhang gebracht wurde. Als sie ihn bat, in der Wohnung nicht zu rauchen, meinte er, er wollte ohnehin noch einen Spaziergang machen, um etwas nachzudenken. Er blieb bis zum Abend aus.
Trotz der lauten Musik hörte Irene zwar die Wohnungs- und dann die Zimmertür, reagierte aber nicht weiter darauf, auch nicht als sie ihn dann ganz hereinkommen hörte und den Zigarettenatem roch.
»Was machen Sie denn da Interessantes?«, fragte er fast gutgelaunt und dann etwas überrascht: »Ufos abschießen?«
Irene saß zurückgelehnt in ihrem Schreibtischstuhl vor der Computerspielkonsole unter einer Glocke aus Schall von der Außenwelt entrückt. Sie bewegte allein die rechte Hand und diese sehr schnell, um ihr Ufo-Spiel zu steuern, und blickte starr auf das Display. Trotzdem hatte sie durch das, was sie hörte und sah, den Eindruck, sich in rasend schneller Bewegung zu befinden. An ihrem Hals schlug eine hervortretende Ader. Er hatte sie jetzt aus dem Takt gebracht, und ihr letztes Raumschiff wurde abgeschossen, dabei war der Punktestand in diesem Spiel schon recht viel versprechend gewesen.
»Ja… warum nicht«, antwortete sie halb verärgert, halb mit einem schlechten Gewissen. Aus Trotz fing sie ein neues Spiel an.
»Naja… das Bad ist hinter der Tür rechts von Eingang?«
Sie konnte sich nicht mehr auf das Spiel konzentrieren und als sie die Spülung rauschen hörte, gab sie entnervt auf und stellte die Musik leiser.
»Es geht mich vielleicht nichts an, aber machen Sie das regelmäßig?«, fragte er, als er wieder zurück war.
»Ab und zu.«

»Haben Sie die ganze Zeit gespielt, während ich draußen war?«

»So ziemlich… Die meisten Leute machen so etwas wohl eher auf der Autobahn: Musik an, sich zurücklehnen und rein in den Geschwindigkeitsrausch. Optische Bewegung ohne körperliche. Ganz legales Rauschmittel. Der Kopf wird so schön frei davon. Man denkt nicht richtig, aber man fängt so schön an zu assoziieren.«

»Wie gesagt, eigentlich sollte mich das wohl nichts angehen, aber als Ihr Psychotherapeut finde ich das nicht besonders gut. Ich denke, das schafft auf die Dauer mehr Frustrationen als es abbaut.«

»Naja… Auf dem Computer, auf dem habe ich meine Magisterarbeit geschrieben, waren ein paar Spiele. Irgendwann habe ich mir dann die Konsole gekauft, weil ich das Spielen am Computer zu umständlich fand. Kennen Sie sich aus mit so etwas?«

»Mit Spielsucht? Eher theoretisch. Oder meinen Sie, mit Computern und Computerspielen? Auch eher weniger. Ich meine, als Arbeitsmittel natürlich schon…«

»Wollen Sie mal, so als Feldversuch?«

»Hm… Na gut, aber machen Sie bitte die Musik aus.«

»Hiermit bewegen Sie Ihr Schiff, nach vorne ist beschleunigen, nach hinten abbremsen. Diese Taste ist für die Bordkanone, diese für Raketen, die können ihr Ziel selbstständig verfolgen, wenn Sie beim Abschuss darauf gezielt haben. Aber seien Sie lieber sparsam damit.«

Herr Witten fing eher lustlos an, dann wurde sein Ehrgeiz durch seine Misserfolge angestachelt. Nach zwanzig Minuten verbissenen Kämpfens, begleitet von Irenes Kommentaren und eigenen Ausrufen, gab er schließlich auf.

»Ich habe den Eindruck, das ist gar nicht mehr zu schaffen ab dem dritten Level. Mir ein Rätsel, wie sie das machen. Schon hinterhältig, wie man zum Weitermachen

verführt wird. Wenn man denkt, dass man es jetzt raus hat, wird es dann wieder nichts. Es ist wirklich eine ziemlich geistlose Zeitverschwendung.«
»Die meisten Leute vertreiben sich auf möglichst geistlose Weise ihre Zeit: Arbeit, Fernsehen, Sport…«
»Sie sind ganz schön pessimistisch.«
»Zweifellos.«
»Fragen Sie sich denn nicht warum? Wenn Sie die Dinge nicht von vorn herein so negativ betrachten würden, hätten Sie sicher weniger Probleme.«
«Dazu müsste ich mich wohl geistig zurück entwickeln, und das scheint mir keine gute Lösung zu sein.«
»Gehört dieser Pessimismus Ihrer Meinung nach zu Ihrer Philosophie dazu?«
»Zur Philosophie wohl weniger, mehr zu dem, was einem mit der Philosophie im Handgepäck so begegnet. Optimismus ist wohl eine Voraussetzung zur Psychotherapie?«
»Soll ich Therapien mit der Überzeugung durchführen, dass den Leuten sowieso nicht zu helfen ist?«
»Das betrifft wohl eher die Therapeuten.«
»Darauf erwarten Sie ja wohl keine Antwort!«
Irene fühlte sich endgültig schuldig, sich schlecht benommen zu und ihrem Ärger nachgegeben zu haben, und eine Weile schwiegen sie mit unerfreulichen Mienen.
»Entschuldigen Sie, ich meinte, dass eher in dem Sinne, dass nach meiner Sicht Psychotherapeuten sich ihres Standpunktes bewusst werden sollten dass sie auch mal andere Denkweisen kennenlernen sollten, wie es meiner Meinung nach zur Philosophie dazugehört.«
»Schon gut, ich habe Ihnen das nicht übel genommen. Eigentlich ist es ja ganz gut, wenn Sie mal aus sich herausgehen. In den Sitzungen muss ich Ihnen ja manchmal die Würmer einzeln aus der Nase herausziehen. Nur denken Sie bitte daran, dass die Therapeuten nicht so

gerne als Sandsack oder als Blitzableiter für die Patienten herhalten möchten.«
Die Würmer gefielen Irene gar nicht, aber ihr fiel nichts darauf ein. Schließlich sagte sie:
»Ich glaube, es wird langsam Zeit fürs Abendessen, und dann muss ich Ihnen noch den Schlafsack und die Luftmatratze aus dem Keller holen.«
»Ja, sicher. Mal ganz direkt gefragt, was haben Sie heute Abend denn noch so vor? Ohne mich vielleicht als Begleitung aufdrängen zu wollen.«
»Noch ein bisschen lesen, vielleicht noch einen kurzen Spaziergang machen und früh schlafen gehen – haben Sie noch was Bestimmtes vor?«
»Eigentlich nicht, aber heute ist schließlich Sonnabend. Wir könnten ja auch nur hier bei Ihnen eine gute Flasche Wein trinken und uns noch ein bisschen unterhalten.«
»Wein habe ich gar keinen da, ich könnte Ihnen höchstens noch Tee anbieten. Aber ich bin schon reichlich müde, schließlich musste ich heute arbeiten.«

Irene wurde am Sonntagmorgen gegen neun Uhr wach. Gewohnheitsmäßig setzte sie ihre Stereoanlage in Betrieb, bevor sie anfing, sich ihr Frühstück zu machen. Sie fischte gerade den Teebeutel aus der Kanne, als ein sichtbar unausgeschlafener und schlecht gelaunter Herr Witten die Küche betrat. Sie erschrak, sie hatte ihn völlig vergessen.
»Guten Morgen…«
»Morgen. Stehen Sie sonntags immer so früh auf?«
»Eigentlich schon. Entschuldigen Sie, aber ich hatte total vergessen, dass Sie im Arbeitszimmer schlafen. Komisch, dass ich Sie nicht gesehen habe«, oder gerochen, dachte sie, »als ich die Musik angemacht habe. Ich habe Ihnen doch erzählt, dass Gedächtnislücken habe und unkonzentriert bin.«

»So plastisch habe ich mir das bisher nicht vorstellen können. Haben sich Ihre Nachbarn noch nie beschwert, wenn Sie am Sonntagmorgen die Musik so laut anmachen?«
»Nein. Die alten Leute in der Wohnung unten sind ziemlich schwerhörig, außerdem stehen sie viel früher auf, weil sie um zehn in die Kirche gehen. Und der Typ, der nebenan wohnt, ist am Wochenende nie da. Glaube ich jedenfalls, nachdem ich ihn noch nie gesehen oder gehört habe. Soll ich Ihnen auch einen Tee machen?«
»Wenn Sie wirklich keinen Kaffee haben, bitte.«
Irene erinnerte sich, dass das gestern beim Abendbrot schon ein Thema gewesen war.
»Nein, habe ich nicht... Haben Sie gut geschlafen?«
»Nicht sehr. Ich weiß gar nicht, wie lange das her ist, seit ich das letze Mal im Schlafsack übernachten musste.«
Jetzt bekomme ich tatsächlich wieder ein schlechtes Gewissen, dabei ist der Kerl doch selbst schuld, dachte Irene.
»Ich hatte mir Ihre Wohnung ein bisschen größer vorgestellt. Ach, ich habe mir erlaubt, mir etwas zu lesen in Ihrem Bücherregal rauszusuchen, weil ich so früh nicht einschlafen konnte.«
»Hm... Sie hätten mich ruhig vorher fragen können. Ich habe in viele Bücher Randbemerkungen geschrieben, die wirklich niemand zu lesen braucht.«
Eine Weile schweigen sie beide.
»Mir scheint, wir haben heute morgen beide nicht die beste Laune.«
»Gute Laune habe ich schon lange nicht mehr, außerdem habe ich morgens eigentlich immer Kopfschmerzen. Würde mich interessieren, ob das eines Tages auch mal wieder aufhört.«
»Sie haben doch schließlich eine Therapie begonnen, und die sollten Sie etwas ernster nehmen. Ich habe den

Eindruck, dass Sie sich einfach nur auf sich zurückziehen und in Ihrem Winkel schmollen, wenn nicht alles von allein besser wird. Sie müssen zu einem anderen Verhältnis zu sich und Ihrer Umwelt kommen, und das muss einfach trainiert werden, dafür müssen Sie etwas tun und das müssen Sie wollen.«
»Trainieren… Ich merke nur, dass ich Kopfschmerzen habe, mich nicht mehr richtig konzentrieren kann, keine Anstrengungen mehr verkrafte, nicht mal mehr, um etwas ändern zu wollen. Ich werde depressiv, wenn ich merke, wie ich abbaue, und Sie erzählen mir, ich soll alles positiver sehen und mir Mühe geben.«
Irene bemerkte verzweifelt, dass sie um so schlechter in Worte fassen konnte, je mehr sie bewegte, was sie sagte. Eigentlich sollte ich ihm jetzt endlich vorschlagen, bei einem anderen Therapeuten weiterzumachen.
»Frau Felberich, ich kann schließlich nicht in Sie hineinsehen und Ihnen genau sagen, was Ihnen fehlt. Sie können auch keine Wunderheilung von mir erwarten, so etwas muss erarbeitet werden.«
Wer von uns wohl mehr vom Erarbeiten versteht! dachte Irene und sagte: »Wunderheilung… Ich dachte, wir könnten mal vernünftig über die Therapie sprechen… wenn Sie schon mal einen Hausbesuch machen.«
»Mit ihrem Sarkasmus helfen Sie sich auch nicht. Sie zeigen damit nur, dass Sie sich selbst nicht annehmen können. – Kann ich noch eine Tasse Tee bekommen?«
Wie ich diese Psycho-Sprüche hasse. Bin ich in einem schlechten Film? – das behielt sie lieber wieder für sich.
Irene goss ihm nach und ging hinaus, um ihr Schlafzimmer aufzuräumen. Sie fragte sich, wie er ihr rhetorisch so überlegen sein konnte, dass sie immer wieder den kürzeren zog, obwohl sie selbst ihre Gedanken völlig einleuchtend fand, solange sie mit ihnen allein war. Vor ihrem Therapeuten fand sie dann keine adäquate Formu-

lierung, und wenn er dann etwas gegenteiliges sagte, zweifelte an dem, dessen sie vorher noch so sicher war.
Man könnte fast meinen, dachte sie, dass das ein Teil der Therapie war: zu lernen sich gegen den Therapeuten zu behaupten. Aber wenn er mir beizubringen versucht, meinen Standpunkt und meine Persönlichkeit gegenüber den lieben Mitmenschen durchzusetzen, dann meinte er damit sicher nicht sich selbst. Soviel Kombinationsgabe beziehungsweise Selbstreflexion traue ich ihm nicht zu. Vermutlich ist ihm noch nicht mal aufgegangen, dass sich die Persönlichkeit eines Menschen, der ein anderes Verhältnis zu ihr findet, sich dadurch verändert. Ich soll nicht mich annehmen, sondern ein hypothetisches selbstbewusstes, positiv denkendes Ich. Wundert mich nicht, dass ich das nicht mag.
Auf einmal stellte sie erstaunt fest, dass ihr der Ärger offenbar gut tat, die Kopfschmerzen waren weg, und sie fühlte sich geradezu tatendurstig.

Irene unternahm, da sie keine Lust hatte, in ihrer Wohnung zu bleiben, einen längeren Spaziergang, der ihr zu einer ausgeglicheneren Stimmung verhalf. Auch Herr Witten war bei ihrer Rückkehr wacher und besserer Laune, was vielleicht auf die Dusche zurückzuführen war, die er in der Zwischenzeit genommen hatte. Er war friedlich mit der dicken Wochenendausgabe von Irenes Zeitung beschäftigt, so dass sie sich in ihr Schlafzimmer verzog und las. Als sie später Hunger bekam, fiel ihr ein, dass sie ihr Mittagessen mit ihm teilen musste. Das gefiel ihr nicht, da sie sich einerseits schämte, weil er vermutlich besseres, teureres Essen gewohnt war, andererseits ärgerte sie sich, da er offenbar ihre Bemühungen und ihren Geschmack nicht recht zu würdigen wußte. Zum Glück erinnerte sie sich an zwei Tiefkühlpizzas, die für Notfälle im Gefrierfach lagen.

Tatsächlich schien ihm die Pizza mehr zu behagen als ihr Sauerkraut von gestern, er verbreitete dieselbe Ausgeglichenheit wie in den Therapiestunden, selbst als dicke Regentropfen anfingen, gegen das Küchenfenster zu platschen, und Irene bemerkte, dass man den Nachmittag wohl in der Wohnung verbringen müsste. Als sie nach dem Essen wie gewohnt ihren Tee kochte und ihn für sie beide einschenkte, meinte er: »Offenbar gewöhnt sich mein Koffeinspiegel gerade an Ihren Tee.«
»Scherzbold«, dachte Irene, bot ihm aber anstandshalber von ihrer heiß geliebten Schokolade an, die sie zum Tee aß. Er lehnte ab.
»Vielleicht sollten Sie Ihren Patienten während der Sitzungen Tee oder Kaffee servieren, damit sie etwas weniger verkrampft sind, und die Gespräche ergiebiger werden.«
»Ich glaube nicht, dass die Krankenkassen den Tee bezahlen würden. Aber ernsthaft, stellen Sie sich vor, Sie als Patientin berichten mir von Ihren Kindheitstraumata, und ich stehe auf, sage: ›Erzählen Sie ruhig weiter‹, und setze das Wasser auf. Sie erzählen weiter, und ich frage: ›Chinesischen oder indischen Tee? Oder lieber Pfefferminze?‹. Spätestens dann wären Sie völlig aus dem Konzept gebracht.«
»Lassen Sie die Patienten Tee kochen, dann müssen Sie nicht still sitzen bleiben, sondern können sich ein bisschen abreagieren. Ist Ihnen noch nie aufgefallen, dass in Küchen so ganz nebenbei richtig aufschlussreiche Gespräche zustande kommen können?«
»Tee kochen wollen Sie zum Abreagieren, aber zum Sport sind Sie nicht zu bewegen. Spaß beiseite, es ist schon richtig, wenn man sich beim Gespräch konzentrieren kann und den motorischen Teil für sich belässt.«
Einen Moment schwiegen sie beide, dann sagte Irene: »Als Sie vorhin was von Kindheitstrauma sagten, fiel

mir etwas ein, das mir vorhin beim Spazieren gehen wieder in den Sinn gekommen ist. Wissen Sie, wer als Kind mal, wenn auch nur für kurze Zeit, mein Vorbild war? Der zwölfjährige Jesus im Tempel. Daran habe ich mich wieder erinnert, als ich an den Aushängen beim evangelischen Gemeindezentrum vorbeigekommen bin. Das wollte ich damals auch können, als Kind mehr wissen als die Erwachsenen. Und es ihnen dann auch noch beweisen zu können, das war vielleicht das wirklich Tolle daran. Ich habe versucht, mir vorzustellen, was Jesus den Ältesten im Tempel geantwortet hat, aber da ist mir nichts eingefallen. Die ganze Sache ist aber auch zu unwirklich, als das einem dazu etwas einfiele. Stellen sie sich vor, man könnte veröffentlichen, was Jesus Christus mit seinen zwölf Jahren im Tempel gesagt hat. Vermutlich furchtbar komplexe philosophisch-theologische Angelegenheiten. Und später, als Erwachsener hat er sich weiterentwickelt und sich den Dingen zugewandt, die höher liegen als alle irdische Vernunft. Und das hat dann erst recht keiner mehr verstanden. Na, jedenfalls fand ich das erschreckend, als ich mich daran erinnert habe, ich muss ja als Kind geradezu von Ehrgeiz zerfressen gewesen sein.«

»Wenn Sie ein paar Jahre als Psychotherapeut hinter sich hätten, würden Sie sich ganz bestimmt nicht mehr darüber wundern, was man Kindern mit religiöser Indoktrination so alles antun kann. Je nachdem, wie aufnahmefähig Kinder sind, wobei natürlich das Alter eine wichtige Rolle spielt, und wie intensiv sie bearbeitet werden, entwickeln sie dann die schönsten neurotischen Störungen. Ihr Beispiel ist ja recht harmlos, aber nicht uninteressant: Einmal, denke ich, hat die Geschichte Ihr Leistungsdenken stimuliert, das schon vorher da gewesen ist, dieses ›besser sein als die Erwachsenen‹. Außerdem waren Sie so interessiert und motiviert, was die Religion

betrifft oder, ich sage mal, die Fragen nach den höheren Dingen, dass Sie sich gleich mit Jesus selbst auf ein Stufe stellen wollten. Also wollten Sie selbst aktiv sein, anstatt sich bloß mit dem Wissen zufrieden zu geben, dass es da noch irgend etwas gab, wie die allermeisten anderen.«
»Stimmt, ja... Na, die Zeiten sind zum Glück vorbei. Jetzt bin ich bescheidener und kritischer – das gehört wohl zusammen.«
»Sehen Sie's positiv, soviel geistige Regsamkeit und Vorstellungskraft muss sich ja an irgend etwas entwickeln. Religion war wohl nicht das beste Thema für Sie, um sich damit auseinanderzusetzen, aber Sie haben vermutlich das Beste daraus gemacht.»
»Tja, der Geist hat leider arg nachgelassen. Sicher eine göttliche Strafe« – sie lächelte schief. Mein Gott, was für ein Blödsinn!, fand sie. »Manchmal ertappe ich mich bei den seltsamsten Absencen. Ich sitze eine Stunde lang da und tue nichts, und hinterher denke ich, wenn dich jemand angerufen und nach deinem Namen und deinem Alter gefragt hätte, hättest du erst mühsam nachdenken müssen. Oder ich schalte die Waschmaschine an und bleibe, ohne es zu wollen, davor stehen und sehe mir minutenlang an, wie sie meine Wäsche einspeichelt.«
Herr Witten lachte knapp auf. »So ungewöhnlich ist das auch nicht, vielleicht eine Art Ermüdungserscheinung, wenn man von der Waschmaschine so gefangen genommen wird. Das Herumsitzen und Nichtstun allerdings gefällt mir weniger.«
»Manchmal denke ich auch, ich bin die einzige Normale unter lauter Verrückten. Bloß, dass es denen dabei viel besser geht als mir. Neulich stand ich an der Kasse im Supermarkt, als die Kassiererin, die ich noch nie in meinem Leben gesehen habe, mir ganz fröhlich erzählt, dass sie doch jetzt schon gemütlich zu Hause am Abendbrot-

tisch sitzen könnte, aber nein, sie müsste noch zwei Stunden arbeiten. Und dann nimmt sie etwas vom Laufband und fängt an vorzulesen, was auf der Verpackung steht. Irgendwas mit ›ätherischen Ölen‹, auf der ersten Silbe betont wie ›Äther‹. Wie ›verräterische Öle‹. Unglaublich.«
»Tja, die kleinen Harmlosigkeiten des Alltags. Aber solange die Leute dabei glücklich sind…«
»Und andererseits denke ich manchmal, warum muss ich zur Psychotherapie? Gut, ich habe genug Scheiße erlebt mit Eltern, Lehrern und Autoritäten, mit Männern vor allem. Aber ich schätze, dass es viele gibt denen es nicht besser gegangen ist, und ich kann immer noch rational einordnen, was mir passiert ist. Außerdem, im Vergleich zum Rest der Welt geht es mir doch ganz komfortabel. Kein Krieg, keine Verfolgung, keine Armut. Vor mir müssten doch noch ganze Völkerschaften von ihren Traumata therapiert werden. Bin ich zu empfindlich? Gibt es eine Disposition für psychische Krankheiten, oder ist es gerade der normale Horror ohne die richtigen Katastrophen, die mir zu schaffen machen?«
»Frau Felberich, ich habe Ihnen schon mal gesagt, dass Sie nicht aus Glas sind und ich nicht in Sie hineingucken kann. Es ist natürlich ganz gut, wenn Sie ihre Probleme relativieren wollen, aber gehen Sie nicht so weit zu sagen: Eigentlich darf mir doch gar nichts fehlen. Verstehen Sie, sonst gehen Sie derselben Logik auf den Leim wie etwa: ›Wie kann ich mich hier satt essen und dabei zufrieden sein, während ich Afrika noch Kinder hungern.‹ Nehmen Sie sich wichtig, ein gesundes Maß Egoismus brauchen wir alle, so banal das klingen mag.«
In der Tat, dachte sie. Damit hast du mir jetzt keinen Millimeter weitergeholfen.
Irene beschloss, dieses Thema nicht weiterzuverfolgen, sondern ging zu ihrer Stereoanlage und legte eine Kas-

sette ein, die sie aus einem Schuhkarton zwischen vielen anderen hervorsuchte. »Wollen Sie noch Tee?« fragte sie.

»Joan Baez?«, sagte Herr Witten und seufzte gedankenschwer. »Als ich zum ersten Mal etwas von ihr gehört habe, so mit zweiundzwanzig, glaube ich, habe ich mich abgrundtief in ihre Stimme verliebt. – Naja, das hat nicht allzu lange angehalten. Aber sie ist schon unglaublich, sie kann singen, was sie will, es nimmt einen jedes Mal richtig mit.«

Das war nicht die Reaktion, die sie erwartet hatte, obwohl sie die Musik doch ohne eine bestimmte Absicht ausgesucht hatte.

»Früher fand ich sie sehr gut, das hat aber nachgelassen. Teilweise ist sie mir zu weltverbesserisch, zu missionarisch, zu sozial, was die Songs betrifft, die sie sich aussucht, die Emphase, und auch der ganze Aktivismus neben der Musik. Sie ist mir aber immer noch lieber als diese ganze larmoyanten Sängerinnen, die mit Akustikgitarre und Pseudofolksongs so tun, als hätten sie mit Anfang Zwanzig schon werweißwelche Schicksalsschläge hinter sich, und mit ihren edelmelancholischen Liedchen dann nur verlogen klingen. – Wissen Sie, was wirklich Luxus ist? Wenn man sich aussuchen kann, woran man leidet.«

»Bitte?«

»Na ja, wenn Sie darunter leiden, dass Sie arm oder krank sind, dass Ihre Eltern, Ihre Lehrer oder Ihre Vorgesetzten miese Schweine sind, dann ist das nur frustrierend, weil Sie einfach Pech haben und nichts dagegen tun können, außer irgendwelchen Verzweiflungstaten. Aber wenn Sie an der Sinnlosigkeit des Lebens leiden, Liebeskummer haben, oder einen unerfüllten Ehrgeiz, wenn Sie gerne Bundeskanzler oder Rockstar sein möchten, Künstler oder theoretischer Physiker, dann ist das

Luxus und ihr Privatvergnügen, weil Sie gar nicht darunter zu leiden brauchen. Sie können ja versuchten, das zu ändern, Sie nehmen Gesangsstunden und büffeln Mathematik. Das Tremolo von Joan Baez werden Sie aber vermutlich nicht mehr hinkriegen.«

»Hoppla, darüber muss ich noch nachdenken. Und was soll man Ihrer Ansicht nach machen, wenn man an der Sinnlosigkeit des Lebens leidet?«

»Gewöhnen Sie sich daran oder konstruieren Sie einen Sinn, vielleicht können Sie tief gläubig werden. Oder lenken Sie sich sonst wie ab. Die allgemeine Sinnlosigkeit bedeutet ja auch nicht, dass doch irgend etwas im kleinen Rahmen Sinn ergibt.«

»Mir liegt der Begriff Existentialismus auf der Zunge, aber Sie wissen sicher besser als ich darin Bescheid.«

»Wenn ich die Existentialisten richtig verstanden haben, lebt man sein Leben nicht, obwohl es völlig sinnlos ist – sondern weil!«

»Weil was? Weil es völlig sinnlos ist?«

»Genau.«

Herrn Witten Verwirrung schien in Belustigung überzugehen. »Dann sind Sie vermutlich auch Existentialistin?«

»Ich habe damit aufgehört, als ich eingesehen habe, dass mir schwarze Rollkragenpullover überhaupt nicht stehen.«

»Frau Felberich, ich soll wahrscheinlich Ihre Insider-Witze nicht kennen oder nicht verstehen?«

»Ja, vermutlich. Kennen Sie das Existentialistenklischee nicht? Schwarzer Rollkragenpullover, schwarzer Kaffee, filterlose Zigaretten und Sartrebücher unterm Arm? Egal. Ich will mich nur nicht von Ihnen auf irgendeine reine Lehre festnageln lassen.«

»Dann bin ich ja beruhigt. Das bedeutet vermutlich, dass Sie im kleinen Rahmen, wie Sie sagen, doch etwas sinnvolles schaffen wollen?«

»Hm… Schon möglich.«

»Schreiben Sie, Frau Felberich, etwas Philosophisches oder Literarisches, meine ich?«

Irene wurde blass.

»Wie kommen Sie darauf?«

»Ich habe gestern versehentlich so einen Zettel mit Notizen gefunden: ›Aus dem blühenden Garten ist eine Wüste geworden, die zweifellos viel geräumiger ist.‹ Und: ›Es ist schwer, sich das klarzumachen: Ich bin keine Möglichkeit mehr.‹«

»Wie kommen Sie dazu, in meinen Sachen herumzuschnüffeln?«

Er hatte wohl nicht damit gerechnet, dass sie darüber derart verärgert sein würde.

»Ich habe Ihnen doch gesagt, dass ich gestern Abend noch etwas zu lesen gesucht habe, und der Zettel lag zusammengefaltet in der ›Phänomenologie des Geistes‹. Ich dachte wegen des Titels, das könnte etwas mit meiner Materie zu tun haben, aber ich habe ehrlich gesagt kein Wort verstanden. Sie hatten da einen Satz mit Rotstift unterstrichen.«

»Wundert mich überhaupt nicht! Das ist auch nicht als Bettlektüre gedacht.« Sie stand auf, suchte das Buch aus dem Regal hervor, schlug es dort auf, wo de Zettel eingelegt war, und las vor: »›Die Vernunft, wesentlich der Begriff, ist unmittelbar in sich selbst und ihr Gegenteil entzweit, ein Gegensatz, der eben darum ebenso unmittelbar aufgehoben ist.‹[1]

Das fasst die Dialektik viel schöner zusammen als diese dieses ewige These-Antithese-Synthese. –

Dieser Zettel mit meinen Notizen ist irgendwie da reingeraten und muss schon seit ein paar Jahren darin gele-

---

[1] zitiert nach G. W. F. Hegel: Phänomenologie des Geistes, Suhrkamp, Frankfurt am Main, 1986

gen haben, deshalb vergessen Sie ihn am besten gleich wieder.«

»Wenn Sie sich ähnlich unverständlich ausdrücken wie Hegel, hätte es auch keinen Zweck, dass ich mir das ansähe. Ist das so üblich unter Philosophen?«

Sie stellte das Buch wieder zurück.

»Klar! Wenn wir mit unseren Gedanken fertig sind und sie aufschreiben wollen, wird uns plötzlich peinlich bewusst, wie simpel sie eigentlich sind, deshalb müssen wir den Zugang verkomplizieren und die paar Ideen möglichst breit auswalzen, damit man das nicht gleich merkt. Davon sollten sich die Psychologen mal eine Scheibe abschneiden.«

»Vielen Dank für den Hinweis. Sie meinen sicher, dass genau das schon längst passiert.«

»Die kompakteren Beschreibungen haben manchmal die Physiker, deren Gedankenexperimente haben ja noch irgendeinen realen Bezug. Zum Beispiel werden in der Quantenmechanik Dinge anschaulich mit zwei komplementären Modellen beschrieben, ein herumfliegendes Elektron zum Beispiel als Teilchen oder als Welle. Zur vollständigen Beschreibung brauchen sie aber Eigenschaften von beidem.«

»Ich erinnere mich, dass mir ein Physiker so etwas auch schon mal zu erklären versucht hat.«

»Ich habe mich ja nur ein bisschen mit statistischer Physik und Quantenphysik beschäftigt, im Zusammenhang mit Erkenntnistheorie, um zu begreifen, wo bestimmte Gedanken herkommen und was sie eigentlich bedeuten sollten. Allerdings fühle ich mich auf dem Gebiet immer noch sehr fremd, ein bisschen wie ein Parasit, weil ich keine Ahnung habe, was die Physiker damit eigentlich machen. Und vor allem wie. Ich habe eigentlich nur hier und da ein paar Denkansätze aufgegriffen. Das Beschreiben mit komplementären Bildern bildet eine interessante Analogie zur Dialektik, finde ich. Physikalisch relevante Sachen kann ich damit wie gesagt nicht anstellen, weil kein Physiker bin und die ganze Mathematik nicht beherrsche, aber man ein paar schöne Dinge daraus ableiten. Zum Beispiel, dass ein Gegenstand und die Vorstellung davon in keinem so einfachen Verhältnis stehen, dass sie übereinstimmen, wie man das im alltäglichen Leben so annimmt. Das der Gestand und die Vorstellung davon nicht dasselbe sind, wusste natürlich schon die antike Philosophie, die moderne Physik zeigt sehr schön die Konsequenzen davon auf. Wenn Sie ein Elektron im Experiment auf Teilcheneigenschaft festlegen wollen, kann es Ihnen mit Wellenverhalten einen Strich durch die Rechnung machen. Und jetzt stellen Sie sich vor, Sie behandeln einen Menschen nach der Vorstellung, die Sie von ihm haben, und provozieren damit ein ganz anderes Verhalten.«

»Dann hatte ich ihm wahrscheinlich doch nicht richtig eingeschätzt.«

»Das ist die triviale Erklärung. Meine ist, das die erste Vorstellung zwar richtig war, Sie aber trotzdem der Person eine andere Charakteristik nicht einfach absprechen durften, weil Menschen eben zu kompliziert dafür sind.«

»Vielleicht habe ich das jetzt nicht gleich verstanden, aber ich sehe da noch keinen allzu großen Unterschied.«

»Das Beispiel war nur so aus dem Stehgreif konstruiert. Jedenfalls habe ich so einen Widerspruchstick: Ich entdecke ständig Dinge, die Widersprüche in sich vereinen, weil ich bin nicht mehr zwanghaft bemüht bin Widersprüche aufzulösen. Und damit, finde ich, werde ich der Realität eher gerecht.«

»Moment, Moment. Eher gerecht als alle anderen, die keine Widersprüche bemerken?«

»Eher, als wenn ich versuche, die Widersprüche aufzulösen, habe ich gemeint. Aber ihre Darstellung ist auch richtig, im täglichen Leben schluckt man manchmal Dinge ohne darüber nachzudenken, was für ein Blödsinn darin enthalten ist. Neulich las ich im Schaufenster von einem Autohaus etwas von ›Umweltschutz durch modernste Technik‹. Selbst den Leute, die sich bei diesem Spruch etwas gedacht haben, kommt nicht in den Sinn, dass die Umwelt ganz ohne die Technik viel besser dran wäre. Dasselbe ist mit den ›Waffen für den Frieden‹. Da kommt dann öfter mal einer drauf, der pazifistisch indoktriniert ist.«
»Frau Felberich, ich finde das alles offen gesagt reichlich spitzfindig. Ihre Beispiele sind irgendwo richtig und gleichzeitig nicht richtig.«
»Jetzt haben Sie mich verstanden, ohne dass Sie mich verstanden haben. Ach, hören wir lieber auf damit! Oder wollen Sie noch ein paar Gedanken hören zum Thema Existentialismus und Stochastik?«
»Lassen sie mich lieber noch ein bisschen Zeitung lesen.«
Obwohl es sich als immer schwieriger erwies, einander in einer Zweizimmerwohnung auszuweichen, hielten sie einige Stunden bis zum Abendessen durch. Irene sah keinen Ausweg mehr, opferte ihre Vorräte und bereitete eines ihrer Lieblingsessen zu, Hähnchenschenkel mit Ananas. Immerhin genoss sie die Gelegenheit, eine Weile in der Küche allein zu bleiben. Aber einem Tischgespräch war dann nicht mehr auszuweichen.
»Das ist ja richtig köstlich, Frau Felberich!«
»Danke. Kommt eh alles auf die Rechnung.«
»Sicher!« beeilte er sich zu sagen. »Ich will Sie ja nicht berauben, vor allem, da ich weiß, dass Sie nicht so viel verdienen. Ich muss nur erstmal wieder an mein Konto kommen. Kann ja nicht so schwierig sein.«

»Entschuldigen Sie, das ist mir so rausgerutscht. Ich wollte Sie auch nicht unnötig an Ihren privaten Probleme erinnern.«

»Ich kann Ihren Unmut ja schon verstehen. Obwohl Sie ja nicht das ganze Wochenende zu Hause bleiben müssen, nur wegen mir. Sagen Sie, glauben Sie, dass eine Beziehung oder eine Ehe an einer Kette von Zufällen zerbrechen kann?«

»Das glaube ich nicht, das weiß ich... Aber vielleicht verstehen wir unter ›Zufall‹ nicht dasselbe.«

»Ich meinte eigentlich, ist sie dann nicht schon vorher brüchig gewesen?«

Sollte er etwa auch richtig deprimiert sein können, wenn er mal Probleme hat?, überlegte sie. Ich wüsste zu gern, was da passiert ist. Oder wahrscheinlich – lieber nicht.

»Vermutlich haben alle Beziehungen ihre Schwachstellen. Ich bezweifle nur, dass ich Ihnen mit allgemeinen Spekulationen weiterhelfen kann. Außerdem ist es wahrscheinlich ein sehr undankbares Geschäft, den Eheberater für seinen Psychotherapeuten zu spielen.«

Herr Witten unterdrückte ein kurzes Auflachen.

»Das ist es zweifellos. Kann ich noch etwas von dem Fleisch haben?«

»Steht auf dem Herd... Ich mache Ihnen einen Vorschlag: Da Ihnen der Tee vermutlich schon zum Hals heraushängt, opfere ich meine einzige Flasche Wein, wenn Sie nach dem Essen den Abwasch übernehmen... Der kommt auch nicht auf die Rechnung, ich habe ihn eh nur vom meinem Brötchengeber zu Weihnachten geschenkt bekommen.« Irene hoffte insgeheim, er habe vergessen, dass sie gestern behauptet hatte, keinen Wein zu haben.

»Na gut, einverstanden. Rot oder weiß?«

»Rot. Allerdings habe ich keine Rotweingläser. Weißweingläser übrigens auch nicht.«

Das mit dem Wein war ihr so herausgerutscht. Sie stöhnte innerlich auf: Was ich mir jetzt wohl wieder eingebrockt habe, ich kann ihn ja nicht allein trinken lassen. Vielleicht wird er sentimental, wenn er angetrunken ist, und erzählt mir seine ganze blöde traurige Beziehungsgeschichte. Oder er versucht vor lauter Frust und Langeweile, mich zu verführen.

Herr Witten brachte den Abwasch überraschend souverän hinter sich und nahm fröhlich die versprochene Flasche in Empfang. Er nötige sie, die Küche zu verlassen und in ihr Arbeitszimmer überzusiedeln, öffnete die Flasche mit Irenes Taschenmesser und goss zwei Wassergläser voll.

»Danke für's Abspülen!« sagte Irene.

»Keine Ursache!«

»Keine Wirkung!«

»Wie bitte?«

»Das war ein Scherz: Ursache – Wirkung. Mir gehen diese Floskeln manchmal auf den Nerv.«

»Also dann: Auf Ihr Wohl! Hm, ja, der ist ganz gut. Solche Weihnachtsgeschenke würde ich mir auch gefallen lassen. Frau Felberich, ich besorgen Ihnen nächste Woche Ersatz, Ehrenwort.«

»Nein, nein, das ist ganz unnötig. Der Wein steht bei mir nur herum und wartet darauf, dass ich Besuch bekomme.«

»Hm. Wenn ich ehrlich sein soll, dann bin ich immer noch nicht richtig schlau aus Ihnen geworden. Mir ist nie so ganz klargeworden, worauf es Ihnen im Leben eigentlich ankommt, was Ihnen wichtig ist. Neben Ihrer Philosophie ist alles zweitrangig, scheint mir, und dann nehmen Sie die auch nicht so ernst. Sie distanzieren sich immer nur.«

»Meine Philosophie ist es, Philosophie nicht allzu ernst zu nehmen. Darf ich ein bisschen Musik anmachen?« Sie

stand auf und legte eine Kassette ein, ohne die Antwort abzuwarten.
Getragene Streicher und Klaviertöne ertönten, und nach ein paar Takten kam eine kratzige, gepresste Stimme dazu, die anscheinend Mühe hatte, aufrecht weiter zu kommen.
»Kennen Sie Tom Waits? Habe ich in meiner Trinkerphase oft gehört. Soweit ich weiß, war er das Idol der frustrierten, trinkenden Intellektuellen in den Siebzigern oder solcher, die es sein wollten. Er hat aber später auch richtig gute Musik gemacht, reichlich verschroben und mit weniger Selbstinszenierung als das hier.«
»Sie müssen mir natürlich nicht antworten, aber ich hatte die Frage schon ernst gemeint.«
»Natürlich nehme ich verschiedene Dinge ernst, nur das Zeug zum Fanatiker habe ich gottseidank nicht. Nur, bevor ich mein Herz völlig an Punkt XY aufhänge, und eines Tages mein Leben wieder sinnlos ist, weil ich mit XY fertig bin, behalte ich eine gewisse Distanz. Außerdem bleibe ich so noch eher aufnahmebereit für andere Dinge.«
»Das letzte ist natürlich nicht ganz unrichtig, aber ich erkenne darin doch vor allem eine gewisse Angst, Bindungen einzugehen, weil Sie fürchten, enttäuscht und verletzt zu werden. Wenn Sie kein Hegel-Anhänger werden wollen, weil Sie sich auch für Kant interessieren, ist das wohl in Ordnung. Genau wie Ihr wechselhafter Musikgeschmack. Aber im zwischenmenschlichen Bereich ist das doch etwas anderes. Ihre Erzählungen, wie Ihren Beziehungen teilweise zu Ende gegangen sind, fand ich da recht aufschlussreich.«
»Inwiefern?«
»Nun, teilweise haben Sie sich Dinge eingeredet, die angeblich eine Beziehung unmöglich machen sollen, wie die Fingernägel Ihres einstigen Freundes. Wie die be-

rühmte Fliege an der Wand, könnte man sagen. Oder wie Sie einen anderen Freund mit der Schere in Schach gehalten haben, das grenzt ja fast an Verfolgungswahn. Nehmen Sie noch Wein?«
»Danke, ich habe noch. Übrigens war das kein Freund.«
»So wie ich das sehe, sind Sie nicht recht fähig, enge Bindung einzugehen, und unbewusst leiden Sie darunter.«
Moment, das darf nicht wahr sein!, dachte sie. Hat nicht damals dazu gesagt, ich wäre stark genug gewesen, meine Persönlichkeit durchzusetzen? Oder wie hat er das formuliert? »Interessante Theorie.« sagte sie nur.
»Jetzt verschanzen Sie sich wieder hinter ihrem Zynismus. Mit Ihrer Schneckenhauspolitik schaden sie sich nur selbst. Vielleicht werde ich jetzt sentimental, aber wenn ich sehe, wie Sie leben, bekomme ich den Eindruck, Sie bestrafen sich selbst. Haben Sie schon mal darüber nachgedacht, ob Sie wirklich so alt werden möchten?«
»Wie lebe ich denn, oder: Wie bestrafe ich mich Ihrer Meinung nach?«
»Wollen Sie noch ein Glas Wein?«
»Danke, mir reicht das eine. Sie können die Flasche allein austrinken, Sie haben sich das ja redlich verdient.«
Nur zu vertragen scheinst du ihn nicht, grollte sie.
»Sehen Sie, Sie gönnen sich nicht mal das Vergnügen, ein zweites Glas Wein zu trinken. Vermutlich hat es ähnliche Gründe, dass Sie nicht rauchen und nicht mal Kaffee trinken. Sie haben keinen Fernseher, und das kann mit Geld ja nichts mehr zu tun haben. Sie haben hier oben nur Tee, Bücher und seltsame Musik, Sie leben wie ein Mönch. Beziehungsweise eine Nonne. Wirklich, möchten Sie so alt werden? – Und alt werden Sie vermutlich, bei der negativen Einstellung, die Sie zum Leben haben.«

»Im Gegenteil, indem ich so lebe, vermeide ich Strafen. Weil ich mich nicht schuldig fühle. – Naja, das ist vielleicht zu lyrisch. Dass ich früher eine Phase hatte, in der ich meine Frustrationen mit Alkohol bekämpft habe, habe ich Ihnen ja schon mal erzählt. In dieser Zeit habe ich auch noch geraucht, sehr viel sogar. Aber das hat mir alles immer weniger geholfen. Dafür wurde das Selbstmitleid und schließlich der Ekel vor mir selbst immer größer: Ich stand praktisch neben mir und sah zu, wie ich betrunkener wurde. Und dann die Katerstimmung, der üble Geschmack im Mund, würgender Husten, schlaffe, aufgequollene Haut, rote Augen, Alkoholfett und so weiter und so fort. Eines Tages habe ich es dann einfach gelassen und bin mit den Depressionen nüchtern besser fertig geworden. Bis vor ungefähr zwei Jahren, dann fing es an, mir immer schlechter zu gehen. Aber das habe ich Ihnen ja schon oft genug erzählt.« Ohne dass du dich dafür allzu sehr interessiert hättest.

»Hm, wenn Sie das Trinken von heute auf morgen einfach aufhören konnten, ohne richtige Entgiftung und psychische Betreuung – oder sagen wir mal Unterstützung –, dann kann es eigentlich gar nicht so schlimm gewesen sein.«

»Gerade, weil ich es als so schlimm empfunden habe, hat es funktioniert. Nicht ganz von heute auf morgen, aber ziemlich schnell und konsequent. Was übrigens die Männer und Beziehungen betrifft, war es ähnlich. Zu derselben Zeit fing ich an, alle Annäherungsversuche von vor herein abzublocken, weil ich den immer gleichen Ärger, die Enttäuschungen, Demütigungen nicht mehr haben wollte, weil ich jedes Mal merkte, dass es der Falsche war.« Herr Witten schien sie unterbrechen zu wollen. »Und jetzt erzählen Sie mir bloß nicht, dass mir etwas fehlt! Das mag stimmen, aber unter dem Strich geht die Rechnung zu meinen Gunsten auf. Schreiben

Sie sich mal hinter Ihre Psychologenohren, dass Sex nicht alles auf der Welt ist. Und dass er auch sonst überschätzt wird.«

»Ich gehe ja nicht gern mit Gemeinplätzen hausieren, aber wenn Sie einfach so Keuschheit propagieren, wirkt das doch sehr überholt. Natürlich kann man sich so etwas einreden, aber Ihnen sollte doch bekannt sein, dass man mit dieser Verklemmtheit – entschuldigen Sie das Wort – wenig Gutes tut.«

»Und ich fürchte, dass Ihnen noch nie der Verdacht gekommen ist, eine Verklemmtheit gegen die andere eingetauscht zu haben. Dass aus ›Sex darf nicht‹ ›Sex muss‹ geworden ist. Und dass Sie einige Tatsachen nicht zur Kenntnis nehmen wollen. Zum Beispiel, dass man auch aus anderen Dingen eine essentielle Befriedigung gewinnen kann. Und dass diesen ganzen geschlechtlichen Vorgänge im Grunde fürchterlich stupide sind... Jahrelang habe ich Dinge dabei erwartet, die sich einfach nicht erfüllen wollten. Ein schales Vergnügen bestenfalls, ständig erwischt man sich dabei, an etwas völlig anderes zu denken, und dass man froh ist, dass es endlich vorbei ist. Und wie mühsam es war, überhaupt so weit zu kommen, jemandem nahe zu kommen, meine ich. Ich habe mich nie so einsam gefühlt wie in irgend jemandes Armen. Man bemüht sich, ein Art Kontakt aufzubauen, und alles, was dabei herauskommt, ist das Vergnügen, das man dem anderen verschafft. Ich wüsste keine sinnlosere Tätigkeit. Sex – die existentialistische Turnübung! Es gibt mit Sicherheit keine absurdere Handlung. – Wenn Sie mal einen Beweis gegen die Existenz Gottes brauchen, sollten diese drei Buchstaben eigentlich reichen. Wenn er den Fortbestand der Menschheit wirklich absichtlich davon abhängig gemacht hat...«

»Wenn ich Ihre Ausführungen mal unterbrechen darf: Sie sprachen von anderen Dingen, die gleichwertige Be-

friedigung bedeuten. Können Sie mir sagen, was Sie damit meinen?«
Arschloch! Egal, was ich jetzt sage, du willst mir ja doch nur widersprechen. »Wirklich schade,« sagte sie mit bemüht sarkastischem Unterton, »wenn Ihnen dazu nichts einfällt. Können Sie sich nicht vorstellen, dass jemand bei der Beschäftigung mit geistiger Materie glücklicher ist?«
»Vergleichen Sie da nicht Äpfel mit Birnen? Ich glaube nicht, dass das einen adäquaten Ersatz darstellen kann.«
»Genau das soll es ja auch nicht.«
Er stöhnte auf. »Jetzt kommen Sie mir nur noch mit rhetorischen Schachzügen!«
»Dabei ist das Ausspielen von rhetorischen Schulzügen Ihr Beruf! Können Sie nicht einfach mal ja sagen und mir recht geben?«
»Sie erwarten doch nicht im Ernst einfache Antworten auf schwierige Fragen. – Haben Sie sich eigentlich mal mit Sprachphilosophie beschäftigt.«
»Hm. Ein bisschen, aber nicht gern. Sprachphilosophie ist wie – Lebertran«. Sie lachte über ihren eigenen Einfall, und auch Herr Witten lächelte. »Sehr hilfreich, aber unangenehm. Warum fragen Sie?«
»Nur so, ich dachte, ich könnte noch was von Ihnen lernen. Da ich Sie jetzt so leibhaftig erlebe, kann ich auch Ihre Qualitäten einschätzen.«
Ganz meinerseits. Aber werd' jetzt bloß nicht sentimental. Und laut: »Ich habe auch leider nichts zur Sprachphilosophie da, was ich Ihnen als Bettlektüre empfehlen könnte. Womit ich andeuten wollte, dass ich jetzt schlafen gehe, ich muss morgen mal wieder arbeiten. Sie vermutlich auch? Brauchen Sie einen Wecker?«
»Hm, ja. Wann stehen Sie denn auf?«
»Um acht, ich muss erst um halb zehn im Laden sein.«
»Dann wecken Sie mich doch einfach, bevor Sie gehen.«

Als Irene am Abend des nächsten Tages nach Hause kam, im Treppenhaus vor ihrer Wohnungstür stand, nahm sie erstaunt war, dass in ihrer Wohnung Rockmusik spielte. Sie hatte heute morgen, bevor sie die Wohnung verließ, Herr Witten geweckt, ihn gefragt, ob er irgend etwas brauchte – sie dachte an Geld für den Bus oder für die Telefonzelle – und ihm für alle Fälle ihre Reserveschlüssel gegeben. Sie hatte geglaubt, er würde verschwinden und sich abends telefonisch bei ihr melden oder sie vielleicht noch mal besuchen. Dass sie ihn beim Nachhausekommen antreffen würde, hätte vielleicht eine ganz harmlose und natürliche Erklärung haben, dass er allerdings ihre Black Sabbath-CD vom Samstag hörte, kam ihr ganz abwegig vor und verhieß nichts Gutes. Ein anderer würde ja nicht in ihrer Wohnung Musik hören, und sie selbst hatte die Musik nicht angestellt. Einer plötzlichen Eingebung folgend bemühte sie sich, beim Eindringen in die Wohnung möglichst kein Geräusch zu machen.

Was sie fand, überraschte sie noch mehr: In ihrem Arbeitszimmer saß Herr Witten in nachlässiger Haltung an ihrem Schreibtisch, er kehrte ihr den Rücken zu. Die Musik lief ziemlich laut, und er war vollauf davon gefesselt, Ufos abzuschießen. Irene schlich zur Stereoanlage und drückte auf Stop. Herr Witten fuhr herum wie von der Tarantel gestochen.

»Na... wie läuft's?«, fragte sie.

»Äh, ja, viel besser als gestern. Oder war das vorgestern? Aber so ganz habe ich's noch nicht raus.«

»Und sonst?«

»Ja, Frau Felberich, wenn ich vielleicht noch eine Nacht lang Ihre Gastfreundschaft beanspruchen dürfte?«

»Sie haben also Ihre familiäre Katastrophe noch nicht bereinigen können?«

»Nein, leider... Das ist gar nicht so einfach.«
»Ich nehme an, Sie waren in der Praxis schwer beschäftigt?«
»Ich habe angerufen und gesagt, dass ich krank wäre.« Er lächelte wie zur Entschuldigung. »Ihren Termin morgen müssen wir leider auch ausfallen lassen. Aber wir haben ja vielleicht schon ein bisschen vorgearbeitet. Übrigens, ich habe Ihr Telefon benutzt, erinnern Sie mich bitte daran, dass ich Ihnen die Gespräche bezahle.«
»Soll mir recht sein, das mit der Therapiestunde meine ich... Haben Sie meine Wohnung heute eigentlich auch mal verlassen?«
»Dochdoch. Warum?«
»Zum Rauchen vermutlich.« »Und... haben Sie heute schon zu Mittag gegessen?«
»Um ehrlich zu sein, ich habe mich ein bisschen aus Ihrem Kühlschrank bedient.«
Irene fühlte sich plötzlich sehr müde. Sie hatte sich den ganzen Tag darauf gefreut, ihre Wohnung wieder für sich zu haben, und jetzt konnte sie den Kerl noch mal bekochen. Dann fiel ihr ein, dass sie dieses Müdigkeitsgefühl heute noch gar nicht gehabt hatte, und dass das eigentlich ungewöhnlich war. Sie lachte halblaut auf.
»Und jetzt erklären Sie mir mal, was sie da machen. Haben Sie etwa den ganzen Tag an der Konsole gespielt?«
»Den ganzen Tag nicht, aber die letzten zwei Stunden vielleicht. Ich hatte sonst nichts Rechtes zu tun und da dachte ich, wenn Sie das so fasziniert, muss doch irgend etwas dran sein.«
»Und das gleiche gilt für die Musik?«
»Hm, der Titel hat mich gereizt, ›Paranoid‹. Ich habe versucht den Text zu verstehen.« Tatsächlich lag ein vollgekritzeltes Blatt Papier auf dem Schreibtisch.
Irene wurde plötzlich wieder hellwach, weil ihr etwas auffiel: Er ist jetzt der Depressivere von uns beiden. Er

ist in den letzten zwei Tagen immer wehrloser geworden. Und er hat sich bei mir eingenistet. Wie leichtsinnig! Er sitzt mir in der Falle, und ich möchte ihm doch so einiges heimzahlen. Schäbig von mir eigentlich. Aber das kann ich mir doch nicht entgehen lassen. »Nehmen Sie's nicht so wichtig. Aber wenn ich Sie mal ernsthaft nach etwas anderem fragen darf?«
»Bitte.«
»Wenn ich Sie hier schon beherbergen muss, habe ich doch eigentlich ein Recht zu erfahren warum. Ich meine, ich kann mir nicht vorstellen, was das für eine häusliche Katastrophe sein soll, die Sie aus Ihrer Wohnung vertreibt.«
„Hm... eine längere Geschichte. Wenn ich Sie wirklich damit langweilen soll... Also, zwischen meiner Frau und mir hatte es schon seit einiger Zeit ein paar Streitigkeiten gegeben. Ein paar Eifersüchteleien ihrerseits, die eigentlich keine Ursache hatten, die mir aber schließlich sehr auf die Nerven gingen. Schließlich hatte ich keine Lust mehr, ihr dauernd zu erklären, dass da nichts war... Ich wollte sie ein bisschen schmoren lassen, aus Rache... Ja, und am Freitag haben wir uns dann richtig gestritten. Am Samstag morgen ging meine Frau zum Einkaufen in die Stadt, und als sie weg war, ist mir dann ein furchtbares Missgeschick passiert: Ich habe ihre Katze umgebracht.«
Irene verbiss sich ein Lachen. »Ihre Katze?«
»Ja. Ich habe sie versehentlich vom Balkon geworfen. Ich saß gerade draußen auf dem Balkon, als sich mir auf den Schoß sprang. Ich wurde sauer, wollte sie herunter scheuchen und bin aufgestanden. Dabei ist sie irgendwie über das Geländer gefallen.«
»Hm... War das eine teure Katze?«
»Nein. Die hat meine Frau als Baby aus dem Tierheim geholt. Sie hing sehr an ihr. Ständig hat sie mir erzählt, was für ein liebes und kluges Tier das wäre.«

»Und wie hoch wohnen Sie?«
»Im zweiten Stock.«
»Tja... arme Katze.« Armer Idiot, verstehst du wirklich nichts von Katzen?
»Vom Balkon aus konnte ich gar nicht sehen, wo sie hingefallen war. Ich bin also aus der Wohnung, um nach der Katze zu sehen. Ich dachte, ich könnte sie im Garten vergraben und meiner Frau erzählen, sie wäre aus der Wohnung gelaufen und nicht zurückgekommen. Manchmal lassen wir sie ins Treppenhaus oder in den Garten. Aber als hinter mir die Tür ins Schloss fiel, fiel mir ein, dass ich den Schlüssel vergessen hatte. Bis der Schlüsseldienst da gewesen wäre, wäre meine Frau längst zurück, und hätte entdeckt, dass ich die Katze umgebracht hätte.«
»Aber sie wollten sie doch vergraben.«
»Ja, aber das Werkzeug ist im Keller eingeschlossen. Ich konnte die Katze doch nicht mit bloßen Händen vergraben. Die wären doch dann ganz schmutzig gewesen, von der Erde und vom Blut. Und so hätte ich vor der verschlossenen Tür gestanden, wenn meine Frau wiederkam, und die Katze wäre verschwunden gewesen.«
»War die Katze etwa so blutig?«
»Nehme ich an, ich habe sie gar nicht gesehen. Ich habe ein bisschen den Kopf verloren und bin weggelaufen. Ich habe gedacht, ich lasse sie die Katze finden, und wenn sie sich wieder etwas beruhigt hat, erzähle ich ihr alles. Aber so direkt, nachdem wir uns gestritten hatten... Ich dachte, mit der Zeit würde ihr leid tun, dass ich der Katze wegen weg bin.«
»Haben Sie denn heute bei ihr angerufen?«
»Ich habe bei einem Freund von mir angerufen, der über das Wochenende verreist war. Sonst wäre ich zu ihm gegangen. Er hat mir erzählt, dass meine Frau am Sonntagabend bei ihm angerufen hat, um zu fragen, ob ich bei

ihm bin. Sie hat dann wohl noch ein paar hässliche Dinge über mich gesagt, sie denkt wohl, ich hätte das Wochenende bei einer anderen Frau verbracht.«
»Haben Sie doch auch.«
»Wie? – Nein, sie glaubt, ich hätte sie betrogen. Von der Katze hat sie wohl nichts gesagt.«
Kein Wunder, Blödmann. Die hatte wahrscheinlich vor der Haustür gewartet. Und was soll sie auch anderes denken, wo du dein Wochenende verbracht hast.
»Vielleicht können Sie mir ein Alibi geben.«
«Klar, wenn mir Ihre Frau glaubt. Ach, Schwamm drüber, denken Sie nicht mehr daran. Ich mache am besten erst mal was zu essen.«
Irene verzog sich in die Küche, auch um noch einmal durchzuatmen, bevor sie in die nächste Runde gingen.

»Dass ich vorhin so neugierig war, und Sie so ausgefragt habe, nehmen Sie mir hoffentlich nicht allzu übel. Ich nehme an, das ist ganz normal, wenn man sich als Patient für seinen Therapeuten interessiert. Ich meine, wenn man schon sehr persönliche Dinge von sich gibt, würde man gerne wissen, wem man das alles erzählt, und ob der das überhaupt nachvollziehen kann.«
»Das ist ja auch ganz verständlich, wenn Patienten Hemmungen haben, einem Unbekannten Persönliches zu erzählen. Aber eigentlich sollte sich ja mit der Zeit ein gewisses Vertrauen entstehen, daraus, wie der Therapeut mit einem umgeht. Es würde auch sonst zu lange aufhalten, schließlich wollen wir ja über Ihre Probleme reden und nicht über meine.«
»Ich kann mir schon vorstellen, dass es für einen Therapeuten ja auch wichtig ist, seine Privatsphäre zu behalten.«
»Ja, allerdings.«

»Nur könnte fataler Weise der Eindruck entstehen, dass der Patient der einzige ist, der psychische Probleme hat, der Therapeut jedenfalls nicht.«

»Ach Gott – dass wir auch keine Übermenschen sind und unsere Probleme haben, können Sie sich doch denken.«

»Denken, ja, aber ich sagte ja auch Eindruck. Die Machtausübung durch den Therapeuten findet nicht nur auf den rationellen Ebene statt, sondern dadurch, dass Überlegenheit anderweitig und vor allem unbewusst suggeriert wird.«

»Machtausübung ist halt so ein großes Wort. – Sicher ist da der Therapeut einer gewissen Versuchung ausgesetzt, aber damit muss man klarkommen können, wenn man ein guter Therapeut sein will. Werfen Sie das jetzt mir konkret vor, bei Ihnen in irgend einer Form Machtmissbrauch betrieben zu haben?«

»Das weniger, wir machen ja alle Fehler in unseren Berufen, und wir haben alle äußere Bedingungen, die uns einengen. Ich bin eher mit den Methoden und Konzepten unzufrieden, mit denen Sie so arbeiten.«

»Es gibt natürlich unterschiedliche Therapieformen, ich vertrete zum Beispiel einen verhaltenstherapeutischen Standpunkt, der sich grundsätzlich zum Beispiel vom psychoanalytischen unterscheidet. Aber darüber hatten wir zu Beginn schon gesprochen, und ich dachte, wir wären da auf einen gemeinsamen Nenner gekommen.«

»Erstens haben Sie mich nie explizit vor eine Wahl gestellt, sondern versucht, mich zu überzeugen, mich von Ihnen behandeln zu lassen. Ob ein psychisch Kranker sich da wirklich frei entscheiden kann, lasse ich mal dahingestellt sein. Zweitens meine ich eigentlich auch etwas ganz anderes.«

»Jetzt bin ich wirklich gespannt.«

»Schwierig, schwierig. Ich versuche mal, mich langsam vorzuarbeiten. – Was ich Sie immer mal fragen wollte: Mögen Sie die Gaugin-Bilder in Ihrem Behandlungszimmer? Ich nämlich nicht. Ich finde sie düster und deprimierend, bei aller Farbigkeit, wie Friedhofsblumen irgendwie.«

»Könnte es sein, dass die Bilder eine unterschwellige erotische Komponente haben, auf die Sie ablehnend reagieren?«

»Mit Sicherheit. Aber wollte nicht einfach behaupten, dass sie eine unterschwellig frauenfeindliche Komponente besäßen. – Und ist Ihnen schon aufgefallen, dass Sie immer die Schreibtischlampe brennen lassen, auch wenn Sie ein Gespräch haben und gar nicht am Schreibtisch sitzen.«

»Das mag sein.«

»Ich habe mich immer gefragt, ob mich jemand überhaupt verstehen kann, der aus Achtlosigkeit Energie verschwendet.«

»Entschuldigen Sie, aber sich über solche Kleinigkeiten aufzuregen…«

»Wer sagt denn, dass ich mich aufrege? Ich verlange auch nicht, dass Sie für jeden Patienten andere Bilder aufhängen oder wenigstens halbwegs bequeme Sessel anschaffen. Ich will nur sagen, dass ich es nie gemocht habe, mich in Ihr Behandlungszimmer zu setzen.«

»Wegen des Zimmers oder weil Ihnen die Behandlung unangenehm war?«

»Beides.«

»Soll ich denn Ihrer Meinung nach Hausbesuche machen?«

Irene hob ironisch die Schultern. »Zum Beispiel, da hätten Sie gleich eine Menge über den Patienten erfahren, noch bevor der den Mund aufgemacht hätte. Oder ich wäre zu Ihnen gekommen, und wir hätten einen Spazier-

gang gemacht und uns dabei unterhalten. Wenigstens hätte ich zu Ihnen ein bisschen Musik mitbringen können, das hätte die Situation doch bedeutend gelockert. Und darüber, dass Sie mir nie Tee angeboten haben, habe ich mich wohl schon beschwert.«
»Frau Felberich, ich glaube, Sie machen sich über mich lustig.«
»Das weniger. Aber haben Sie nie darüber nachgedacht, dass ich Ihnen unter anderen äußeren Umständen etwas anderes oder vielmehr das, was ich Ihnen erzählt habe, anders erzählt hätte, und dass Sie dann zu einem anderen Eindruck gekommen wären?«
»Nein, das habe ich nicht. Ich denke, die wichtigen Dinge kommen so oder so zum Vorschein, unabhängig von Äußerlichkeiten. Da muss man in jedem Fall das, was einem die Patienten berichten, ein bisschen filtern.«
»Den Eindruck hatte ich allerdings auch, dass Sie da kräftig sieben. Ich fürchte nur, dass Sie sich zu oft in dem irren, was relevant ist, und was unwichtige Kleinigkeiten sind.«
»Sicher können Sie jetzt philosophieren, dass letzten Endes alles wichtig und von Bedeutung ist. Aber was soll ich Ihrer Meinung nach mit diesen Wissen anfangen?«
»Ich will ihnen eigentlich folgendes vermitteln: Wenn ich ein Problem oberhalb einer gewissen Komplexität habe, das ich löse, dann hängt meine Lösung von dem eingeschlagenen Lösungsweg ab. Zum Beispiel: Wenn ich zehn Elektriker zehn identische kaputte Toaster reparieren lasse, ist es wahrscheinlich, dass ich am Ende zehn gleichwertige Toaster hätte. Wenn ich zehn Maler beauftrage, mein Portrait zu malen, kriege ich wahrscheinlich zehn verschiedene Bilder. Und wenn ich zehn eineiige Zwillinge, Zehnlinge, wenn's das gäbe, mit der gleichen psychischen Krankheit zu zehn Therapeuten

schicke, sind vermutlich nicht alle gleichermaßen geheilt oder gehen mit der gleichen Persönlichkeit heraus, obwohl jeder Therapeut behauptet, er hätte seinen geheilt. Haben Sie sich darüber schon mal Gedanken gemacht?«
»Und Sie wollen jetzt den besten herausfinden? Wie den besten Maler?«
»Tja... Sehen Sie, Malen ist auch eine Sache, bei der eine falsche Beleuchtung irritiert. Aber vielleicht hätte ich gar nicht einen Maler gebraucht, sondern einen Fotografen. Da müsste ich auch nicht so lange Modell zu sitzen.«
Herr Witten seufzte entnervt auf.
»Und was wollen sie mir damit sagen?«
»Oder vielleicht einen Bildhauer? Oder ich hätte, anstatt den Toaster reparieren zu lassen, ihn weggeworfen und nur noch Vollkornbrot gegessen, das ist auch viel gesünder.«
»Hören Sie doch bitte auf, mich auf den Arm zu nehmen.«
»Haben Sie schon mal darüber nachgedacht, ob ich überhaupt will, dass Sie mir helfen? Dass ich vielleicht gar nicht so werden will, wie ich dabei werden würde?«
»Aber schließlich haben Sie doch ganz konkrete Beschwerden, die Sie loswerden wollen, darum ging es Ihnen doch die ganze Zeit.«
»Das ist in der Tat der Punkt, der mir noch Kopfzerbrechen bereitet. Vielleicht bin ich gar nicht heilbar. Vielleicht bin ich soweit gekommen, dass ich an meiner Umwelt krank werden muss?«
»Aber das muss schließlich nicht zwangsläufig so sein.«
»Denken Sie, man könnte alle psychisch Kranken heilen, so dass es keine mehr gäbe? Ich glaube nicht. Sehen Sie, so wie es nicht nur leitende Angestellte, sondern auch sogenannte einfache Arbeiter geben muss – oder Arme, damit, damit die Reichen reich sind, falls Ihnen das nicht

zu primitiv ist –, so produziert eine Gesellschaft neben den ›Normalen‹ wohl auch automatisch einen Prozentsatz psychisch Gestörte. Oder auch Kriminelle oder Asoziale oder sonstige Normabweichler.«
»Aber warum? Es muss doch immer individuelle Ursachen geben.«
»Solange man das individuell betrachtet. Der Grund ist, denke ich, einfach das die Normalität als solche funktioniert und ihre Regeln hat. Welche, ist eher nebensächlich, es gibt wohl auch keine guten oder schlechten Gesellschaften, nur andere Statistiken. Eine Norm aufzustellen produziert automatisch Normabweichler. – Aber jetzt bin ich ein bisschen abgeschweift. Eigentlich wollte ich sagen: Vielleicht bin ich auch nur durch eine Psychotherapie nicht heilbar?«
»Sondern? Durch Handauflegen oder Heilfasten, wenn Sie fest genug daran glauben? Ihr Problem ist meiner Meinung nach, Sie davor Angst haben, sich mit Ihrer Persönlichkeit auseinanderzusetzen und an sich zu arbeiten, weil das anstrengend oder schmerzhaft wird.«
»Meiner Meinung nach setze ich mich auseinander und habe keine Angst davor, jedenfalls nicht mehr, als gesund ist. Aber Vertrauen zu Ihnen und Ihrer Behandlung zu haben oder an Handauflegen zu glauben, scheint mir auch nur ein gradueller Unterschied zu sein. Ich habe Bedenken, dass Ihre Methoden für mich nicht brauchbar sind, und ich glaube auch nicht, dass mir Handauflegen etwas hilft. – Nach unseren Therapiestunden bekam ich immer mehr den Eindruck des Nichtverstandenwerdens. Was wohl in erster Linie daran lag, dass ich Schwierigkeiten hatte, mich zu artikulieren, und das immer mehr, je mehr ich den Eindruck bekam, Sie missverstünden mich. Hatten Sie nie den Eindruck, dass ich immer nur die Oberfläche der Dinge streifte und dann nicht mal die ganze? Ich hatte anfangs wohl angenommen, Sie würden

mit der Zeit darauf kommen, was ich wirklich meinte, dachte, fühlte, was ich als sehr komplex empfand. Aber Sie schienen sich viel zu schnell zufrieden zu geben. Ein paarmal habe ich gemerkt, dass Sie dachten, mir wäre es peinlich, das eine oder andere zu erzählen, dabei war es einfach schwierig, das zu sagen, was mir dazu durch den Kopf ging. Sie haben es sich zu leicht gemacht. Sie haben sozusagen ein unvollständiges Puzzlespiel bekommen und sich die Stücke zusammengesetzt, wie es Ihnen gefiel, wie es gerade in Reichweite ihrer Vorstellung lag. Gelegentlich haben Sie's wieder ein bisschen umgebaut, wenn's Sie'S gerade so brauchten.«
»Und was hätte ich Ihrer Meinung nach tun sollen? Meinen Sie nicht, dass ich dabei war, noch mehr Ihrer Puzzleteilchen zu finden und einzuordnen?«
»Ach, das mit dem Puzzle war kein guter Vergleich. Sie hängen sich so oft an die falschen Kleinigkeiten und haken nach, bis es einen auf die Nerven fällt. Und dann, wenn ich etwas angesprochen habe, was ich für entscheidend hielt, sind Sie manchmal kaum oder nicht drauf eingegangen, und ich entschied mich, es für mich zu behalten. Manchmal habe ich mich gefragt, ob Sie sich hinterher Aufzeichnungen über unsere Gespräche machen, wie detailliert vor allem, und ob Sie die vor dem nächsten durchlesen. Ich hatte eher den Eindruck, dass nicht. – Noch etwas anderes war, dass ich darauf gewartet habe, mich mit Ihnen über das Thema Selbstmord zu unterhalten. Ich hatte mich sogar schon richtig vorbereitet. Immerhin die wichtigste philosophische Frage, laut Camus.«
Herr Witten nahm seine Brille ab und rieb sich die Augen.
»Um die Diskussion etwas abzukürzen: Sie sind mit meiner Behandlung unzufrieden und haben vermutlich vor, Konsequenzen daraus zu ziehen, sprich, die Behand-

lung abzubrechen. Außerdem versuchen Sie wohl, mich zu Ihrer Weltsicht zu bekehren.«
»Versuche ich das? Vielleicht, aber warum sollte ich Sie bekehren wollen? Ich nehme mal an, es ist ohnehin unmöglich, als depressiver Patient seinen Therapeuten von seiner negativen Weltsicht überzeugen zu können. So wie sich Missionare auch nicht zum Heidentum bekehren lassen, weil sie überzeugt sind, die allein selig machende Lehre schon gepachtet zu haben... Wenn Sie meinen, dass ich die Behandlung abbrechen will, haben Sie wahrscheinlich recht.«
»Wenn Sie möchten, können wir uns darüber unterhalten, welche Behandlung oder welcher Therapeut für Sie geeignet wäre. Aber bitte nicht mehr heute, dafür bin ich einfach zu müde. Und wie gesagt, die Sitzung morgen müssen wir auch ausfallen lassen. Unternehmen Sie dafür was Schönes. Ach nein, sie müssen wahrscheinlich arbeiten?«

Am nächsten Abend fand Irene die Wohnung leer. Der Schlafsack und die Luftmatratze lagen zusammengerollt im Arbeitszimmer. Herrn Witten hatte sie am Morgen nicht geweckt. Sie hatte nach der Arbeit noch einkaufen müssen, um ihre dezimierten Vorräte wieder aufzufüllen. Während sie ihre Einkäufe auspackte und sich fragte, ob er vielleicht endgültig gegangen wäre, klopfte es an ihrer Wohnungstür und gleich darauf schloss jemand von außen auf.
»Guten Abend«, sagte Herr Witten etwas atemlos, nachdem er seinen Mantel an einen Garderobenhaken gehängt hatte. »So, Frau Felberich, ich kann Sie jetzt von meiner Anwesenheit befreien, ich bin bei einem Freund untergekommen. Meine Frau habe ich leider immer noch nicht erreichen können, auch nicht bei ihren Eltern oder ihren Freundinnen. – Frau Felberich, ich möchte sie na-

türlich für Ihre Gastfreundschaft entschädigen. Meinen sie, dass diese dreihundert Mark genug sind?«

»Eigentlich ein bisschen viel. Ist das Schmerzens- oder Schweigegeld? – Ach, entschuldigen Sie, ich bin heute etwas aufgedreht.«

»Schon gut. Ich bin Ihnen auf jeden Fall sehr dankbar, dass Sie mir geholfen haben. Ich habe Ihnen gestern Abend angeboten, noch mal zu mir in die Praxis zu kommen. Wenn Sie möchten, lassen Sie sich für die nächste Woche einen Termin geben.«

»Tja…«

»Das kann ich Ihnen natürlich nur anbieten. Überlegen Sie sich das vielleicht noch mal. Gut, ich wollte Sie nicht zu lange aufhalten.«

»Tja, ich muss gestehen, dass ich Sie gestern eigentlich nur ein bisschen provozieren wollte, aber die Diskussion hat sich dann wohl verselbstständigt. Ich hoffe, Sie nehmen mir das nicht allzu übel. Allerdings habe ich heute noch ausgiebig darüber nachgedacht und beschlossen, die Therapie wirklich abzubrechen.«

»Nun gut, es dürfte ja keinen Zweck haben, Ihnen das ausreden zu wollen. Ich glaube fast, Sie haben da gerade eines Ihrer eigentlichen Probleme berührt: Sie wissen selbst nicht immer, was Ihr Reden und Handeln für Sie bedeutet oder doch erst hinterher.«

»Wer weiß das schon immer rechtzeitig? Immerhin bemühe ich mich das herauszufinden.«

»Vielleicht finden Sie noch heraus, dass Sie, wenn sagen: ›Es geht mir schlecht‹, eigentlich meinen: ›Jemand soll mir was Gutes tun.‹«

Irene war getroffen. »Wenn das stimmt… Das wäre ja so etwas wie Erpressung.«

»Seien Sie jetzt nicht ungerecht zu sich selbst. Viele Ihrer psychosomatischen Beschwerden sind vermutlich nur

Aggressionen, die Sie gehen sich selbst richten und nicht nach außen abfließen lassen.«

»Das würde immerhin erklären, warum es mir die letzten Tage so gut ging, da haben Sie meine Aggressionen abgekriegt. – Herr Witten, auch wenn Sie mir jetzt unerwartet Ihre Kompetenz beweisen, bleibt es bei meiner Entscheidung.«

»Sie müssen damit leben können. Frau Felberich, es tut mir leid, aber ich werde erwartet, außerdem hatte ich einen sehr hektischen Tag. – Ach ja, hier sind Ihre Schlüssel.«

Er stand auf, holte seinen Mantel und zog eine Flasche aus der Innentasche. »Und das ist der versprochene Ersatz für den Wein, den ich Ihnen wegtrinken durfte. Ich hoffe, Sie mögen den.«

Gibt's das, dachte sie, er kriegt nicht mit, was ich sage, bis zum Schluss.

»Wie gesagt, ich wünsche Ihnen noch von Herzen alles Gute für die Zukunft, und wenn Sie sich mal bei mir melden würden.«

»Ja«, sagte Irene und lächelte etwas boshaft. »Dann hätte ich da noch ein Abschiedsgeschenk für Sie.«

Sie holte aus Ihrer Tasche eine Papiertüte, die aus ihrem Buchladen stammte und offensichtlich auch ein Buch enthielt.

»Oh, vielen Dank. Damit hätte ich wirklich nicht gerechnet. Sollen ich raten, was es ist?«, fragte er, als sie zögerte, es ihm zu überreichen. »Hegel? Kant?«

»Ganz falsch. Sie werden nicht drauf kommen.«

»Hm, Sie machen es ja spannend. Und worum geht es?«

Endlich gab sie ihm das Päckchen.

»Katzen!«

In der Künstlerkolonie

Ich kann mich nicht erinnern, wann ich zuletzt derart beschäftigungslos war. Nur aus Langeweile fange ich an, etwas zu schreiben, was wohl so etwas wie ein Tagebuch werden wird. Heute ist übrigens Mittwoch, der 26. August 1998, ca. 10 Uhr vormittags. Man sieht schon, dass sich im Tagebuchschreiben keinerlei Erfahrungen habe. Das Schreibpapier habe ich gnädigerweise geschenkt bekommen – mein eigenes Notizbuch will ich nicht opfern; an Papier herrscht hier allerdings auch kein Mangel –, ich sitze an einem alten, großen Küchentisch in einem Haus, in dem man mich gnadenhalber aufgenommen hat. Draußen gießt es in Strömen und mit Ausdauer, und ich weiß nicht, wie lange ich in diesem traurigen Nest unter diesen seltsamen Menschen noch festsitzen werde.
Schon ein komisches Spiel, aber ich stelle mir vor, das hier würde mal irgend jemand lesen – zeigen sollte ich es wohl niemandem, nicht den Leuten, über die ich zwangsläufig schreiben werde und niemandem, wenn ich wieder zu Hause bin. Lieber Leser, mein Name ist Harald Otterbeck, ich bin Professor für Botanik in Bochum, und die ganze Geschichte meiner Zwangslage begann vor ca. drei Monaten mit einer Ausstellung. Meine Frau ist Kunsthistorikerin und trägt mit ihrer Arbeit als Publizistin und Kritikerin ihren Teil zur Haushaltskasse bei. Gelegentlich, wie an diesem Sonntag, begleite ich sie zu Ausstellungen, das entspricht wohl auch dem Bedürfnis, ab und zu andere Gesichter um mich herum zu sehen. Manchmal sind sogar einige der Bilder (oder was immer) ganz interessant. (Ich merke, ich fange immer wieder an abzuschweifen. Aber das ist gar nicht schlecht, um so mehr Zeit verbringe ich auf eine halbwegs erträg-

liche Weise. Ich habe nur Angst, es könnte am Ende eine Art therapeutischer Wirkung zeigen!)
In der Ausstellung hingen hauptsächlich Landschaften, Stillleben und ein paar Porträts, alles eher impressionistisch (damit kenne ich mich aus, da ich diesen Stil nicht mag), und alles Werke neueren Datums, die meisten Maler lebten noch. Kein kulturelles Highlight also. Dafür war das Publikum erträglicher als sonst, die übliche Kunst- und Kulturmafia war nicht so stark vertreten, eher – tja, das Publikum für leicht kitschige Kunst, die niemandem weh tut. Egal.
Fast am Ende entdeckte ich ein Bild mit einer Sumpflandschaft samt einigen Brachvögeln, das angenehmerweise eher naturalistisch gemalt war. Was mich daran allein interessierte, waren einige blühende Pflanzen rechts im Vordergrund. Nach den wenigen alten Beschreibungen und Abbildungen, die mir bekannt waren, handelte es sich dabei um das Fahle Knabenkraut (nicht zu verwechseln mit dem Blassen bzw. Bleichen, das eher gelblich blüht), fälschlicherweise auch als Sumpf-Kuckucksblume bezeichnet, in älteren Darstellungen auch Motten-Ragwurz genannt. Interessant ist vor allem die handförmig geteilte Knolle, die auf dem Bild natürlich nicht zu sehen war. Diese Orchideenart gilt seit ca. sechzig Jahren als ausgestorben, während das Bild laut Signatur aus dem letzten Jahr stammte. Statt eines Namens waren nur die zwei Großbuchstaben LB zu lesen.
Der Galerist hatte zunächst wenig Lust, mir Namen und Aufenthaltsort des Malers zu verraten, anscheinend hatte er versprochen, das nicht zu tun. Bis zuletzt täuschte ich vor, dieses Bild und vielleicht noch weitere kaufen zu wollen. Zur Not hätte ich das wirklich getan, schon um eine neuere Darstellung des Fahlen Knabenkrautes zu besitzen (und um zu verhindern, dass es einem anderen Botaniker in die Hände fiele, könnte man vermuten),

aber dieses Bild wäre durch nichts vor meiner Frau zu rechtfertigen gewesen, künstlerisch meine ich. (Leider bin ich nicht mehr dazu gekommen zu lesen, was sie über diese Ausstellung geschrieben hat. Ungenierte Verrisse kann sie in dieser Tageszeitung nicht bringen, sie dürfte sich auf Andeutungen gönnerhafter Herablassung und versteckten Sarkasmus beschränkt haben.) Jedenfalls erfuhr ich schließlich, dass es sich um eine Malerin namens Lotte Böckelmann handelte, die in der Künstlerkolonie Delmenhöven lebte. Er verriet mir sogar, wo das war, in einer Moorlandschaft in Norddeutschland, wohl um mir das Bild als Naturstudie schmackhaft zu machen, was ihm eigentlich auch gelang.

Man könnte mir wirklich egoistische Motive unterstellen, diese Entdeckung für mich behalten zu haben. Ich hatte beschlossen, in den nächsten Semesterferien allein vor Ort Nachforschungen anzustellen. Diese als eine offizielle Untersuchung anzugehen, verbot sich von selbst, schon allein dadurch, dass ich wohl schlecht Reisemittel auf ein Gemälde hin beantragen konnte. Und einen Kollegen oder Assistenten mitzunehmen, hatte ich keine Lust, ich kannte jedenfalls keinen, den ich gern mitgenommen hätte. Schließlich sollte das auch ein bisschen von einem Abenteuerurlaub haben. Im Rückblick ist die unfreiwillige Ironie darin nicht zu übersehen! Meine Frau mitzunehmen, verbot sich in vielerlei Hinsicht, erstens würde sie sich zu Tode langweilen, während ich irgendwo im Sumpf nach Pflanzen suchte, zweitens sind Künstler und Kunsthistoriker bzw. -kritiker natürliche Feinde und drittens wäre sie für so unkomfortable Reisen gar nicht zu haben. Ach ja, dieser Alleingang hätte (oder hat wohl leider) auch noch den Vorteil gehabt, dass niemand etwas erfahren hätte, wenn ich keinen Erfolg gehabt hätte. So aber dürfte bald bekannt werden, dass und wohl auch warum ich hier festsitze, schließlich wird bald jemand bei meiner Frau nachfragen, wenn ich nicht wieder im Institut erscheine, denn ungefähr hatte ich ihr schon gesagt, was ich vorhatte.

Meine Idee, mit dem Fahrrad – erstmal natürlich mit der Bahn – zu fahren, kommt mir jetzt etwas albern und romantisch vor. An Landgasthöfe hatte ich gedacht und mein Gepäck natürlich stark eingeschränkt. Tja, mein Handy und meinen Laptop könnte ich jetzt gebrauchen. Vor zwei Tagen war ich noch froh, das Zeug los zu sein. Nur das blöde Diktaphon habe ich mitgenommen und die Spiegelreflexkamera natürlich. Meine hervorragende Wanderkarte würde ich am liebsten in den Ofen werfen, aber vielleicht brauche ich sie noch für den Rückweg.

zwei Uhr nachmittags

Vor zwei Tagen kam ich hier an, nachdem ich frühmorgens den Zug genommen hatte, dreimal mit Fahrrad und Gepäck umgestiegen bin, zuletzt in einen dieser Bummelzüge, die hochtrabende Namen wie Stadt- oder Regionalexpress tragen, und dann noch etwa dreißig Kilometer mit dem Rad zurückgelegt hatte. Darunter war ein endlos langes, gerades Stück pappelgesäumter Landstraße, die ich übrigens sehr hübsch fand, bis ich auf den unglücklichen Einfall kam, sie mir als impressionistisches Gemälde vorzustellen. Dann musste ich auf einen Feldweg abbiegen, passierte zwei, drei Kiefernwäldchen und letzten flachen Hügel der Umgebung, hinter der die Künstlerkolonie am Rande eines Hochmoores lag. Vermutlich hatte sie ihren Anfang genommen, indem irgendwelche Maler sich in alten Torfstecherhütten einquartiert hatten. Immerhin hatte mich unterwegs schon die Existenz einer dieser kleinen Überlandleitungen auf Holzmasten beruhigt, von denen ich nicht weiß, ob das

Strom- oder Telefonleitungen sind. Anscheinend nehme ich so etwas als Radfahrer deutlicher wahr als im Auto.
Ich hatte mir unterwegs die Künstlerkolonie als einen weitgehend von der Zivilisation losgelösten und aus der Zeit herausgefallenen Ort vorgestellt, aus einer Mischung von Langeweile und Übermut heraus. Ich konnte nicht ahnen, wie nahe ich der Realität damit kam! Die Siedlung besteht aus vielleicht fünfzehn Häusern etwas heterogener Bauart und Größe, zum Teil schilfgedeckt, einige zweistöckig. Hier und da lehnt sich ein morscher Holzschuppen an, zwei oder drei Hühnerhöfe sah ich beim Durchfahren, eher nachlässig gepflegte Gärten und ein paar Blumenbeete. Ein ländliches, aber nicht bäuerliches, dafür leicht verwahrlostes Idyll aus einer anderen Dekade. »Trostlos« hätte meine Mutter das genannt, wie mir einfiel, aber das wäre nur eine ihre ziemlich unsinnigen Phrasen. Wie sollte man denn das Gegenteil bezeichnen, wenn das ganze überhaupt etwas mit Trost zu tun haben soll? Unangenehm, was einem manchmal wieder einfällt. – Neben einem Schuppen standen zwei mächtige Pflanzgefäße aus Terrakotta mit noch mächtigeren Exemplare von *Cannabis indica*.
Es war nirgendwo ein Mensch oder ein Künstler zu sehen, und ich fragte mich, wo ich mit meiner Suche beginnen sollte. Es war ein warmer, aber längst nicht heißer Augusttag. Ich war etwas müde, hungrig und durstig von der Fahrt und beschloss, einfach beim nächstbesten Haus anzuklopfen, als jemand aus dem gegenüberliegenden herauskam, den kurzen Gartenweg entlang ging und mich erst bemerkte, als er nur noch ein paar Schritte von mir entfernt war. Er blieb bestürzt stehen und musterte mich, mein Fahrrad und mein Gepäck kurz, aber ausgiebig. Wie ich mir den typischen Bewohner einer Künstlerkolonie vorgestellt hätte, sah er nicht unbedingt aus, er mochte vielleicht vierzig Jahre alt sein, von un-

auffälligem, aber nicht unscheinbarem Äußeren, und offensichtlich nicht freudig überrascht, einen Unbekannten zu sehen.

»Entschuldigen Sie, wenn ich Sie so direkt frage«, sprach er mich an, »sind Sie auf der Durchfahrt oder suchen Sie hier etwas Bestimmtes?«

»Ja, Sie können mir sicher sagen, wo hier Frau Böckelmann wohnt?«

»Wer?«

»Lotte Böckelmann, die Malerin.«

Seine abweisende Haltung schien sich langsam zu verstärken.

»Den Namen habe ich noch nie gehört. Sind Sie sicher, dass Sie hier richtig sind?«

Langsam wurde ich auch misstrauisch.

»Ganz sicher. Kennen Sie alle – äh – Künstler, die hier wohnen oder in den letzten Jahren hier gearbeitet haben?«

»Ja, sicher. – Hören Sie, wäre es möglich, dass Sie morgen oder meinetwegen heute Abend noch mal nachfragen? Drei Kilometer von hier gibt es einen bequemen Landgasthof, wo Sie übernachten könnten, und der auch eine gute Küche hat.«

Rausgeschmissen zu werden habe ich noch nie vertragen.

»Ich habe nicht so viel Zeit,« – etwas Besseres fiel mir auf die Schnelle nicht ein – »vielleicht kann mir jemand anderes weiterhelfen.«

»Ja, wissen Sie, der, der es am bestem wissen muss, ist heute gar nicht da. Wie war der Name doch gleich?«

»Böckelmann. Lotte Böckelmann.«

»Wirklich, ich bin ganz sicher, dass da ein Irrtum vorliegt. Darf ich fragen, warum Sie sie suchen?«

»Um mit ihr über ihre Arbeit zu reden.«

»Hören Sie, ich kann Ihnen das jetzt nicht erklären, aber es wäre wirklich das Beste, wenn Sie bis morgen —«
Aus der Richtung, aus der ich gekommen war, war ein Lastwagen zu hören, woraufhin der Mann blass wurde und zu sprechen abbrach. Ich drehte mich um und sah, das der vermeintliche Lastwagen ein Panzerfahrzeug war. Es hielt ungefähr einhundert Meter vor dem ersten Haus. Vier Gestalten in weißen Ganzkörper-Schutzanzügen und Schutzmasken stiegen daraus aus und sperrten die Straße mit Stacheldrahtrollen ab.
»Wir stehen unter Quarantäne«, sagte der Mann hinter meinem Rücken. «Hier ist eine Pockenepidemie ausgebrochen.«
Ich drehte mich wieder zu ihm um.
»Reden Sie keinen Unfug, die Pocken sind seit zwanzig Jahren ausgerottet! Erklären sie mir lieber, was hier vorgeht!«
»Wir haben einen Kranken mit eindeutigen Symptomen, und ich musste die Behörden davon verständigen.«
»Sind Sie Arzt?«
»Nein, ich habe das nachgelesen. Da ich das einzige Telefon hier besitze, und der Kranke mein persönlicher Freund ist, habe ich wie gesagt den Vorgang weitergemeldet. Ich bin Dramatiker. Gestatten, Zobl ist mein Name, ohne E. – Tja, wenn Sie auf mich gehört hätten, wären sie jetzt nicht hier eingesperrt.«
»Verdammt! Heißt das wirklich…?«
»Ich fürchte, ja. Sie müssen erst einmal hierbleiben.«
»Aber ich muss doch wieder zurück, ich habe Termine und Verpflichtungen! Was soll ich denn hier anstellen, um alles in der Welt?«
»Wer kreativ genug ist, kann sich hier jahrelang beschäftigen. Naja, wir werden sie jetzt irgendwo unterbringen müssen.«

Meine Anwesenheit störte ihn immer noch gewaltig, aber mittlerweile war ein deutliche Portion Hohn aus seinem Verhalten herauszuhören. Ich bezweifle aber, dass mir Zobl bei einer anderen Art des Kennenlernens sympathisch gewesen wäre.

Die vermummten Gestalten waren dabei, den Stacheldraht mit gelben Plastikbändern und Warnschilder zu markieren, als ich mich noch mal umdrehte.

»Sie werden die ganze Kolonie einzäunen und bewachen«, sagte Zobl. »Von einem Fluchtversuch würde ich abraten, vermutlich haben sie Schießbefehl. Sie brauchen aber keine Angst zu haben, Sie sind sicher gegen Pocken geimpft, Ihren Alter nach zu schließen.«

In meinem Kopf schwirrten Gedanken um die Termine, die ich womöglich verpassen würde, eine Konferenz, ein paar Prüfungen, die ich abhalten sollte. Ich hatte bzw. habe keine Ahnung, wie lange so eine Quarantänemaßnahme dauern kann. Pockenimpfung – das waren die zwei kreisförmigen Narben auf dem Oberarm, die kaum noch zu erkennen waren, erinnerte ich mich. Hieß das, dass ich jetzt auch an die Pocken glaubte?

»Doch, sicher. Haben Sie eine Ahnung, wie lange…«

»Wochen, Monate… Ich hoffe, Sie haben Zeit mitgebracht.«

Ich fing an, ihn endgültig zu hassen.

»Heute Morgen habe ich mit dem Gesundheitsamt informiert. Gerade eben habe ich nochmal telefoniert, mit dem vorläufigen Krisenstab, wie sie es nannten. Jetzt mache ich eine Runde durch die Kolonie, um allen Bewohnern Bescheid zu sagen und sie zu beruhigen. Warten Sie, ich bringe Sie zu Plotnik, von dem ich gerade komme, ein Romancier, der kennt die freien Gästebetten hier vielleicht besser. Ich könnte Ihnen höchstens eine Couch in meinem Arbeitszimmer anbieten, aber ich glaube, Sie legen keinen großen Wert darauf.«

Also folgte ich ihm in das Haus. Ich glaube, von weitem einen Hubschrauber zu hören, drehte mich aber nicht danach um. Zobl betrat das Haus ganz unbefangen, kannte in den engen, dunklen Flur die richtige Tür, an die er klopfte, um ohne eine Antwort abzuwarten dort einzutreten. Es war offensichtlich das Arbeitszimmer des Schriftstellers, der am Schreibtisch vor dem Fenster saß und sich jetzt zur Tür wendete.

»Plotnik, tun Sie mir doch den Gefallen und kümmern sich um diesen Herrn hier, er hat sich genau zum falschen Zeitpunkt zu uns verirrt. Sie wissen vielleicht, wo man ihn am besten unterbringen kann. Ich kann mich jetzt nicht darum kümmern, ich muss noch mit dem Rest der Leute sprechen.«

Sprach's und verschwand wieder, ohne eine Antwort abzuwarten.

»Der hat's ja eilig«, sagte ich, da Plotnik immer noch ruhig abwartend dasaß. »Tja, wie Herr Zobl schon sagte, es sieht aus, als müsste ich eine Weile hierbleiben… in ihrer Kolonie, meine ich. Gestatten, Otterbeck ist mein Name, Professor für Botanik.«

»Plotnik, Schriftsteller, angenehm. Zobl hat Sie zu mir gebracht, damit ich Sie irgendwo unterbringe?« Gegen das Fenster und im Sitzen konnte ich nicht viel von ihm erkennen, seine Stimme klang jedoch sympathisch, zurückhaltend, mit einer Spur von Ironie vielleicht.

»Genau. – Aber ich vergesse ganz, Sie haben auch gerade erst von der Epidemie erfahren?«

»Epidemie… jaja. Kam ganz überraschend. Sie sind vermutlich auch geimpft. Machen Sie sich keine Sorgen. – Also, ich könnte Sie hier zur Not unterbringen, aber das wäre reichlich unbequem für alle Beteiligten. Aber ich glaube, ich weiß etwas besseres. Haben Sie Gepäck?«

»Draußen auf dem Fahrrad.«

»Gut, dann brauchen wir Ihnen wohl keine Zahnbürste zu organisieren?«
Draußen zeigte ich ihm die Absperrungen, die mittlerweile um die Kolonie herum von mehreren Fahrzeugen aus aufgebaut wurden. Er quittierte das nur mit einem Stirnrunzeln.
»Ich bringe Sie zu einer Malerin, Sylvia Schmitz. Sehr nette Frau, lassen Sie sich nicht irritieren, wenn sie nicht viel mit Ihnen spricht oder Sie anscheinend ignoriert, sie meint das nicht böse, sie ist nur manchmal gedanklich etwas abwesend. Das da vorn ist ihr Haus, sie wohnt da allein.«
»Ach, wo sie Malerin sagen: Ist Ihnen der Name Lotte Böckelmann bekannt?«
»Nein, nie gehört. Soll die hier wohnen?«
»Eigentlich schon.«
»Dann müsste ich das eigentlich wissen. Sind Sie ihretwegen hier?«
»Ja, auch.«
»Oje, dann sind Sie ja ganz sinnlos hier eingesperrt.«
Was sollte ich darauf antworten.
Das Haus war in der Tat recht klein und etwas baufällig aussehend. Auch hier war die Tür unverschlossen. Plotnik brachte mich ins Atelier, das durch ein großes Dachfenster heller und größer war, als man es dem Haus von außen zugetraut hätte, es ging nach hinten raus. Obwohl das Fenster offen stand, roch es intensiv nach Farbe. Und nach Zigaretten. Vor einer Staffelei mit einem sehr großen, düsteren Bild stand eine große, kräftige Frau in einem grauen Kittel und arbeitete daran. Sie schaute kurz zu uns herüber, dann pinselte sie weiter wie zuvor.
»Hallo, Sylvia,« sagte Plotnik, »war Zobl schon bei dir?«
»Hallo… Nein, den hab ich zum Glück seit Tagen nicht gesehen…« Sie schien an einer Art Gewitterlandschaft

zu arbeiten, jedenfalls malte sie an einer düsteren, sich auftürmenden Wolke.

»Zobl sagte, Gevelsberg habe die Pocken. Er habe die Behörden verständigt, und wir ständen unter Quarantäne. Die Kolonie ist abgesperrt, bei Fluchtversuchen würde geschossen. Sagt Zobl jedenfalls.«

Sie pinselte völlig unbeeindruckt ein schwefeliges Grau in ihre Wolke hinein.

»Und das hier ist Professor Otterbeck. Er kam heute Mittag hier an, kurz bevor dicht gemacht wurde, und muss jetzt hierbleiben.«

Jetzt schaute sie mich streng an. Irgend etwas gab mir den richtigen Gedanken ein, sie hielte mich für einen Kunstsachverständigen.

»Professor für Botanik«, sagte ich, ging auf sie zu und streckte ihr die Hand entgegen. Ihre Miene erhellte sich zur Neutralität, und sie reichte mir den kleinen Finger ihrer farbverschmierten rechten Hand, die dabei den Pinsel immer noch festhielt.

»Angenehm, Schmitz, Kunstmalerin.«

»Wir müssen ihn irgendwo unterbringen«, übernahm Plotnik wieder. »Ich dachte, da du soviel Platz hast…«

»Meinetwegen…« Sie malte schon wieder. »Er kann die Couch in der Bibliothek haben.«

Offensichtlich war sie nicht vom Malen abzubringen, und auch Plotnik wäre mich wohl gerne losgeworden. Ich ließ mir von ihm die so genannte Bibliothek zeigen – eher ein kleiner Lagerraum für Malerutensilien, Farbtöpfe, Leinwände und eine große Schlafcouch, ein Tischchen mit Klappstuhl und tatsächlich auch ein hohes, schmales Bücherregal, in dem außer einigen Büchern, Bildbänden und Kinderbüchern vor allem, viel staubiger Krimskrams, Figuren aller Arten, Dosen, Federn, Steine und so weiter, stand und lag. Von der Couch musste erstmal diverses Gerümpel herunter geräumt werden.

Plotnik half mir, meine Sachen hereinzubringen, meinte aber dann, er müsste noch dringend mit Zobl reden, käme aber später wieder.

Als ich dann allein in der »Bibliothek« hockte, erschien es mir völlig irreal, dass ich jetzt womöglich monatelang in dieser Kammer leben sollte, zwischen dieser Handvoll von Häuschen mit ihren offensichtlich verhaltensgestörten Bewohnern. Sehr seltsam, dass sich niemand über die Pockenepidemie Gedanken machte. Ich konnte mich nicht mehr erinnern, ob die Impfung lebenslang schützte oder nicht – und ich habe ja immerhin Biologe studiert –, ich konnte mich aber auch nicht daran erinnern, jemals von Auffrischungsimpfungen gehört zu haben. Ob sich Plotnik und Zobl dessen sicher waren? Aber vielleicht gab es hier Leute, die nicht geimpft waren und die angesteckt werden würden. Wenn sie Glück hätten, würden sie mit Pockennarben davonkommen.

Die größte Gefahr für mich dürfte wohl die Langeweile sein, meinte ich schließlich. Eigentlich müsste ich hier innerhalb von zwei Wochen komplett wahnsinnig werden. (Interessanter Gedanke: Dann würde ich diesen Vorgang in meinen Aufzeichnungen festhalten.) Ob es hier vielleicht Fernsehen gab? Oder am Ende einen Menschen, mit dem man sich vernünftig unterhalten konnte?

Nach einer Weile musste ich Frau Schmitz beim Malen stören, um sie nach der Toilette zu fragen. Hinter dem Gemüsegarten zwischen den Holunderbüschen, sagte sie, stehe das Plumpsklo und am Hintereingang die Pumpe und der Eimer zum Händewaschen. Immerhin gab es richtiges Toilettenpapier.

Als ich wieder ins Haus kam, fand ich sie in der Küche hantierend. Sie hatte gerade einen Topf Reis aufgesetzt. Die Küchenuhr stand mittlerweile auf halb vier. In der Küche tummelten sich auch mindestens drei Katzen.

»Eine Woche ungefähr werde ich uns beide satt bekommen«, sagte sie. »Ich nehme an, dass Sie uns bis dahin von draußen versorgen, Lebensmittel aus Hubschraubern abwerfen oder so. Falls wir überhaupt länger als bis morgen abgesperrt sind.«
Im Grunde wirkte sie ja so, als ob sie ganz in Ordnung sei, vielleicht ein von etwas zu robuster Gemütsart. Auch ohne den Malerkittel war sie etwas größer und breitschultriger als ich, dabei keineswegs unweiblich, vielleicht Mitte oder Ende Dreißig.
»Seien Sie so nett und machen Sie das mal auf«, sagte sie und drückte mir zwei Dosen und einen altertümlichen Dosenöffner in die Hand. Dieses Modell war mir noch aus meiner Pfadfinderzeit geläufig, so konnte ich sie enttäuschen, falls sie mich damit nur blamieren wollte. Eine Dose enthielt Chilibohnen, die andere Ananasstückchen.
»Sagen Sie« ,fragte ich, »Sie kennen vermutlich alle, die hier wohnen oder in der letzten Zeit gewohnt haben?«
»Wen suchen Sie denn?«
»Eine Kollegin von Ihnen, eine Malerin namens Lotte Böckelmann.«
»Nie gehört. Kann es hier in den letzen Jahren nicht gegeben haben. Vielleicht haben Sie etwas verwechselt? In Nordschleswig gibt es noch eine Künstlerkolonie mit einem ähnlichen Namen, Dolmenhofen oder so.«
»Ihr Galerist hat mit gesagt, sie würde hier leben.«
»Soso. Wenn Sie sich in diesem Geschäft besser auskennen würden, wüssten Sie, was von Galeristen zu halten ist. Haben Sie ihm was abgekauft?«
»Nein. Eigentlich suche ich auch gar nicht die Malerin selbst, sondern eines ihrer Motive. Eine Pflanze, die in Nordschleswig garantiert nicht wächst.«
»Habe ich Sie richtig verstanden, Sie suchen eine Pflanze, die Sie auf einem Gemälde entdeckt haben?«

Plötzlich war mir die ganze Geschichte etwas peinlich geworden.
»Nun ja... Ich hätte dann einen wichtigen Standort einer sehr seltenen Orchideenart gefunden.«
»Ja, in Nordschleswig gilt sie bereits als ausgestorben. – Entschuldigung, Sie nehmen mir das hoffentlich nicht übel. Ist die Orchideensuche Ihr Hobby, oder gehört das zu ihrem Forschungsgebiet?«
Möglicherweise ist diese Frau sogar sehr intelligent, dachte ich. Dann fing sie an, Currypulver in einer kleinen Pfanne in Öl zu erhitzen.
»Sagen wir, wenn ich sie fände, gehörte sie zu meinem Arbeitsgebiet.«
»Curry braucht hohen Temperaturen, sonst würzt er kaum und färbt nur. – Dann sind Sie also kein Gentechniker, der Mais und Tomaten neu erfindet?«
Ich zog es vor, ihre Frage nicht zu beantworten, sondern sah zu wie sie die Chilibohnen unter den Reis mischte. Dann gab sie die abgegossenen Ananasstücke und das Curry-Öl dazu.

Acht Uhr dreißig

Ich weiß nicht, ob man das ganze als eine Art Eintopfgericht bezeichnen soll (habe ich diesen blöden Ausdruck unbewusst von der Mensa-Speisekarte in meinen aktiven Wortschatz übernommen?), jedenfalls gab es Chilibohnen-Curryreis mit Ananas. Die Ananas schmeckte scharf, und die Bohnen süß. Etwas befremdlich, aber doch nicht schlecht, irgendwie.
Ich sollte wohl doch aufhören, jede Kleinigkeit chronologisch zu notieren, auch wenn ich diese Aufzeichnungen nur zum Zeitvertreib mache. Oder gerade deswegen? Mein Ehrgeiz, mir ein gutes Gedächtnis zu beweisen, reicht dafür auch nicht, zum Glück. Jedenfalls habe ich

für den ersten Nachmittag mehr Zeit zum Schreiben als zum Erleben gebraucht. Andererseits wäre ich dann mit meinen Aufzeichnungen schnell an dem Punkt, wo ich nur noch schreibe: »Am Mittwoch den ganzen Tag schreibend an Frau Schmitz' Küchentisch verbracht.« Dann allerdings ginge das Schreiben wieder schneller als das Erleben. Irgendwann wird es ja wohl auch wieder aufhören zu regnen, und ich kann rausgehen. Die dummen Katzen sind auch schon nervös und springen auf den Küchentisch, während ich schreibe.
Übrigens malt Sylvia, wie ich sie mittlerweile nennen darf bzw. soll, noch an ihrem Bild. Es hat eindeutig mehr Details bekommen, aber mir ist immer noch nicht klar, ob es wirklich eine Gewitterlandschaft sein soll. Fragen kann ich ja schlecht. Heute gab es einen eher konventionellen Nudelauflauf, zu dem sie mir dann zwei Gläser Tafelwein aufnötigte.
Womit ich bei der Verpflegung wäre: Am Montag Abend schaute Plotnik noch mal hier vorbei und berichtete, bei einem Telefongespräch zugegen gewesen zu sein, das Zobl mit dem stellvertretenden Leiter des Krisenstabes geführt hat, der jetzt für unser Schicksal und die Gesundheit der Weltbevölkerung verantwortlich ist (der Stab, nicht nur der stellvertretende Leiter). Ab morgen sollen wir mit Fallschirmen aus der Luft versorgt werden, falls das Wetter es zulässt. Die Fallschirme sollen wir sorgfältig aufbewahren. Zobl habe detailliert die Sonderwünsche der Koloniebewohner durchgegeben: Einige hier sind Vegetarier aus Überzeugung, Sylvia braucht Katzenfutter, zwei andere Hundefutter, außerdem werden Wein, Zigaretten und so und so viele Exemplare dieser und jener überregionalen Tageszeitung gewünscht. Der Tobsuchtsanfall am anderen Ende der Leitung soll deutlich zu hören gewesen sein. Zobl wies darauf hin, dass es einige Künstler gäbe, die ohne Alkohol

sehr wahrscheinlich einen Ausbruch riskieren würden und aufgrund der besseren Ortskenntnis vielleicht nicht ohne Aussicht. Jetzt sind alle gespannt, was morgen hier ankommt.

Plotnik will im Lexikon gelesen haben, dass Geimpfte nur eine leichte Pockenerkrankung durchmachen. Sehr beruhigend. Das Wort »blatternarbig« ist mir bislang nur aus blöden Abenteuerromanen in Erinnerung, die man als Dreizehnjähriger gelesen hat.

Wie es Gevelsberg, dem kranken Bildhauer, mittlerweile geht, habe ich noch nicht erfahren.

Plotnik versprach mir, als ich über meine drohende Langeweile klagte, am nächsten Tag Schreibpapier zu bringen, was er dann auch tat. Er bedauerte, mir nicht anderes anbieten zu können, nachdem ich mich von der Aussicht, von ihm Bücher geliehen zu bekommen, nicht sehr begeistert gezeigt hatte, weil ich erfahren hatte, dass es sich nur um Romane, Erzählungen und höchstens noch Geisteswissenschaftliches handelte. Nicht dass in nur Fachbücher lese, aber für Prosaisches habe ich jetzt nicht den richtigen Nerv. Plotnik meinte scherzend, wenn ich keinen Roman lesen wolle, sollte ich halt einen schreiben.

Anschließend spielte er mit Sylvia Schach, und ich legte mich schlafen.

Donnerstag, 27. August, 10:00 Uhr

Der Regen hat aufgehört, heute werden vermutlich die Lebensmittel abgeworfen. Was dringend erforderlich wäre, weil hier langsam die Vorräte ausgehen, jedenfalls habe ich das gehört. Sylvia hat manchmal sehr gesprächige Phasen, wobei sie allerdings so gut wie nie über sich selbst spricht, aber ihr Gegenüber – mich jedenfalls – mit Fragen löchert. Gestern Abend hat sie mich erst

nach meiner Arbeit erkundigt, dann nach meiner Familie, und ich war so leichtsinnig, ihr zu erzählen, dass meine Frau Kunsthistorikern ist. Zuerst war sie geradezu entsetzt, ich dachte schon, sie schmeißt mich wieder raus. Zum Glück haben beider Arbeitsbereiche eher wenig miteinander zu tun. Frau Schmitz scheint jedenfalls keine sehr hohe Meinung von den so genannten Kunstsachverständigen zu haben.
Ich habe ja bis jetzt nur drei Leute hier kennengelernt, aber die scheinen alle drei gewissermaßen abschätzig auf die Welt draußen zu blicken. Vielleicht lässt sie die Quarantäne deshalb so gleichgültig. Auch sonst scheinen hier andere Verhaltens- oder wenigstens Kommunikationsnormen zu herrschen. Mir scheint hier jedenfalls ziemlich viel fremd und unverständlich.

11:30 Uhr

Vor ca. einer Stunde wurden tatsächlich Lebensmittel abgeworfen – es fielen scherzhafte Bezeichnungen wie Fresspakete oder CARE-Pakete: Konserven, Fertiggerichte, Knäckebrot, Dosenwurst, Milchpulver und derartiges, was mich und nicht nur mich an meine Bundeswehrzeit erinnert. Es waren sogar original Bundeswehr-Kekse dabei (»Panzerplatten«). Außerdem billigste Zigaretten und Wein in Plastikkanistern. Mich lässt das ja kalt, aber die Reaktionen der Künstler reichten von Wut bis Belustigung (etwas heuchlerisch finde ich das, als hätte sie gut bestückte Weinkeller unterm Haus). Es wurde abwechselnd vorgeschlagen, den Krisenstab im Plastikwein zu ersäufen, oder die Glimmstengel den für Kulturförderung zuständigen Beamten in gewisse Körperöffnungen zu stecken und noch einiges mehr.
Bei dieser Gelegenheit bekam ich auch die übrigen Künstler zu Gesicht, als wir gemeinsam durch den torfi-

gen Matsch watend die Kostbarkeiten bargen – gut, dass ich Gummistiefel mitgenommen habe. Zobl übernahm die Verteilung. Er scheint für einige eine Art Führerfigur darzustellen, für andere aber gar nicht, sie scheinen nur darauf zu warten, dass er einen schweren Fehler macht. Plotnik und Sylvia gehören sicher zu letzteren. Allerdings ist die Anti-Zobl-Fraktion weniger organisiert. Sylvia beschwerte sich bei ihm, das bestellte Katzenfutter nicht bekommen zu haben, was ihm herzlich egal war.

Die Künstler sind eine recht heterogene Gruppe. Altersmäßig verteilen sie sich zwischen dreißig und sechzig Jahren, und es sind ungefähr gleich viele Männer wie Frauen. Äußerlich macht sich das Künstlertum nicht bemerkbar, wenn man nicht gerade nach Tinte an den Fingern oder Farbe unter den Nägeln sucht, keine extravagante Erscheinungen, höchstens hier und da eine ewige-Studenten-hafte Lässigkeit. Keine Baskenmützen, Wallebärte, Jacketts, die aussehen wie aus der Kleiderkammer vom Roten Kreuz, etc. pp. Man könnte sie sich in ihrer Gesamtheit als Besucher eines Programmkinos am Samstagnachmittag vorstellen (meine Frau schleppte mich gelegentlich in Künstlerbiografien und Filme mit ähnlichen Ansprüchen). Einen besonders erhabenen Eindruck machten sie nicht, als sie die Fallschirm-Pakete zusammenschleppten. Richtig berühmt scheint hier auch keiner zu sein. Ich war froh, niemandem vorgestellt und nicht besonders beachtet zu werden.

16:30 Uhr

Im Radio war bis jetzt noch nichts über die ganze Angelegenheit zu hören. Offenbar wird alles geheim gehalten, um eine Panik zu vermeiden. Am Montag sollen wieder Lebensmittel abgeworfen werden.

Freitag, der 28.8., gegen halb zwölf (mittags)

Gestern Abend waren ich mit Frau Schmitz bei Plotnik und seinem Hausgenossen oder Mitbewohner, einem Maler und Zeichner namens Grambach, zum Essen eingeladen, einfach aus dem Grund, um unsere Lebensmittelreserven zusammen etwas sinnvoller einzuteilen. Grambach ist ein sympathischer, nicht ganz schlanker Mann Ende vierzig, mit kurzem Vollbart und ziemlich grauem Haar, Pfeifenraucher. Er und Plotnik haben in ihrem Haus eine Wand durchbrochen, ein Teil des Fachwerks als Stütze stehen gelassen und dadurch eine recht große gemütliche Wohnküche geschaffen. An den Wänden standen Regale mit Geschirr und Küchengerät, was bei der gedämpften Beleuchtung – auf alte Weinflaschen gesteckte Kerzen – sehr malerisch aussah. An dem großen Küchentisch standen nicht zwei Stühle gleicher Bauart. Soviel zum Ambiente für die folgende Unterhaltung. Ich kam nämlich vorher auf den übermütigen Gedanken, mein Diktaphon heimlich in der Tasche meiner Jacke mitzunehmen und nach dem Essen – dessen Basis zwei Dosen Gulaschsuppe bildeten, die durch den massiven Einsatz von Gewürzstreuern und durch Zugabe von frischem Gemüse aus dem Plotnik-Grambachschen Garten genießbar gemacht worden waren –, als die Vernichtung eines zweieinhalb-Liter-Kanisters Roséwein, angeblich »Portugisischer Weißherbst« anstand, nahm ich unsere Gespräche auf. Ein guter Gedanke, aus dem Gedächtnis hätte ich sie nicht mehr rekonstruieren können. Das Gluckern beim Einschenken übertönte zum Glück den Einschaltknacks. Übrigens rauchten alle drei, speziell Sylvia, die sich sonst damit zurückhielt, wurde mit steigendem Alkoholspiegel zur Kettenraucherin.
Grambach, beim Anstoßen: »Tja, Herr Professor, dann hoffen wir mal, dass Ihr Zwangsaufenthalt nicht allzu

qualvoll wird, und das wir bald wieder etwas anständiges zu Essen und zu Trinken haben. Auf ein baldiges Ende der Quarantäne.«
Alle durcheinander: Prost, auf ein, usw. usf.
Ich: »Hoffen wir das Beste.«
Jeder kostete den Wein, und keiner verzog eine Miene, wenn ich mich recht erinnere.
Sylvia: »Was sagst du eigentlich zu der Küche hier, Harald?«
Ich: »Sehr gemütlich, wirklich.«
Sylvia: »Haben die beiden selbst umgebaut.«
Ich: »Kompliment. Wenn ich meinen Altersruhesitz baue, engagiere ich Sie als Innenarchitekten.« (Hm, manchmal weiß ich nicht, was ich in solchen Situationen sagen soll.)
Plotnik: »Eigentlich müssten wir die Wand wieder einziehen, bevor wir ausziehen. Aber wahrscheinlich würde es eh keiner merken.« Er schien schlechte Laune zu haben und trank einen großen Schluck.
Ich zu Grambach: »Gehört ihnen das Haus nicht?«
Grambach: »Nein. Die ganze Kolonie gehört einer Stiftung, die auf ein Testament zurückgeht, so um Ende des letzten Jahrhunderts. Von einer reichen Witwe, die ihre Familie enterben wollte. Wenn ich richtig informiert bin, war ihr Mann seinerzeit der bedeutendste Importeur von Opium hierzulande und hat sich im Krieg 1870/71 als Heereslieferant eine goldene Nase verdient. Außerdem hatte sie wohl mal was mit einem Maler zu tun, der sich damals hier hin zurückgezogen hatte. Anfang der fünfziger Jahre wurde die Stiftung vom Land übernommen mitsamt dem Restkapital, von dem Stipendien bestritten werden. Irgendeine Kommission kümmert sich so nebenbei um die Vergabe der Stipendien und der Wohnbeziehungsweise Arbeitsplätze, und die ganze Geschichte ist mittlerweile ziemlich abgewirtschaftet.«

Plotnik: »In jeder Hinsicht.«
Sylvia: »Nicht wahr?«
Grambach: »Förderungsaufenthalte werden für jeweils fünf Jahre vergeben, mit der einmaligen Möglichkeit, nochmal um fünf Jahre zu verlängern. Da die Kommission keine Lust hat, sich neue Künstler zu suchen und auch draußen kaum noch jemand hierher will, wird das praktisch immer genehmigt. Viele wollen auch gar nicht mehr weg, einige wohnen schon elf oder zwölf Jahre hier.«
Sylvia, sich das leere Glas bis zum Rand füllend: »Und ein ganzer Schwung Kolonisten ist grad im zehnten Jahr! Aber wir verlassen uns drauf, dass sie das Porto für die Räumungsbefehle nicht mehr bezahlen können.«
Grambach: »Kolonisten nennen wir uns spaßeshalber.«
Plotnik: »Wie gesagt, das Legat ist heruntergewirtschaftet, die Bauaufsichtsbehörde – und nur die übrigens – fordert irgendwelche Sanierungsmaßnahmen, die meisten von uns können rein rechtlich rausgeschmissen werden.«
Sylvia: »Gerüchten zufolge soll die Kolonie geschlossen und verkauft werden.«
Grambach: »Wir reißen manchmal Witze, dass hier ein Freizeitpark gebaut werden soll.«
Plotnik: »Dann könnten wir gleich als Ausstellungsstücke hierbleiben.«
Sylvia, knapp auflachend: »Wer will den sowas sehen?«
Ich: »Das täte mir leid. Ich finde, so etwas sollte erhalten bleiben.«
Plotnik: »Sehen Sie?«
Grambach: »Nun ja, wir sind alles andere als ein Prestigeobjekt.«
Schweigen, trinken.
Plotnik: »Vielleicht könnten wir in der freien Wildbahn schon gar nicht mehr überleben?«

Sylvia: »Dann müssen wir bis zum Rentenalter hierbleiben und dann ins Künstler-Altersheim gehen.«
Trinken, schweigen.
Plotnik: »Wir sitzen jetzt hier und denken, dass es uns nicht besonders geht, und wir noch mit den Vorstudien zum großen Lebenswerk beschäftigt sind, und eines Tages wird das vielleicht als unsere große Zeit angesehen werden. Speziell von uns selbst.«
Grambach: »Danke für den Hinweis, sehr ermutigend.«
Schweigen.
Grambach, zu mir: »Wir wollen Ihnen ja nicht noch mehr die Laune verderben.«
Schweigen, trinken.
Plotnik: »Sie fühlen sich vermutlich sehr fremd in diesem künstlerösen Ambiente?«
Ich: »Nicht so sehr. Mein Frau ist Kunsthistorikern, dadurch habe ich eine Menge mitbekommen.«
Sylvia: »Das sagst du so… «
Ich: »Nun ja, dann und wann eine Ausstellung, manchmal lese ich, was sie so schreibt…«
Plotnik, spöttisch zu Sylvia: »Der Feind im eigenen Haus!«
Ich: »Nun ja, nicht dass ich jetzt die akademische Kunstbetrachtung übernommen hätte.«
Plotnik: »Und ihre Frau darf bei ihren Bildanalysen nicht mehr Tannen und Fichten verwechseln, wenn sie mit einem Botanikprofessor verheiratet ist?«
Sylvia: »Daher auch das Orchideenbild?«
Ich: »Mein Gott, können wir nicht über etwas anderes reden?«
Sylvia: »Erzähl doch von dir und deiner Arbeit. Das Leben eines besessenen Wissenschaftlers muss doch wahnsinnig aufregend sein.«
Ich: »Von wegen besessener Wissenschaftler! Nein, die Besessenen kommen höchsten in die Klappsmühle, aber

nicht auf Lehrstühle.«
Plotnik, im Hintergrund: »Gerade die.« (Was ich erst jetzt beim Abhören mitbekommen habe.)
Ich: »Das ist alles eher ein Frage des Durchhaltevermögens als von sogenannter Genialität. Die bleibt den Künstlern überlassen.«
Sylvia: »Und warum bist du dann gerade Botaniker geworden und nicht, sagen wir Chemiker oder Wirtschaftswissenschaftler?«
Ich, langsam nostalgisch werdend infolge Alkoholeinwirkung: »Tja, das sind Fragen. Eigentlich habe ich mit dem jungen Mann, der sich damals für Biologie einschrieb, nicht mehr viel zu tun. Manchmal denke ich, ich habe damals so eine Art Ersatzreligion gesucht, naiv wie ich war. Ich habe wohl so eine Art höheres Wissen gesucht und ziemlich mystische Vorstellungen davon gehabt, was Leben ist und in welchen Erscheinungen es zutage tritt. Einen gewissen Hang zum Elitären hatte ich wohl auch.«
Plotnik: »Und dann haben Sie es bis zum Hohepriester, sprich, zum Professor gebracht.«
Ich: »Das habe ich gar nicht von Anfang an vorgehabt. Eigentlich habe ich sogar überhaupt nichts Bestimmtes vorgehabt und mir wenig Gedanken um die Zukunft gemacht. Es ging dann so Stufe um Stufe weiter, nach dem Diplom hatte ich die Möglichkeit, eine interessante Doktorarbeit zu machen, und sonst keine allzu verlockenden Perspektiven. Dann hatte ich mich halt schon so weit spezialisiert und« – ich lachte kurz auf – »kam da nicht mehr raus.«
Plotnik: »Spezialisierung ist, wenn man am Ende alles über gar nichts weiß, sagen böse Zungen.«
Ich: »Eben deshalb vermeide ich alles zu wissen! – Nun ja, irgendwann merkt man halt, dass alles zur Routine geworden ist, selbst das Vordringen auf diesen und jenen

Forschungsfeldern, so spannend es auch manchmal ist. Und das ist eigentlich auch gut so. Früher meinte ich noch, ich müsse mich an der Rettung der Welt beteiligen. Heute katalogisiere ich aussterbende Arten, ohne der Verzweiflung anheim zu fallen. Ich bin eigentlich ganz froh, diese Absolutheitsansprüche an mich und an die Wissenschaft losgeworden zu sein. Ist das bei ihnen anders?«
Grambach: »Nein.«
Sylvia, gleichzeitig: »Ja!«
Plotnik, gleichzeitig: »Ja.«
Kurze Pause, dann Lachen.
Plotnik: »Keine Routine, ich verzweifle mindestens einmal pro Woche über der Arbeit und will nie wieder eine Zeile schreiben.«
Sylvia: »Ohne Absolutheitsanspruch würde ich eingehen wie eine Primel. Um ein Bild malen zu können, würde ich auch töten.«
(An der Stelle kam mir der Gedanke, wie soll ich sagen, die beiden hätten etwas miteinander.)
Grambach: »Einigen wir uns darauf, für die Kunst die Pocken zu riskieren.«
Plotnik: »Die riskieren Zobl und Gevelsberg.«
Ich: »Wie meinen sie das?«
Sylvia, wie unter einer plötzlichen Eingebung: »Gevelsberg war nicht geimpft!«
Ich: »Zobl auch nicht? Woher wissen sie das?«
Plotnik: »Unsinn, Zobl ist gegen alles immun.«
Grambach: »Ah, ich verstehe! Die Fotos!«
Grambach und Sylvia brachen in Lachen aus, Plotnik grinste nur.
Plotnik, spöttisch: »Gevelsberg gehörte zu einer Gruppe von Kolonisten, die sich Samstag Nachmittags regelmäßig trafen und Aktfotos voneinander machten, draußen im Moor, auf der Terrasse des einen oder im Garten des

anderen oder sonstwo. Nicht direkt, um Kunst zu produzieren, mehr als Hobby oder aus ganz privater Experimentierfreude. Bis Mehlhorn, ein Schriftsteller, der nicht zu der Fotogruppe gehörte, eines Tages aus Hannover zurückkam mit einem Bildband, den er irgendwo auf dem Grabbeltisch in einer Ramsch-Buchhandlung gefunden hat. Sie kennen diese Art Läden vielleicht. Richtige Antiquariate sind für unsereinen ja unerlässlich, aber die sogenannten modernen Antiquariate mag ich überhaupt nicht. Mir wird unbehaglich, wenn ich denke, meine Bücher enden irgendwo in der Grabbelkiste, weil sie niemand haben will. Ach ja, der Bildband. Eine Blütenlese ebendieser Fotosessions! Und keiner weiß, wer die Fotos hinter dem Rücken der anderen veröffentlicht hat, aus Geldnot wahrscheinlich. Dabei können eigentlich nur ein paar Mark dabei herausgekommen sein. Und mit den Fotos war dann Schluss.«
Sylvia: »Darin waren jedenfalls Profilstudien von Gevelsberg drin, auf denen man auch seine Oberarme bewundern konnte. Und dann hat mal jemand, als wir den Band zu mehreren durchblätterten, bemerkt, dass er diese ringförmige Narbe von der Pockenimpfung nicht hatte.« Sie zog ihren rechten Ärmel herauf.
Ich: »Das Vakzinationsmal.«
Sylvia: »Eben das. Heißt das so? – Brillante Fotos, und jede Pore in der Haut war zu sehen. Wenn er solche Male gehabt hätte, hätte man sie sehen müssen. Ich habe mir übrigens auch ein Exemplar gekauft, ich werd es dir morgen zeigen.«
Plotnik: »Ist auch sonst sehr interessant. Aber Sie sind ja Biologe und mit den Phänomenen des Lebens vertraut.«
Ende des Bandes. Aber sonst passierte an diesem Abend auch nicht mehr viel, wir tauschten etwas Wissen über Pocken und andere Epidemien aus, Plotnik erzählte was von den Blattern als sechste biblische Plage über Ägyp-

ten und über »Die Pest« von Camus, und dann ging ich nach Hause bzw. zu Sylvias Schlafcouch, auf der ich angetrunken, wie ich war, zum ersten Mal fest durchschlief. Nicht dass ich mich deswegen beim Aufwachen besser als am Tag vorher fühlte. Sylvia selbst muss viel später als ich zurückgekommen sein und ziemlich abgefüllt dazu, jedenfalls scheint sie noch ihren Rausch auszuschlafen. Sonst hätte ich mich auch kaum getraut, das Band abzuhören. Nur die Katzen störten, ich wusste nicht, womit ich sie hätte füttern sollen.

28.8., vier Uhr Nachmittags

Als Sylvia auftauchte, wirkte sie gar nicht verkatert, sie erinnerte sich sogar an den Bildband, den sie mir zeigen wollte. Aktfotos halt, von der eher experimentellen Sorte was Körperhaltung, Ambiente, Perspektive, Entwicklung usw. betraf. Der als Gevelsberg bezeichnete, ein athletischer ca. Fünfzigjähriger, hatte in der Tat kein Impfmal auf den Oberarmen. Gerüchten zufolge soll er früher bei der Fremdenlegion gewesen sein, laut Sylvia. Seine Plastiken, meinte sie, seien »das männliche Pendant zu Nikki de Saint-Phalle, nur ohne Farbe«. Das möchte ich mir lieber nicht vorstellen. Statt dessen stellte ich mir sein Gesicht mit Narben und Pusteln vor, was auch nicht so erfreulich war. Nach dem späten Frühstück begann Sylvia ein neues Bild, ich half ihr, die Leinwand aufzuspannen. Die Staffelei war sehr groß und massiv, ohne Leinwand erinnerte sie mich spontan an eine Guillotine, ziemlich beklemmend. Zur Belohnung will sie mir morgen ein paar Sonnentau-Exemplare im Moor zeigen. Bei ihrem alten Bild bin ich mir übrigens nicht mehr sicher, ob es ein Gewitter oder eine Kopulation darstellt (vielleicht eine von Gewitterwolken?). Unterschwellig hat es doch eine ungewöhnlich starke Dynamik (wie die Malerin selbst?).

neun Uhr abends:

Vorhin zu Zobl gegangen. Er saß an einem Dramenfragment, und zwar arbeitet er am Computer! Ich hätte gar nicht mehr gedacht, dass es hier so etwas gibt. Ohne aufzuschauen sagte er, er habe vorhin telefoniert, neue Lebensmittel gäbe es am Montag, neue Krankheitsfälle bis jetzt nicht.
Dann erkannte er mich endlich, taute etwas auf und bot mir einen Cognac an. Ich lehnte ab. Er goss einen für sich ein.
»Haben Sie den so genannten Krisenstab von meiner Anwesenheit hier informiert?«, fragte ich ihn.
»Ja, sicher. Ihre Frau und Ihr Institut werden verständigt, dass Sie sich in Quarantäne befinden, jedoch nicht, wo Sie sich aufhalten. Aus Sicherheitsgründen, sagten sie.«
»Klar, sonst würde meine Frau an der Spitze einer Söldnertruppe den Belagerungsring durchbrechen und mich hier rausholen.«
»Es geht wohl mehr darum, dass sie nicht weitererzählt, was hier los ist. Ich kann auch nicht mehr nach draußen telefonieren, nur noch mit der Krisenstab-Hotline. Übrigens sollen Sie beim nächsten Mal selbst ans Telefon und mit einem Professor von irgendeinem Seucheninstitut sprechen. Nachdem Sie sich Gevelsberg angesehen haben, notfalls von außen durchs Fenster. Zur Belohnung dürfen Sie dann mit Ihrer Frau telefonieren, unter der Bedingung, dass Sie Ihren Aufenthaltsort nicht verraten. Sie werden deshalb abgehört und im Falle eines Falles sofort unterbrochen.«
»Bin ich Arzt? Na, meinetwegen, wenn die denken, sie hätten mir was zu befehlen...«

»Lassen sie uns morgen Nachmittag hingehen.«

»Gut. Wo befindet sich Gevelsberg eigentlich?«

»In seiner Kate am Rande der Kolonie. Dahinter fängt gleich das Moor an. Dazu hat er eine starke Affinität, er ist der einzige, der die paar halbwegs festen Wege darin kennt. Unseren Belagerern ist beinahe ein Panzer versunken, als sie versucht haben, die Absperrung durch den Sumpf zu ziehen. Sie mussten den Zaun deswegen offen lassen. Trotzdem rate ich Ihnen dringend von einem Fluchtversuch ab, sonst werden Ihre Forscherkollegen Sie in ein paar Jahrhunderten als Moorleiche wiederfinden. Nach dem Regen in letzter Zeit dürfte das Moor besonders aufnahmefähig sein. Außerdem laufen draußen Patrouillen herum, mit Schießbefehl.«

»Was denn noch alles? Wahrscheinlich werden sie uns nächste Woche prophylaktisch mit Napalmbomben ausradieren, um die Epidemie zu stoppen.«

»Malen Sie den Teufel nicht an die Wand. Maler haben wir schon genug hier.«

»Kennen Sie Gevelsberg eigentlich gut?«

»Nun ja, wir sind recht eng befreundet, obschon wir ganz unterschiedliche Charaktere sind. – Doch einen Cognac?«

»Nein, wirklich nicht.«

Als er aufstand, um die Flasche wegzustellen, fand ich seinen Proportionen irgendwie seltsam, die Beine waren zu kurz oder der Rumpf zu lang. Das machte ihn irgendwie noch unsympathischer. Eigentlich war er alles andere als hässlich, aber durch diese Disproportionierung wirkte er disharmonisch, wenn das der richtige Ausdruck ist.

»Mit Frau Schmitz kommen Sie doch gut aus, hoffe ich?« fragte er.

»Oh ja, sehr gut.»

»Fein, das dachte ich mir gleich. – Entschuldigen Sie, ich habe gerade eine kreative Phase sie verstehen?«
Ließ ich mich halt rausschmeißen. Zobls Frau, Ines Grzschiezek-Zobl, eine Lyrikerin nach Sylvias Auskunft, brachte mich zur Tür. Ich erkannte sie von einem der Aktfotos, schaffte es aber, nicht rot zu werden. Schließlich konnte sie auch kaum ahnen, dass ich kurz zuvor noch eingehend ihren Beckenbau begutachtet hatte. Das Foto muss auf der Terrasse hinter ihrem Haus aufgenommen worden sein, ich hatte Gelegenheit, kurz durch ein Fenster zur Terrasse herauszublicken. Was Zobl wohl gedacht hat, als er den Bildband sah? Aber vielleicht waren die beiden damals noch nicht zusammen, und er hat sie erst später geheiratet, des Beckens oder der Terrasse wegen. – Wie man den Namen richtig schreibt, habe ich übrigens beim Hinausgehen vom Klingelschild abgelesen.
Danach ging ich zu Gevelsbergs Kate, weiß der Teufel warum. Ich konnte mich aber nicht entschließen, weiter als bis zum Zaun zu gehen. Ziemlich verwahrloste Hütte, allerdings recht groß, was sie wohl auch sein muss, wenn sie ein Bildhauer-Atelier beinhalten soll. Der Vorgarten war verunkrautet und mit Gerümpel vollgestellt.

Samstag, 29.08.1998 (früher Nachmittag)

Sylvia hat heute Morgen das Haus verlassen, bevor ich aufwachte, und ist noch nicht wieder aufgetaucht. Vormittags war ich bei Grambach (Plotnik las Dostojewski und wollte nicht gestört werden), er zeigte mir Buchillustrationen, die er gemacht hatte. Hervorragender Handwerker, zurückhaltende Freude über mein Lob. Meinte, ich sollte mir wegen Sylvia keine Sorgen machen. Und wegen Plotnik auch nicht.
»Wieso wegen Plotnik?«, fragte ich.

»Naja, er tut so, als wäre er wütend auf Sie. Die spitzen Bemerkungen vorgestern Abend. Er spielt den Eifersüchtigen.«

»Sind die beiden ein Paar?«

»Ein Paar von ausgeprägten Individualisten mit einer Berg- und Talfahrt an Beziehung. Die Moore und Kiefernhaine hier in der Gegend müssen schon einiges davon mitbekommen haben, nehme ich an, sie machen gelegentlich sehr lange Spaziergänge, von denen sie in düsterer Stimmung zurückkommen. Sonst weiß eigentlich niemand genaues darüber. Plotnik hat sich schon etwas dabei gedacht, als er Sie zu Sylvia brachte.«

»Sie meinen, er wollte sie provozieren?«

»Sie, sich selbst… Wissen Sie, im Grunde ist er sehr intelligent, aber seine Logik hat doppelte und dreifache Böden. Manchmal denke ich, seine Intelligenz langweilt gelegentlich, dann tut er absichtlich unvernünftige Dinge und am Ende schleppt er eine möglichst brillante Rechtfertigung an. Vielleicht ist es nur ein Art Härtetest. Vielleicht haben sie sich auch getrennt oder wollen es.«

»Oha. Dabei kann ich mir gar nicht vorstellen, dass er so ein komplizierte Charakter ist. Ich hätte ihn eher sehr überlegt und zurückhaltend eingeschätzt.«

»Machen Sie sich wie gesagt keine Sorgen, er spielt den Eifersüchtigen nur. Er tut Ihnen nichts.«

Dabei hatte ich gar keine Angst vor ihm.

»Solange ich ihr nichts tue, meinen Sie«, meinte ich spaßeshalber.

»Davon rate ich ab, sie kann sich selber am besten wehren. Sie wird auch bald auftauchen, sie ist nämlich heute mit Kochen an der Reihe. Sie verspätet sich zwar praktisch immer, aber vergessen tut sie eigentlich nie etwas.«

»Gut. Tja, ich geh dann mal wieder. Sie wollen ja sicher auch das Tageslicht noch ein bisschen ausnutzen.«

Jetzt bin ich doch etwas verunsichert, muss ich zugeben, wenn mein Urteilsvermögen hier so ins Schleudern kommt. Ich komme mir langsam vor wie in einem Spinnennetz, je mehr ich die Situation ordnen will, desto mehr verwirrt sich alles. Obwohl der Vergleich hinkt. Ich sitze hier zwischen Sylvias Gerümpel, schlecht gelaunt und unausgeschlafen, schreibe aus Langeweile... und versuche, ein Kunstwerk daraus zu machen! Mein Gott, ich muss bald weg, sonst werde ich wie die anderen hier!

18:30 Uhr

Sylvia war plötzlich wieder da, jetzt ist sie mit Kochen beschäftigt. An der Hintertür stehen schlammverschmierte Stiefel, und in einem Schrank habe ich eben zufällig Katzenfutter gefunden, mindestens dreißig Dosen! Das geht nicht mit rechten Dingen zu!
Sylvia behauptet, dass sie das Katzenfutter schon vor der Blockade gekauft hätte, und heute sei sie nur ein paar Schritte ins Moor gegangen, um sich ein bisschen zu entspannen. Durchqueren könnte man es nicht. Dann erzählt sie, aus der Dosensuppe ein Erbsencurry zu machen und entschuldigt sich, dass es so oft Curry gibt. Ich möge bitte auf den Reis aufpassen, damit er nicht anbrennt.
Meiner Wanderkarte nach gibt es tatsächlich keinen Weg, der durch das Moor hindurch führt, nur einen Gefahrenhinweis. Und Sylvia ist zu schwer, um übers Wasser laufen zu können. Obwohl sie die spirituellen Qualitäten dafür besitzen könnte!

Sonntag, 30.8., acht Uhr abends

Aufreibender Tag! Und das nach den alkoholischen Exzessen gestern Abend! Unter halbwegs normalen Umständen würde mir so etwas nicht mehr passieren.
Heute Mittag um zwölf, als wir noch versuchten, unserem Kater mit Kaffee beizukommen, erschien Zobl, um mich zur Gevelsberg-Besichtigung abzuholen. Er sah natürlich, in welchem Zustand wir uns befanden und konnte sich eine dumme Bemerkung nicht verkneifen. Ich knurrte irgend etwas zurück, Sylvia drohte ihm Prügel an. Schließlich konnte ich mich aufraffen und folgte Zobl zu Gevelsbergs Hütte. Zobl fragte mich, ob ich draußen bleiben und durchs Fenster sehen wollte, Gevelsberg würde gar nichts davon mitbekommen. Mir war inzwischen alles egal, d.h. etwas neugierig war ich schon, wie ein Pockenkranker aussieht. Ich ging mit hinein.
Gevelsberg sah inzwischen etwas anders aus als auf dem Bildband-Foto, nicht unbedingt älter, eher heruntergekommener. Er lag in seinem Häuschen in einer etwas muffigen Kammer in einem breiten, eisernen Bett. Gesicht, Hals und Arme waren, soweit zu sehen, mit blutigen Pusteln bedeckt. Allerdings hatte ich mit mehr und tieferen Wunden gerechnet. Die Bettwäsche war ziemlich blutverschmiert. Als Zobl und ich eintraten, hob er nur etwas den Kopf. Ich blieb an der Tür stehen, während Zobl zu ihm ging, das Bettzeug richtete, ein Wasserglas auf dem Nachtisch auffüllte und fragte ob er, Gevelsberg, noch etwas brauche.
»Reicht das?«, fragte er mich dann, und ich nickte. Er versprach Gevelsberg bald wiederzukommen.
Vermutlich hätte mich diese Szene tiefer berühren sollen, mit Ekel oder Furcht oder was auch immer erfüllen. Bilder, Details, Gerüche oder sonstige Eindrücke hätten sich

in meinem Gedächtnis einbrennen sollen. Stattdessen sah ich alles wie in einem langweiligen Film, während sich mein Kopf in etwa wie ein Sägewerk anfühlte. Oder wie bei einem Krankenhausbesuch, bei dem einem das ganze Elend eigentlich nicht interessiert und man nur darauf wartet, wieder gehen zu können.

Zobl, der an diesem Tag ungefähr so mundfaul war wie ich und obendrein noch froh, mich so verkatert zu sehen, nahm mich mit nach Hause und rief unseren berühmten Krisenstab an. Er hatte noch eine bessere Formulierung, als er den Hörer abhob, sagte er zu mir: »Dann wollen wir uns mal bei der Lagerleitung melden.«

Die Telefonverbindung nach außen war anscheinend gekappt worden und sein Apparat ausschließlich mit der Quarantänekommandantur verbunden, denn er brauchte nur den Hörer abzunehmen und nicht zu wählen. Aber das schrieb ich wohl schon früher. Jedenfalls, da Sonntag war, konnte ich nur mit einem Oberstleutnant Soundso sprechen, ein unangenehmer Kommisskopp. Der Seuchenprofessor war am Wochenende nicht zu sprechen, das Freizeitverhalten der Mediziner ist ja bekannt. (Berufliches Vorurteil, die Praktika und Vorlesungen für Medizinstudenten sind eindeutig meine unangenehmsten Lehrtätigkeiten. Aber ich komme wieder von Hundertsten auf Tausendste.) Der Oberstleutnant wollte jedenfalls wissen, wie ich Gevelsbergs Zustand einschätzte, hatte aber wenig Ahnung von dem, was ich erzählte. Ob ich ihm Fieber gemessen und die Pusteln untersucht hätte. Ob der Kranke wirklich fiebrig und apathisch war. Schließlich meinte er, »ganz im Vertrauen«, wie zu einem Vollidioten, ob mir schon der Verdacht gekommen sei, das ganze sei ein großer Irrtum oder gar ein Schwindelmanöver. Und bevor ich antworte, sollte ich Zobl und Gemahlin – eventuell sagte er auch »Zobl und Genossen« – außer Hörweite schicken.

Ich wurde fast ohnmächtig vor Schreck, auch weil ich selbst nicht darauf gekommen war. Wenn die Pocken nur vorgetäuscht waren, würde das einige Unstimmigkeiten erklären, in Zobls Verhalten, in der fehlenden Besorgnis, ja Gleichgültigkeit der anderen. Fragt sich dann nur, wer alles von diesem Komplott wußte. Sylvia, Plotnik und Grambach traute ich das nicht zu. Nehmen sie einfach mit Sicherheit an, dass Zobl und Gevelsberg sich irrten oder einen Schwindel inszenierten? – Nur dass ich ein paar Minuten vorher jemanden gesehen hatte, der tatsächlich die Pocken hatte. Mein Misstrauen war hellwach, aber war ich der Meinung, ich müsse allein herausfinden, was hier los war. Also sagte ich dem Oberstleutnant, Gevelsberg sei definitiv schwer krank, aber wenn er es genau wissen wollte, müsse ich eine Blutprobe nehmen und sie analysieren und auf Erreger untersuchen lassen. Zobl, der immer noch neben mir stand, war sichtlich erfreut. Da erzählte ich dem Oberstleutnant noch von der fehlenden Impfung und von dem Bildband, ich gab ihm den Titel und Verlag des Buches an und bemühte mich, Zobl dabei unverschämt anzugrinsen. Seine Freude schwand, offenbar hatte er begriffen, dass ich den Bildband und damit auch die Nacktaufnahmen von seiner Frau kannte.

Der Oberstleutnant meinte, er wolle sich erkundigen, ob es möglich sei, eine Blutprobe gefahrlos nach draußen zu bringen, ich sollte mich zur Verfügung halten. »Jawohl, mein Führer!«, dachte ich wütend und sagte laut, dass ich ohnehin nichts besseres vorhatte. Gott weiß, warum mir gerade da einfiel, dass ich ja noch mit Sylvia ins Moor wollte. Jetzt bekam er offenbar Mitleid, erkundigte sich, wie es mir gehe, und versprach, sich darum zu kümmern, dass ich möglichst bald mit meiner Frau sprechen könnte. Ich dürfte nur auf keinen Fall meinen Aufenthaltsort und auch nichts von den Pocken erwähnen, weshalb das Gespräch abgehört werden würde. Ich dankte, obwohl ich immer noch so verkatert war, dass mir der Gedanke, mit meiner Frau zu sprechen, eher Unbehagen auslöste. Dann bemühte ich mich, das Gespräch zu beenden.

Zobl teilte mittlerweile eine Zigarette mit seiner spröden Lyrik-Frau, und ich hätte beide gern umgebracht, vor allem weil sie anscheinend mit meinem Aussagen, abgesehen von dem Aktfoto-Bildband, hoch zufrieden waren.

Sylvia erwartete mich schon, wieder munter und schon zum Aufbruch bereit. Eigentlich hatte ich überhaupt keine Lust, und das Wetter sah nicht sehr einladend aus. Dann kam mir der Gedanke, ich sollte mit ihr allein die Angelegenheit besprechen. Zu Grambach und vor allem zu Plotnik hatte ich kein rechtes Vertrauen nach der gestrigen Nacht. Also zogen wir Gummistiefel und zur Vorsicht Regenjacken an und liefen los. Jenseits von Gevelsbergs Häuschen fragte sie mich, wie ich ihn vorgefunden hätte – sie sprach ihn mit ironisch breitem westfälischen Dialekt »Chevelsberch« aus – und was aus meinem Telefongespräch geworden wäre. Ich antwortete, anscheinend nach sei er tatsächlich pockenkrank.

»Was heißt anscheinend?«, fragte sie. »Kann man so etwas vortäuschen?«

»Ich weiß nicht«, antwortete ich. »Der Oberstleutnant vom Krisenstab wollte auch so etwas wissen. Das Blut war jedenfalls echt und von ihm. Er kann sich ja keine Löcher in die Haut gebohrt haben, oder? Obwohl ich sagen muss, dass ich mir den Anblick schlimmer vorgestellt hatte.«

»Vielleicht ist das eine andere Krankheit. Oder die Bazillen kommen mit Gevelsbergs Alkoholspiegel nicht klar. – Geh immer nur hinter mir! Sonst könnte es sein, dass du ein wenig versinkst.«

»Viren, keine Bazillen. Warte mal, es gibt die so genannten Kuhpocken oder Rinderpocken, die glaube ich, nicht so gefährlich sind. Aber die sollten eigentlich sehr selten sein.«

»Wäre es vielleicht möglich, dass in irgendeinem veterinärmedizinischen Institut eine Probe davon seit Anno Tobak rumliegt oder -lag, immer noch ansteckend war und Gevelsberg oder eher Zobl auf irgendeine Weise darangekommen ist?«

»Möglich schon, wenn Zobl entsprechende Connections hat.«

»Man müsste ihn nur mal richtig ins Gebet nehmen... Ich werde mich mal darum kümmern, bis morgen Abend wissen wir hoffentlich mehr.«

Der Boden wurde immer sumpfiger, aber Sylvia schien sich hier auszukennen.

»Jetzt müssten wir langsam da sein. Genau, hier sind sie.«

Tatsächlich wuchs dort im schwammigen Torf ein ganze Menge Sonnentau-Pflanzen (*Drosera rotundifolia*), zum Teil mit Überresten verdauter Insekten auf den Blättern, hauptsächlich Trauermücken, würde ich vermuten. Ich machte ein paar Fotos, froh, endlich wieder gewohnter Tätigkeit nachzugehen. Sylvia interessierte sich für meine Kamera.

»Wie hast du die Pflanzen eigentlich gefunden?«, fragte ich ganz beiläufig, als ich damit fertig war.

»Ganz zufällig, als ich zum Skizzieren hier war, ist schon lange her. Wir sollten übrigens umkehren, es fängt gleich an zu regnen.«

»Malst öfter hier draußen?«

»Gelegentlich.«

»Das heißt, du kennst dich hier aus?«

»Einigermaßen.«

»Wo kommt das ganze Katzenfutter im Besenschrank her?«
Sie bekam rote Flecken auf den Wangen, antwortete aber im selben Tonfall wie vorher: »Gestern im Supermarkt gekauft.«
Ich dachte, ich müsste jetzt eigentlich hysterisch werden, und wurde es wohl auch: »Das heißt, du bist gestern durchs Moor in den nächsten Ort gelaufen, um Katzenfutter zu kaufen?«
»Soll ich sie verhungern lassen?«
»Warum bringst du mich nicht raus? Warum bist du überhaupt zurückgekommen?«
»Weil du zu blöd bist, die Katzen zu füttern. Und Leute rauszuschmuggeln, ist zu gefährlich, die Wege draußen werden scharf bewacht.«
»Aber du bist durchgekommen, wie's aussieht, hin und zurück?«
»Betriebsgeheimnis.«
»Für nichts als Katzenfutter!«
»Ich habe noch Schokolade und Toilettenpapier mitgebracht. Darf ich darauf aufmerksam machen, dass gerade die ersten Tropfen fallen.« Als die Diskussion eindringlicher wurde, waren wir stehengeblieben.
»Und wenn du jetzt jemanden draußen angesteckt hast?«
»Unsinn, womit denn? Kein Mensch hier glaubt an die Pocken außer dir.«
»Und warum sagt mir dann keiner was?«
»Was würdest du mit dieser Information anfangen wollen? Willst du das an die Quarantäneleitung melden? Sollen die das einfach so glauben? Außerdem sollst du dich nicht so aufregen. Höchstens über den Regen, der wird nämlich immer stärker.«
»Gut, dann lass uns zurückgehen.«
»Es ist besser, wenn wir hier in der Nähe unterkriechen. Da vorn unter den beiden Sträuchern.«

Sie zeigte auf zwei in die Breite gewachsene Wacholderbüsche, die auf einer etwas höheren Stelle dicht beieinander wuchsen, und lief auch schon los, mich mitziehend. Wir krochen unter die Sträucher und konstruierten aus unseren Jacken ein Art Zelt, das uns vor dem Regen ganz passabel schütze, und der prasselte mittlerweile heftig. Allerdings lagen wir nicht sehr bequem, auf dem nadeligen Boden eng aneinander gedrückt, die Füße in den unbeweglichen Stiefeln. Die Sicht auf die trostlose Moorlandschaft verschwamm im Regen. Mir war plötzlich zum Heulen zumute, und ich schauderte vor Kälte.
Nach einer Weile beruhigte ich mich etwas, außerdem bemerkte ich, dass mich Sylvias Anwesenheit wärmte. Und das sich ausgesprochen angenehm roch, ich wunderte mich, dass mir das noch nicht aufgefallen war. Ich rückte noch etwas näher zu ihr, soweit das möglich war. Eigentlich war es gar nicht so schlimm, hier zu liegen. Und sie war wenigstens nicht so ein Zierfisch wie meine Frau.
»Ich muss dir noch was sagen«, sagte sie plötzlich. »Aber du musst mir versprechen, es niemandem zu erzählen.«
»Versprochen«, sagte ich, gespannt wie selten zuvor.
»Es betrifft den Grund deines Hierseins... Weißt du, von irgend etwas muss ich ja leben, die Bilder, die ich malen will, verkaufen sich nicht gut... Und Kitschbilder kann ich unmöglich unter meinem richtigen Namen anbieten, sonst ist der verbrannt für die Kunst, verstehst du... Also habe ich mir ein Pseudonym gesucht...«
»Du? Du bist Lotte Böckelmann?«
»Leider. Aber sag's niemandem weiter, du hast es versprochen.«
»Naja, dann bin ich ja doch nicht ganz umsonst hier.«
»Ohne die Quarantänegeschichte hättest du das nie erfahren. Was wahrscheinlich auch besser gewesen wäre.«

»Wo du dich hier in der Gegend so gut auskennst: Wo wachsen denn diese weißen Orchideen auf dem Bild mit den Brachvögeln, diese Sumpflandschaft mit den Orchideen im Vordergrund...«

»Tja, also... Die habe ich aus einem alten Pflanzenbestimmungsbuch, und die Landschaft ist bloß nach Phantasie gemalt. Die Vögel sind auch aus einem Buch. Die Pflanzen habe ich allerdings ein bisschen verändert. Die Vorlage war in der Blüte zu gelblich, und die Form hat etwas gelitten, weil ich das Bild ziemlich schnell hingeschludert habe... Soviel ich weiß, wächst in der ganzen Gegend keine einzige Orchidee.«

»Oh nein, oh nein... Der ganze Unsinn ganz umsonst, für ein bisschen Kunstgewerbe... nach der Phantasie gemalt...«

»Bist du jetzt sauer?«, fragte sie vorsichtig und strich mir ein paar Haarsträhnen aus der Stirn. »Das konnte ich ja schließlich nicht ahnen.«

Dann musste ich plötzlich wie hysterisch kichern, und nach einer Weile lachte sie mit. Als ich mich wieder beruhigt hatte, stellte ich fest, dass ich diese Frau sehr gern hatte. Um nicht zu sagen, ich hatte mich in sie verliebt. Sicher hätte ich sofort in dieser Hinsicht etwas unternommen, wenn nicht inzwischen der Regen nachgelassen hätte. Sylvia begann, aus den Sträuchern herauszukriechen, und mir blieb nichts anderes übrig, als ihr zu folgen. Wir klopften uns gegenseitig die trockene Wacholderstreu aus den Kleidern, zogen die Jacken an und begannen den Rückweg, vorsichtig, weil der Schauer den Weg noch mehr aufgeweicht hatte.

»Und mit Zobl und Gevelsberg werden wir auch bald fertig, und dann hat der ganze Spuk ein Ende«, meinte sie. Ich stimmte ihr glücklich zu.

Wieder zu Hause tranken wir Tee mit Rum und aßen Knäckebrot mit dieser unsäglichen Leberwurstkonserve.

Dann verschwand Sylvia und ist bis jetzt noch nicht wieder aufgetaucht. Aus Langeweile und um Sylvia einen Gefallen zu tun, habe ich erst die Riesenmenge schmutzigen Geschirrs, die wir gestern produziert haben, abgewaschen, während ich mir jetzt die Zeit mit Schreiben vertreibe. Vermutlich spioniert sie bei Zobl oder schmiedet Komplotte mit Plotnik. Bin ich eifersüchtig? Müsste ich eigentlich sein. Erstmal Pause machen und Tee trinken. –
So.
Bleibt mir noch, die Bänder von gestern Abend abzuhören und auszuwerten, die ich während des Saufgelages aufnahm, das auf Sylvias Erbsencurry folgte. Ein »Meisterwerk der Curryperiode«, wie Grambach es nannte. Dessen Schärfe, die wohl notwendig war, um die typische Eintopfnote zu überdecken, ist ja keine Entschuldigung für übermäßigen Konsum von schlechtem Roséwein aus Plastikkanistern. Diese passten so gar nicht zum Ambiente: Wie wir da zu viert in Sylvias enger, altmodischer Küche bei Kerzenlicht am Tisch saßen. Ab und zu schlich ein Katze durch den Raum.
Ich merkte, dass ich wieder dabei war, die richtige Trinkgeschwindigkeit zu lernen, was ich zuletzt wohl in Studentenzeiten beherrscht hatte. Seltsame Irritationen traten dabei Anfangs auf, so schien mir, der Wein schmeckte nach Olivenöl, später sogar leicht nach abgeschossenen Gewehrpatronen oder Autoabgasen. Im Zustand leicht fortgeschrittener Alkoholisierung fand ich auch, wenn das Gespräch eine Pause machte, zu der längst vergessenen Gewohnheit zurück, durch das Weinglas in eine Kerzenflamme zu blicken, so dass sie entweder vom Wein eingefärbt wurde oder, unter einem anderen Winkel den Wein zu Leuchten brachte. Außerdem konnte man dann die Linien in den Fingerabdrücken auf dem Glas klar erkennen. Oder die Schlierenbil-

dung, wenn der Wein an der Glasinnenseite hinunterlief. Schon merkwürdig!
Plotnik war sehr aufgeräumter Stimmung, was er auf die stundenlange Dostojewski-Lektüre zurückführte. Er plauderte über dessen Schreibtechnik, über den scheinbaren Widerspruch von Viel- und Schnellschreiben einerseits und Kunstfertigkeit andererseits. Was er selbst in dieser Verbindung nicht beherrschte, wie er sagte. Aber ich erspare es mir, die ganzen Ausführungen aufzuschreiben. Grambach meinte schließlich, es sei schade, dass Dostojewski nicht mehr seine, Plotniks, Biographie schreiben könne. Mindestens ebenso schade sei es, antwortete dieser, dass Edvard Munch nicht mehr Grambach porträtieren könnte. Oder noch besser Francis Bacon. Aber da war ich schon so leichtsinnig zu fragen, ob diese Biographie denn so interessant sei.
»Eher ein Fall für Hesse mit seinen ewigen Stufen und Wandlungen, würde ich sagen«, sagte Sylvia. »Ich bin schon gespannt, wie er beim nächsten Mal sein Leben umkrempelt.«
»Transzendieren«, murmelte Plotnik und goss allen Wein nach.
Grambach, zu mir: »Ob Sie es glauben oder nicht, aber Plotnik hat früher als Abteilungsleiter bei einem großen Autohersteller gearbeitet. Vielversprechender, tüchtiger Mann mit der rechten Ellbogenmentalität, der er damals war, muss er eines Tages eine Art Saulus-Erlebnis gehabt haben, warf seine Karriere hin, trennte sich von seiner Frau, und verbrachte ein halbes Jahr in Düsseldorf als Stadtstreicher.«
»Nur das Sommerhalbjahr«, warf Plotnik scheinbar gleichgültig ein. »Dann wurde es mir doch zu langweilig.«
»Quasi im Fegefeuer gereinigt, fand er seine Bestimmung und wurde Schriftsteller. Zuerst tarnte er sich noch

als Student, gab das aber nach zwei Jahren auf, um sich ganz der nächsten Vorkriegsliteratur zu widmen, wie er einmal sagte.«

Ich: »Der nächsten was? Ist das nicht ein bisschen zu... sarkastisch? Und warum ausgerechnet Düsseldorf? Hätte es Duisburg oder Essen nicht auch getan?«

Plotnik: »Wennschon, denn schon.«

Ich: »Kann ich mir gar nicht vorstellen, dass Sie da irgendwo an der Ecke gesessen und die Leute angeschnorrt haben.«

Plotnik: »Habe ich auch gar nicht, ich habe Pfandflaschen eingesammelt.«

Wie zur Demonstration hielt er den Weinkanister hoch und schenkte allen nach.

Ich: »Ach? Naja, in Düsseldorf wird vermutlich auch genug getrunken.«

Plotnik: »Doch, doch. Ich musste nur in den Abfallkörben nachsehen, unter Parkbänken und so weiter. Ich konnte ganz gut damit auskommen, da ich das Geld nicht gleich versoffen habe. Damals habe ich viel weniger getrunken als heute, heute kann ich es mir auch eher leisten.«

Ich: »Ist man dann zwangsläufig unter den anderen Stadtstreichern sozialisiert, oder kriegt man Ärger, wenn man im Revier anderer Leute herumläuft und Flaschen einsammelt?«

Plotnik: »Geht so. Soviel hatte ich gar nicht mit anderen zu tun. Wenn, dann habe ich nur mit einzelnen gesprochen, Gruppen habe ich vermieden... Schlimmer als die richtigen Stadtstreicher sind die, die eigentlich einen Wohnsitz haben, aber nicht zu tun und dann den ganzen Tag trinkend an irgendwelchen Ecken sitzen, zu dritt oder viert, und unangenehme Laute ausstoßen, Leute anpöbeln oder randalieren. – Seltsame Gegenden überhaupt, da unten, und die Einwohner praktizieren

manchmal abenteuerliche Mischungen aus spießig und asozial, ob nun einen Porsche fahren oder einen alten Einkaufswagen schieben... Meistens war ich mit der Stadt allein. Richtigen Ärger hätte ich nur einmal beinahe gehabt, und den mit einem ganz normalen Steuerzahler.«
Ich: »Und zwar?«
Plotnik: »Ich habe einem schwarzen Golf eine Delle in die Seite getreten, weil hinten auf dem Wagen ein Aufkleber war: ›Eure Armut kotzt mich an!‹«
Ich: »Von denen haben wir auch ein paar auf dem Uniparkplatz.«
Plotnik: »Der Wagen parkte am Straßenrand, und ich hatte nicht damit gerechnet, dass noch jemand darin saß... Ziemlich groß und unfreundlich... Aber nicht so schnell wie ich.«
Schmitz: »Wie ich dich kenne, schämst du dich nur fürs Weglaufen.«
Plotnik: »Mehr für die Unbeherrschtheit. Da hatte ich wohl eine schlechte Stunde. Lag sicher an der Umgebung: Düsseldorfer Bahnhofsviertel. Etliche große Läden mit Motorrädern und Zubehör, Schmuddelkinos, Nachtclubs und Hurenausstatter, Tabakwarengeschäfte mit reichhaltigen Sortimenten an Springmessern im Schaufenster. Irgendwelche Ramschläden. Naja, das normale großstädtische Programm. Kennen Sie diese Hähnchengrillautomaten in Imbissstuben? Ich kann mir keinen obzöneren Anblick vorstellen: nackte, braune, fettige, kopflose Leiber in hockender Stellung, dicht aneinander gepresst...«
Schmitz: »Wäre vielleicht ein hübsches Dekorationsstück für Dominastudios.«
Jähes, halbunterdrücktes Gelächter. Nachdem sich die Gemüter einigermaßen beruhigt haben:
Ich: »Und da sind Sie zum Schriftsteller geworden?«

Plotnik: »Nein, erst später. Damals musste erst einmal mein Kopf leerer werden. Beziehungsweise voller. Die Schriftstellerei hat mich erst später erwählt. Das heißt, ich habe irgendwann angefangen und irgendwann später begriffen, wie und worum es geht.«

Grambach: »Passen Sie auf, jetzt kommt seine künstlerische Offenbarung!«

Anmerkung: Bei allen Beteiligten war infolge des Alkoholeinflusses die Rede schon etwas fahrig und undeutlich geworden.

Ich: »Jetzt bin ich wirklich gespannt.«

Plotnik, nach und nach ungewohnt lebhaft geworden: »Es geht eigentlich gar nicht darum, sich etwas zu überlegen, und das in irgend einer Form zu Papier zu bringen. Das Schreiben entwickelt seine eigene Dynamik, und das, was hinterher da steht, kann man sich hinterher nicht mehr vollständig deuten oder beschreiben. Man erklärt vieles, ohne es wirklich zu erklären. Viel wichtiger ist meistens sowieso, was hinterher nicht auf dem Papier steht. Die Kunst ist, um die Löcher herum zu schreiben, die man bewusst oder unbewusst offen lässt.«

Zweifellos wusste er selbst, was er damit meinte, denn dieser Sermon, wenngleich etwas unzusammenhängend und fragmentarisch, klang wie auswendig gelernt und heruntergebetet, wie schon öfter gedacht und vermutlich auch aufgeschrieben. Einige Feinheiten seiner Rede, die ich jetzt erst mitbekommen habe, können ihm gar nicht so schnell spontan eingefallen sein. Ich muss gestehen, dass ich durch diesen Vortrag nicht gesteigerten Appetit auf die Lektüre von Plotniks Büchern bekommen habe, aber ich werde wohl trotzdem nach meiner Rückkehr in die reale Welt etwas von ihm lesen.

Schmitz: »Und deshalb ist er eine Ausnahmeerscheinung in der deutschsprachigen Gegenwartsliteratur.«

Grambach: »Und das nicht nur, weil wir im Zeitalter des professionalisierten Dilettantismus leben.«
Plotnik: »Können ist Ignorieren des Nichtkönnens.«
Ich fragte mich, ob sie das dreistimmig geübt hatten. So wie sie in diesem Moment stelle ich mir die Hexen in Macbeth vor.
Plotnik, zu Sylvia: »Wir können uns ja mal über die dunklen Punkte in deiner Biographie unterhalten.«
Schmitz: »Mir fällt nur einer ein, meine Studienfreundin.«
Plotnik: »Genau die meine ich.«
Schmitz: »Gut, ich bekenne: Die gute Ines Grzeschiczek, heute Frau Grzeschiczek-Zobl, und ich haben zwei Jahre lang zusammen studiert und waren die besten Freundinnen.«
Grambach: »Das wußte ich ja noch gar nicht.«
Schmitz: »Gedichtet hat sie damals schon.« Da der Wein mittlerweile alle war, holte Sylvia eine Flasche Wodka aus einem Schrank. »Wir waren so eng befreundet, dass… Lassen wir das. Abgesehen davon attestierte ich ihr damals schon mangelnde Hingabe, sowohl an die Malerei, die sie zum Glück bald aufgab, als auch an die Dichtung. Kein…«
Sie suchte ein Wort.
Plotnik: »Absolutheitsanspruch.«
Schmitz: »Genau. Im Grunde hat sie Angst vor dem, was sie macht, beziehungsweise sie will keine Angst überwinden und schlägt sich lieber mit Halbherzigkeiten durch. Jetzt hat sie ihr Lyrik-Rezept und ist glücklich damit.«
Plotnik, zu mir: »Typische einigermaßen moderne Lyrik, wie sie Leute produzieren, die mal über ein paar Gedichte von Brecht bis Bachmann gestolpert sind und meinen, sie könnten das auch. Was dabei herauskommt: Gestelzte, symbolschwangere Sätze ohne Spur von Versmaß und

Rhythmus, aber mit möglichst unmotivierten Zeilenumbrüchen. Damit's wenigstens nach Gedicht aussieht.«
Ohne darüber nachzudenken beteiligte ich mich mittlerweile am Wodkatrinken. Wahrscheinlich, weil Sylvia so hübsche Gläschen gebracht hatte.
Pltonik: »Für Zobl scheint das attraktiv genug zu sein. Aber seine eigene Schreibe ist noch um Klassen schlimmer. Übrigens soll seine Familie ursprünglich Zolb heißen und aus dem Schwäbischen stammen. Ein Standesbeamter soll den Namen von Zobls Großvater falsch eingetragen haben.«
Alkoholisches Kichern.
Schmitz: »Jetzt sind die dunklen Punkte in Grambachs Lebenslauf dran!«
Grambach: »Nix da! Die behalte ich für mich.«
Schmitz, kichernd: »Er lässt sich seine Sünden nicht wegnehmen.«
Grambach: »Genau, die gehören mir.«
Ich: »Dann sind sie ja kein guter Christ.« (Ebenfalls kichernd)
Plotnik: »Die christlichen Tauschgeschäfte: Gott will uns unsere Sünden wegnehmen. Und uns Kinder dafür schenken.«
Allseitiges Kichern wird hysterisch. Da hier die Grenze zur Unzurechnungsfähigkeit endgültig überschritten wurde, breche ich die Niederschrift ab, obwohl das Band noch lange nicht zu Ende ist und lösche alles. Schon, weil ich mir das nicht länger anhören kann. Es bestätigt eigentlich Plotniks These: Was nicht auf dem Papier steht, ist manchmal das Interessanteste.

Montag, 31.8., elf Uhr vormittags

Sylvia ist pünktlich zum Frühstück wieder aufgetaucht, vermutlich der Katzen wegen. Gestern ist sie bis spät in der Nacht bei einer Freundin gewesen, einer Komponistin namens Noll, die das Haus mit dem kolonieeigenen Flügel am anderen Ende des Ortes bewohnt. Diese tauchte auch um halb neun hier auf: eine kleine, sehr schlanke, blasse, dunkelhaarige Frau von fast präraffaelitischer Schönheit, allerdings mit einer deutlichen tatkräftigen Ausstrahlung. Auf den zweiten Blick muss ich gestehen, noch nie einer so anziehend schönen Frau begegnet zu sein, was mich allerdings Sylvias wegen so ziemlich kalt ließ. Grund ihres Hierseins und Sylvias langen Ausbleibens waren die Wochenendausgaben zweier Zeitungen. Sehr schön, diese kleine, ätherische Frau war am Samstag durch den Sumpf und an dem Wachen vorbei spaziert, um Zeitungen zu kaufen. Um mit Sylvia zum Einkaufen zu gehen!
»Spazieren«, sagte sie, »ist vielleicht nicht ganz der richtige Ausdruck. Wenn wir das nächste Mal durchs Heidekraut robben, Herr Professor, nehmen wie Sie vielleicht mit, vorausgesetzt, Sie versprechen, Ihr Hinterteil in Bodennähe zu halten.«
»Robben? Mit Katzenfutter in der Einkaufstasche? Können mir die Damen vielleicht verraten, wo Sie Ihre paramilitärische Ausbildung erhalten haben?«
Darauf bekam ich keine Antwort. Ich weiß nicht, was die beiden sonst noch getan oder eingekauft haben. Grund für den Zeitungskauf war jedenfalls ein Artikel von Zobl in feuilletonistischen Teil einer überregionalen Zeitung, von dem Frau Noll wußte, dass er in dieser Ausgabe erscheinen würde. Er trug den Titel: »Das Kondom als Fruchtbarkeitssymbol«. Zobl wird sich auf hämische Bemerkungen seitens einiger Mitkolonisten einstellen

müssen, der Artikel macht jetzt die Runde. Ich werde mir es nicht antun, den zu lesen, obwohl Sylvia sagt, dass er im Ansatz und in einigen Punkten gar nicht so dumm sei. Es gehe um »Ästhetik und Moral nach Aids«, und das über eine ganze Seite, einschließlich typisch Zoblscher Eitelkeiten und Trugschlüsse. Sei's drum.
Den eigentlichen Stein des Anstoßes fand Frau Noll erst am Sonntagnachmittag, als sie das ebenfalls gekaufte lokale Käseblatt aufschlug: Unsere Epidemie ist doch publik geworden! Wie ist allerdings rätselhaft. Die beiden Frauen meinen, jemand müsse die Reporter informiert haben, wahrscheinlich Zobl oder einer seiner Gefolgsleute, jedenfalls geistert draußen das Gerücht, hier seine die Pocken ausgebrochen. Sylvia und die Noll haben gestern Nacht alle möglichen Radionachrichten abgehört. Der Seuchen-Krisenstab war gestern mit dem Geben von Pressekonferenzen beschäftigt, in denen sie von einer reinen Vorsichtsmaßnahme sprachen und es für sehr unwahrscheinlich erklärten, dass eine ernsthafte Krankheit ausgebrochen sei. Deshalb also hatte ich gestern nur diesen Kommisskopp, den Oberstleutnant, am Telefon. –
Ich habe nur sehr wenig Zeit zum Schreiben, weil gleich der Versorgungshubschrauber kommt. Sylvia meint, ich solle hoffen, dass sie uns diesmal was Besseres schicken, ich sei nämlich heute mit Kochen an der Reihe.
»Kein Problem«, sagte ich, »ich mache uns einfach eine Curry-Katze.«
Das war eigentlich nicht das Richtige, um sie zu beeindrucken, scheint seltsamerweise aber doch so gewirkt zu haben, sie freute sich geradezu. Sollte sie mich etwa mögen?

13:00 Uhr

Sehr schön. Sie haben mir die Ausrüstung mitgeschickt, um Blutproben bei Gevelsberg zu nehmen, samt ausführlichen Instruktionen, wie ich das anzustellen und was ich dann mit dem Proben zu tun hätte. Ansonsten war es wie beim ersten Fresspaket-Abwurf, dasselbe Sortiment, das dieselben Reaktionen hervorrief. Dieselben Beschwerden bei der Verteilung, die wieder Zobl vornahm. Zobl freute sich gar nicht darüber, dass ich Gevelsberg anzapfen sollte. Ich mich auch nicht, oder höchstens weil es Zobl ärgert.
Der Schriftsteller Mehlhorn beschwerte sich, dass er seinen Hund nur noch mit Milchpulver und Dosenwurst füttern könne. Die Noll wollte nur ein paar Päckchen Knäckebrot haben. Sylvia erzählte mir auf dem Nachhauseweg, sie sei militante Veganerin, Nichtraucherin und Nichttrinkerin, enthielte sich aber meistens aller Bekehrungsversuche. Am Samstag hätten sie beide zusammen zum Einkaufen den Sumpf durchquert, die Noll habe aber dann im nächsten Ort den Bus in die Stadt genommen, um sich in Bioläden und Reformhäusern mit Proviant für die nächsten Wochen zu versorgen.
»So eine übertriebene Asketin?«, fragte ich. »Dann wundert mich ihr etwas verbiestertes Verhalten ja nicht mehr.«
Sie sei nicht verbiestert, meine Sylvia, und schon gar keine Asketin, aber das gehe mich nichts an. Sie sei nur sehr gradlinig und konsequent.

Dienstag, der 1.9., halb 10 vormittags

Heute Abend bin ich mit Kochen dran (ihr werdet euch wundern!), bevor die obligatorische Trinkerei wieder losgeht (ob ich hier zum Alkoholiker werde?) und mor-

gen ist der Frontalangriff auf Zobl geplant. Nachdem gestern noch eine Menge los war:
Ich kam gestern auf den Gedanken, Gevelsberg zu fotografieren und den Film mit der Blutprobe nach draußen zu geben. (Ich frage mich nur gerade, kann man den nicht entwickelten Film sterilisieren, ohne die Aufnahmen zu vernichten? Erhitzen oder Bestrahlen kommen ja nicht in Frage. Oder können sie den im Hochsicherheitslabor entwickeln und abziehen?) In der Kamera steckte aber noch der dreiviertelvolle Film mit dem Sonnentau vom Samstag und ein paar Landschaftsaufnahmen von der Herfahrt, den ich natürlich nicht benutzen wollte. Ich verfiel auf die Idee, Sylvia mit dem alten Film zu fotografieren, ohne sie zu fragen. Wider Erwarten wurde sie ziemlich sauer, und ich war verlegen und wusste nichts zu sagen. Jetzt fällt mir ein, dass es wirklich nicht sehr klug war: Wahrscheinlich würden mich solche Erinnerungsstücke in Zukunft nur belasten, falls – ja was: Kann ich vielleicht mit Sylvia zusammenbleiben? Als ob ich nicht schon genug Probleme hätte.
Ohne Zobl konnte ich schlecht zu Gevelsberg gehen, also beeilte ich mich, bevor es zu dunkel zum Fotografieren sein würde. Zobl war schlechter Laune wie immer und schien irgendwelche Hinterlisten auszubrüten, fragte aber vorläufig nur scheinheilig, ob es nicht ein hohes Risiko gäbe, sich bei der Blutabnahme anzustecken. Ich wies darauf hin, dass man mir Handschuhe, Mundschutz, einen Kittel und Desinfektionsmittel mitgeschickt hätte. Daraufhin wollte er wissen, wie die Proben ohne Ansteckungsrisiko in Labor zur Untersuchung gebracht werden sollten. Ich erzählte, dass ich an der Absperrung der Hauptstraße die Probengläser in einen gepolsterten, hermetisch verschließbaren Behälter werfen sollte, der vor dem Transport von außen gereinigt würde.

Gevelsberg war nicht ganz so apathisch wie am Samstag, sprach jedoch immer noch nicht mit mir. Ich holte meine Kamera aus der Tasche und schaute auf Zobl: Richtig, seine Miene verfinsterte sich. Auch Gevelsberg schien unruhig und versuchte, seine Schokoladenseite vor mir zu verbergen. Zwecklos. Vermutlich ging ich eine Spur zu weit, als ich die letzte Aufnahme für Zobl reservierte. Ich nahm den Film aus der Kamera, gab sie Zobl und sagte:
»Nehmen Sie bitte meine Kamera, bis ich mich nach der Übergabe desinfiziert habe. Und halten sie ab jetzt zwei Meter Abstand zu mir.«
Dabei zog ich schon Mundschuhe und Handschuhe an. Gevelsberg behandelte ich etwa so wie die Frösche, die im Studium zu sezieren hatte, kalt und sachlich, jeden Widerstand vorsichtig, aber bestimmt unterdrückend. Zobl verstellte ich mit meinem Oberkörper die Sicht. Gevelsberg zuckte und stöhnte beim Einstich in die Vene. Sollte er ruhig. Hinter einer Gesichtsmaske und in Handschuhe fühlte ich mich sicherer, als wenn ich eine Ritterrüstung getragen hätte. Als er mich dabei anblickte, fand ich seine Pupillen winzigklein, vermutlich stand er unter Drogen.
Zobl folgte mir, die Kamera hinterhertragend, zur Übergabestelle. Direkt hinter den Stacheldrahtrollen stand der Behälter, daneben eine Person in Schutzkleidung. Der Behälter war gar nicht zu verfehlen, aber weil ich Zobl und den Kollegen aus der Seuchenforschung ein bisschen ärgern wollte, warf ich das erste Probengläschen (die ich übrigens schon beschriftet bekommen haben: Blutprobe 1, Blutprobe 2 usw.) daneben. Zobl behielt sein Pokerface. Dabei konnte er gar nicht mitbekommen haben, wie viele Proben ich genommen hatte. Ich warf noch eine Zweite daneben. Zobl wurde ungeduldig, mehr auch nicht. Die restlichen Gläschen waren souveräne

Treffer. Zum Schluss zeigte ich dem Abholer das Filmdöschen, fotografierte pantomimisch (ich wusste nicht, wie gut er mich hören konnte, falls ich etwas gesagt hätte) und lochte das ebenfalls ein. Dann gingen wir.
Schluss der Zeremonie: Ich verbrannte meine Kleidung und Ausrüstung mit bereitstehendem Benzin und wusch mich unter Sylvias Wasserpumpe mit einer Desinfektionslösung. Sylvia hatte ich vorher instruiert, sie bediente die Pumpe mit der Nonchalance eine Menschen, der weiß, dass er etwas völlig Sinnloses tut. Mit dem unverschämten Grinsen quittierte sie nur meine Nacktheit. Sollte sie doch.
Ich trocknete mich ab, zog mich an und ging zu Zobl, um eine Kamera zu holen. Er war mir zu Sylvias Garten gefolgt, aber sie hatte ihm fortgeschickt mit den Worten: »Das hier ist nicht für Sie«, als ich abzulegen anfing.
In Zobls Arbeitszimmer:
»Alles sauber?«, fragte Zobl süß-säuerlich.
»Klar.« Ich spielte mit dem Fokussierring und dem Transporthebel herum.
»Was denken Sie, wann die ein Ergebnis von den Blutproben haben?«
»Weiß ich nicht. Morgen, übermorgen…«
»Ihre daneben geworfenen Proben haben Sie mit einem Flammenwerfer neutralisiert. Ich sah es auf dem Nachhauseweg.«
Dann wieder süß-säuerlich:
»Frau Schmitz hat Ihnen sicher nichts weggekuckt?«
»Warum sollte sie auch?«
»Sie wissen, dass sie ein Verhältnis mit der Noll hat?«
Jetzt hatte er mich doch eiskalt erwischt, der Schweinehund. Ich sah in diesem Augenblick bestimmt nicht so gut aus. Aber hatte er nicht vielleicht recht? Hatte Sylvia das gemeint, als sie sagte, die Noll sei alles andere als eine verbiesterte Asketin? War sie deswegen am Sonntag

so lang weggeblieben? Immerhin waren sie zusammen durchs Heidekraut gerobbt, den Unterleib in Bodennähe.
»Grambach sagte, sie hätte ein Verhältnis mit Plotnik.«
Etwas Ungeschickteres hätte mir schwerlich einfallen können.
Zobl seufzte: »Weiß der Himmel, warum der so etwas erzählt. Plotnik will vielleicht, aber dann lässt sie ihn garantiert nicht ran.«
»Ich habe den Eindruck, Grambach weiß, was er sagt.«
»Grambach? Er weiß es vielleicht und noch eine Menge mehr, aber das meiste hält er hinterm Berg. Lassen Sie sich nicht täuschen, meiner Meinung nach ist das ein verkappter Perverser.«
Nicht ganz so hart, aber auch das traf mich. Hatte er am Ende wieder recht? Einiges an Grambach kam mir schon schräg vor. Nicht das ich Grambach werweißwie liebgewonnen hätte, wahrscheinlich kränkte es meine Eitelkeit, falls ich mich wirklich so in ihm getäuscht hätte.
»Dann erzählen Sie mir noch, was mit Plotnik nicht in Ordnung ist. Hat er vielleicht ein Verhältnis mit Grambach?«
Zobl lachte knapp auf.
»Natürlich nicht. Woher soll ich wissen, wo Grambach seine Gelüste stillt. Um Plotnik ist es wirklich schade, bei seinem Talent. Latent schizophren, wenn sie mich fragen. Wussten Sie, dass er erst Top-Manager und danach Clochard gewesen ist?«
»Ich habe die Geschichte etwas anderes gehört, aber zum ersten Mal verraten Sie mir nichts Neues. Tja, jedenfalls haben Sie mir richtig Mut gemacht. Ich gehe dann mal langsam, bevor Sie ihren Röntgenblick auf mich richten.«
Zobl lachte noch mal knapp auf.
Ich hatte schon zwei zu Null in Führung gelegen an diesem Tag, da schießt er kurz hintereinander drei Tore.

Aber das war erst die erste Halbzeit, mein Freund. Trotzdem, was soll ich jetzt mit diesem Wissen anfangen?

Mittwoch, 2.9., 15:30 Uhr

Zur Hölle mit allem! Immerhin, meine Tage hier sind gezählt!
Der Reihe nach: Gevelsbergs Blutproben enthielten nicht die Spur vom Schatten eines Pockenvirus noch irgend eines anderen Virus, Bakteriums oder eines sonstigen Erregers. Dafür wurden anderweitig Spuren einer Manipulation zur Vortäuschung einer Krankheit (sowie eines Verstoßes gegen das Betäubungsmittelgesetz, was ich ja auch schon vermutete) gefunden, über die ich nichts Konkretes erfuhr. Ich glaube, es ist irgendeine allergische Reaktion provoziert worden. Nicht das mich das alles noch allzu sehr interessierte, mehr der Vollständigkeit halber.
Die Quarantäne besteht natürlich nicht mehr, stattdessen darf niemand die Kolonie verlassen, weil die Kriminalpolizei ermittelt, und zwar ziemlich massiv. Ich wurde natürlich auch schon ausgiebig verhört, möglicherweise bin ich sogar verdächtig, mit irgendwelchen Spezialkenntnissen zu dem Komplott beigetragen zu haben. Dann allerdings müsste ich extrem blöd sein, wenn ich mithelfe, diese Quarantänemaßnahme zu provozieren und mich dann mit einsperren lasse, besonders, wenn, wie es ja geplant war, die Quarantäne monatelang dauern sollte. Noch blöder wäre es in dieser Situation gewesen, meinen Aufenthalt nach draußen zu melden, was mir auch unterstellt wurde. Schließlich habe ich ja auch nicht unerheblich zur Aufklärung beigetragen. Meine Fotos von Gevelsberg wurden lobend erwähnt. Verdächtig macht mich allerdings, dass ich Informationen zurück-

halte und mich dümmer stelle, als ich war, was selbst der Hauptkommissar schon merkte. Dass ich gestern von Zobls Plänen erfahren habe, habe ich nicht verraten.
Das war bislang nicht der Reihe nach.
Heute Morgen wurde ich recht unsanft von den Ermittlungsbehörden geweckt. Und zwar befand ich mich in Sylvias Bett, mit ihr zusammen, beide splitterfasernackt, einen gehörigen Rausch ausschlafend und uns von sonstigen Anstrengungen erholend. Die Herren von der Kriminalpolizei sind tatsächlich in etwa so unangenehme Zeitgenossen, wie in blöden Fernsehkrimis dargestellt, oder vielleicht sogar noch schlimmer, weil es da meistens ein positive Identifikationsfigur gibt. Man sollte sich nur nicht zu sehr dadurch beeindrucken lassen. Sylvia war erstmal ziemlich verwirrt, ich hingegen vor allem verärgert, auf diese Weise geweckt zu werden, und infolgedessen recht barsch, was eine gewisse Wirkung nicht verfehlte. Nachdem ich ihnen gesagt hatte, wer ich bin, brachte ich sie dazu, uns erst einmal frühstücken zu lassen, bevor sie uns vernahmen. Allerdings nur in Gegenwart eines halb flegelhaften, halb zurückhaltenden Jungspundes von Kommissar-Anwärter (oder wie immer sich das nennt), der aufpassen musste, dass wir nicht unsere Aussagen absprachen. Unnötig, wir hatten bereits gestern alles abgesprochen. Stattdessen versuchten Sylvia und ich zu rekonstruierten, wie wir gestern Nacht zusammen ins Bett gekommen waren, jeder für sich im Kopf natürlich. Auch ohne Polizei wäre uns an diesem Morgen eine gewisse Verlegenheit nicht erspart geblieben, allerdings erst Stunden später. Und wir hätten über alles reden können. Beziehungsweise müssen. Wer weiß, wofür es gut war, dass wir unter Beobachtung standen.
Nach viel schwarzem Kaffee, von dem die Herren von der Polizei ostentativ nichts angeboten bekamen, wurden wir stundenlang getrennt verhört. D.h. zumindest ich

wurde stundenlang vernommen, Sylvia wird wohl nicht viel zu sagen gehabt haben, außer dass sie von nichts wußte. Auf eine Durchsuchung wurde verzichtet (wahrscheinlich, weil die ohne Durchsuchungsbefehl nicht legal gewesen wäre). Meine Aufzeichnungen und Tonbänder, die ich immer in meinem Rucksack einschließe, hätte ich auch nicht gern herausgeben. Hauptkommissar Lindmeyer, mit dem ich hauptsächlich zu tun hatte, wirkte eigentlich eher wie ein Verwaltungsmensch als wie jemand, der Kriminelle ins Gebet nimmt. Die besten Leute hatten sie vermutlich für Zobl und Gevelsberg reserviert. Lindmeyer wollte wissen, ob ich Zobl früher gekannt habe, wie ich ihn hier kennengelernt hatte und was ich über ihn erfahren habe. Peinlich war mir insgeheim die Frage, warum ich in die Kolonie gekommen sei. Um Orchideen zu suchen. Mit dem Fahrrad. Soso. Ein Fahrrad ist allerdings auffällig unauffällig.
»Ich glaube ja nicht«, sagte ich, »dass Sie in Ihren Ferien Ladendiebe verfolgen, aber das ist halt der Unterschied zwischen einem Universitätsprofessor und einem Kriminalkommissar.«
Ob ich die Erkrankung ernst genommen hätte? – Ich verstünde nicht viel von Epidemien und hätte nicht unvorsichtig sein wollen. Merkwürdig sei mir das schon vorgekommen, aber wenn die Behörden die Sache so ernst genommen hätten, dass sie die Kolonie unter Quarantäne stellten, habe es mir wohl nicht zugestanden, eine ernsthafte Krankheit in Abrede zu stellen.
Ob ich mir ein Motiv für das Täuschungsmanöver vorstellen könnten? – Eigentlich nicht. Vielleicht ein künstlerischer Hintergrund, eine Art Happening. Sehr spekulativ. Oder tatsächlich die drohende Räumungsklage (ich erzählte ihm, was ich vom Hörensagen über die Verhältnisse der Kolonie wußte), dann allerdings hätte die Aktion wohl Monate dauern sollen. Zuletzt: Ob es nicht

möglich sei, dass Zobl allen Ernstes an die Echtheit der Pocken geglaubt habe? Ob Gevelsbergs Ausschlag nicht auf ein Versehen oder einen Unfall zurückzuführen sei?

20:00 Uhr

Zobl ist, wie ich eben erfahre, heute Morgen vorläufig festgenommen worden (ob er ebenso wie Sylvia und ich mit seiner Ines aus dem Bett gescheucht wurde?), Gevelsberg ist flüchtig. Muss plötzlich genesen sein und kennt vermutlich auch die Schleichwege durch das Moor.

Landgasthof »Heiderose«, Donnerstag, 3. September, 20:00 Uhr

Vorhin traf ich eine pensionierte Biologielehrerin, die hier ihre Ferien verbringt und jeden Tag fleißig botanisieren geht. Kam mit ihr ins Gespräch, verriet, dass ich Professor für Botanik bin und erwähnte auch das Fahle Knabenkraut, nachdem sie durchblicken ließ, dass sie auch Orchideenspezialistin ist. Sie war sehr verwundert, dass ich nicht wußte, dass das sogenannte Fahle Knabenkraut, auch als Sumpf-Kuckucksblume oder Motten-Ragwurz bezeichnet, eine sterile Wildhybride des Blassen Knabenkrauts sei. Kein Wunder, dass das man sie so selten findet. Ich redete mich heraus, Spezialist für Torfmoose zu sein. Ob die Wildhybriden irgendwo publiziert seien, wusste sie nicht. Da ich es andernfalls eigentlich auch selbst wissen müsste (wenn es nicht gerade irgendeine Laien-Zeitschrift für Gartenfreunde wäre), werde ich halt ein paar Kreuzungsversuchen machen und selbst eine Veröffentlichung darüber schreiben.
Aus der Künstelerkolonie bin ich heute Morgen abgehauen (obwohl ich mich eigentlich noch einen Tag für

Vernehmungen zur Verfügung halten sollte). Erstens, weil ich nicht plötzlich einem eifersüchtigen Plotnik gegenüberstehen wollte, zweitens, weil ich mit Sylvia nicht mehr zusammensein wollte. Ich wusste nicht, ob ich mich für das erste Mal entschuldigen sollte, oder ob ich noch einmal mit ihr ins Bett gehen sollte. Vielleicht beides? Ihr unechtes Pokerface verriet nur, dass sie auf irgend etwas wartete, ließ aber beide Möglichkeiten zu. – Quatsch! Mir war vor allen Dingen peinlich, dass ich mich geirrt hatte, dass ich mich niemals in sie verliebt hatte.

Um sechs Uhr morgens stand ich heute auf, packte klammheimlich meine Sachen, nahm mein Fahrrad und verschwand, ohne dass die Katzen die im Schlaf sanft röchelnde Sylvia geweckt hätten. Kein Mensch bemerkte, dass ich wegfuhr. Im nächsten Gasthof (also hier, was so nah nun auch wieder nicht ist) telefonierte ich mit dem Hauptkommissar Lindmeyer und verabredete eine letzte Vernehmung für heute Nachmittag. Ich sagte, ich hätte die Künstlerkolonie einfach satt, und er sollte mich doch bitte bald in Ruhe lassen, ich hätte Wichtiges zu tun und jetzt eine Menge Dinge nachzuholen. Im Grunde habe ich ihm nicht viel gesagt, nur wo er mich für Rückfragen erreichen kann. Auf der Fahrradfahrt heute Morgen kam mir der Gedanke, ich könnte ja doch noch auspacken und Zobl reinreißen. Ich könnte sogar erzählen, dass Sylvia und die Noll die Kolonie am Samstag verlassen habe. Mir ist im Nachhinein nicht ganz klar, wie ich darauf gekommen bin, ich war wohl sehr schlechter Laune.

Am späten Nachmittag traf ich dann die Biologielehrerin beim Kaffee, wie eingangs erwähnt, sie kam gerade aus der Heide, und ich vom Verhör. Sie sprach mich an, weil ich den Pflanzenführer auf dem Tisch liegen hatte. In gewisser Weise war meine Reise ja doch erfolgreich.

Morgen fahre ich dann endgültig nach Hause.

Bochum, Dienstag, den 8. September

Ich muss zugeben, so viele und so dringende Dinge hatte ich gar nicht zu tun, wie ich in der Künstlerkolonie dachte. Die ganze Angelegenheit dort beschäftigt mich doch noch sehr, und so habe ich gestern, als ich die Fotos, unter anderem von Sylvia, vom Entwickeln holte, beschlossen, meine Aufzeichnungen zu vervollständigen. Das heißt, den ereignisreichen Dienstag, den ersten September, (das war also genau vor einer Woche) nachzutragen, unter anderen das dritte und letzte gemeinsame Essen mit dem anschließenden obligatorischen Gelage, wovon ich wieder eine Tonbandaufzeichnung gemacht habe (und was so unerwartete Folgen haben sollte). Günstigerweise ist meine Frau diese Woche beruflich verreist, ich habe sturmfreie Bude und beschlossen, heute zu Hause zu bleiben und den ganzen Tag zur Vergangenheitsbewältigung zu benutzen:
Nachdem ich (damals am 28.8.) mittags meine Aufzeichnungen niedergeschrieben hatte, kam Plotnik in Sylvias Haus und fragte, ob keiner von uns eine Idee hätte, wie wir Zobl geeignet bearbeiten, damit er mit der Wahrheit herausrückt. Sylvia meinte, wenn sie Iris Grzeschiczek-Zobl richtig in die Zange nähme, würde sie aus ihr vielleicht herausbekommen, was sie wüsste, solange wir ihr Zobl vom Halse hielten. Einen Versuch war es immerhin wert, fanden wir.
Plotnik und ich betraten also uneingeladen Zobls Arbeitszimmer. Ich hatte unauffällig mein Diktaphon mitgenommen, mit dem ich das folgende Verhör aufzeichnete. Meister Zobl las gerade Brecht und war sichtlich überrascht, uns zu sehen. In diesem Augenblick hatte ich eine meiner plötzlichen Ideen und sagte: »Herr Zobl, die

Epidemie weitet sich aus, wir haben zwei weitere Pockenfälle!«

Komisch, dass ich an diese Möglichkeit nicht eher gedacht hatte. Zobl war sichtlich im Zwiespalt, er wusste, dass ich bluffte, konnte das aber nicht zugeben. Noch viel weniger konnte er wissen, was ich damit eigentlich bezweckte, was ich in diesem Moment ehrlich gesagt selbst nicht wusste.

»Sind sie ganz sicher?«, fragte er.

Plotnik übernahm: »Kommen Sie mit und sehen Sie sich's an. Einer der beiden ist Grambach.« Der Mann war sehr geistesgegenwärtig und einfallsreich: Zobl aufzufordern, zu sich ins Haus zu kommen, kam einer massiven Drohung gleich.

Zobl: »Bei welcher Gelegenheit soll sich ausgerechnet Grambach angesteckt haben? Und wer ist der andere?«

Plotnik: »Gevelsberg hat neulich Grambach um Bleistifte angepumpt. Und der andere Fall ist Frau Noll, die am selben Tag bei Grambach Modell gesessen hat.«

Zobl: »Wenn Professor Otterbeck meint, die beiden hätten die Pocken, wird er schon wissen, was er sagt.«

Ich: »Natürlich weiß ich, was ich sage!«

Und Plotnik: »Wir hätten Sie trotzdem gerne als Zeugen, bevor wir den Krisenstab benachrichtigen. Sie verstehen, das bedeutet dann gleich eine ganz andere Vertrauensbasis.«

Zobl: »Na gut, aber muss es jetzt sein?«

Plotnik: »Wie lange sollen wir Ihrer Meinung nach warten?« Er knackste vielsagend mit den Fingerknöcheln.

Zobl: »Gehen Sie doch schon mal vor, ich sage noch meiner Frau Bescheid.«

Plotnik: »Wozu, Sie werden keine zehn Minuten weg sein.«

Ich: »Also gehen wir?«

Zobl: »Nein, wir gehen nicht!«

Plotnik: »Ah! Und warum nicht?«
Zobl: »Weil ich Ihnen kein Wort glaube! Weil Grambach und Noll garantiert geimpft sind. Und weil vorher noch ganz andere angesteckt wären.«
Plotnik, plötzlich übertrieben freundlich: »Aber warum sollten wir ihnen etwas vorlügen?«
Zobl: »Weil Sie denken, dass ich Ihnen etwas vormache! Weil ich Ihnen ohne Weiteres zutraue, vermeintliche Geständnisse mit Gewalt zu erzwingen. – Was ich« – mit Seitenblick auf mich – »Professor Otterbeck nicht zugetraut hätte.«
Ich: »Nehmen wir mal an, Sie hätten recht mit Ihren seltsamen Anschuldigungen: Warum sollten wir Sie nicht gleich hier zusammenschlagen?«
Zobl: »Weil Sie meine Frau als unliebsamen Zeugen hätten.«
Plotnik: »Keine Angst, an Ihre Frau haben wir schon gedacht.«
Ich: »Sagen Sie uns doch einfach, was wir Ihrer Meinung nach hören wollen, und denken Sie sich, dass erzwungene Geständnisse ohnehin keinen Wert haben.«
Das weitere Hin und Her kürze ich ab. Mit der Zeit konnten wir Zobl – unter dem Versprechen, es für uns zu behalten und niemandem, jedenfalls keinen Ermittlungsbehörden, weiterzusagen – folgende Würmer einzeln aus der Nase ziehen: Falls Gevelsberg gar nicht wirklich die Pocken habe, sondern nur ähnliche Symptome zeige, falls sogar wider aller Vernunft Zobl davon wüsste und anstatt die Täuschung aufzudecken, sogar dabei mitwirke, könnte das eventuell damit zu tun haben, dass Gevelsberg eine Räumungsklage erhalten habe, und auch Zobl bereits gekündigt sei, aber auch damit, dass beide in den letzten Jahren wenig Erfolg hatten, »in finanzieller Hinsicht jedenfalls«, schließlich auch mit dem Wissen, dass einige der hiesigen Künstlerfreunde mit ähnli-

chen Problemen kämpften. Und deshalb würde es nicht ungünstig erscheinen, die Kolonie für einige Monate von der Außenwelt abzuschotten.
Zobl: »Außerdem wäre doch so eine spektakuläre Aktion geeignet, die Öffentlichkeit darauf hinzuweisen, in welcher Situation wir alle, auch sie, Plotnik, hier leben, wie wir vernachlässigt, wie wir abgeschoben und abgespeist werden. Wie Aussätzige quasi. Eine Aktion mit extremem Demonstrationscharakter! Außerdem«, schloss er etwas schwach, »würde das die Preise für unsere Werke auf dem freien Markt nach oben treiben. Weil sie sozusagen aus einer extremen Situation heraus entstanden wären. Deswegen hatte ich schon Wochen vorher für Samstag ein Interview mit der Lokalpresse vereinbart, damit die Angelegenheit überhaupt publik wird. Damit der Report auf die Absperrungen und die Quarantäne aufmerksam wird, wenn er kommt.«
Ich hatte bislang den Eindruck gehabt, die Künstler hätten sich freiwillig hierher zurückgezogen.
»Eigentlich ist das gar keine schlechte Idee«, meinte Plotnik. Ich glaubte, meinen Ohren nicht zu trauen.
»Aber sie mussten doch damit rechnen, dass der ganze Schwindel auffliegt.«
»Nun ja, niemand hat fest behauptet, dass es wirklich die Pocken seien. Gevelsberg spricht seit Ausbruch der Krankheit nicht, und ich habe nur Symptome geschildert und Anweisungen vom Krisenstab entgegengenommen. Gevelsberg wird wieder gesund werden und von nichts wissen.«
»Könnte das nicht am Ende funktionieren?« fragte mich Plotnik.
»Möglich«, sagte ich.
Plotnik: »Wir sollten es versuchen, und falls es nicht klappt, Zobl, haben wir von nichts gewusst. Als Gegenleistung werden wir sie nicht reinreissen.«

Zobl: »Was sagen Sie, Professor?«
Ich musste an Sylvia denken, daran dass ich mich in dieser Situation nicht isolieren wollte, dass ich Sylvia und Plotnik einiges verdankte, und daran, dass ich im tiefsten Inneren nichts dagegen habe, die Behörden an der Nase herumzuführen.
»Gut, einverstanden. Unter der Bedingung, dass wir die Angelegenheit nicht unnötig verzögern. Die Laborergebnisse werden ohnehin bald vorliegen, wahrscheinlich morgen schon.«
Wir besiegelten die Angelegenheit mit Handschlag, wie unter Viehhändlern.
Während wir Zobl gemeinsam in die Zange genommen hatten, hatte ich eine gewisse Verbundenheit mit Plotnik gespürt, da wir ohne Absprache, quasi instinktiv, die richtigen Worte fanden und einer auf dem anderen aufbaute. Plotniks Meinungsumschwung hatte allerdings mein Misstrauen und meine Entfremdung wieder geweckt. Außerdem hatte es mir nicht gefallen, dass wir uns ausgerechnet bei so einem – doch ziemlich unfeinen – Kreuzverhör so gut verstanden. In gewisser Weise empfinde ich es im Nachhinein fast als gerechte Strafe, dass mich am nächsten Morgen die Polizei aus dem Schlaf riss.
Unterwegs erzählte mir Plotnik noch, Zobl sei gar nicht aufgefallen, dass Gevelsberg mit Sicherheit nicht Grambach um Bleistifte anpumpen würde, da die beide sich spinnefeind seien, nachdem sie sich gegenseitig beschuldigten, eine Idee vom anderen gestohlen zu haben. Wenn ich es richtig verstanden habe, ging es um die Darstellung eines ausgeschlachteten Schweines in der Pose des Gekreuzigten.
Zu Hause erwartete uns Sylvia bereits. Infolge »moralischer Erpressung« (was immer sie damit meinte) hatte sie von ihrer ehemaligen Busenfreundin unter dem Sie-

gel der Verschwiegenheit erfahren, dass Zobl und Gevelsberg die Schein-Epidemie inszeniert hätten (Zobl soll bereits nach weiteren freiwilligen Schein-Kranken sondiert haben), da sonst binnen kurzer Zeit die Künstlerkolonie komplett geräumt und geschlossen worden wäre. Einer von Zobls Freunden habe das zufällig im Kultusministerium mitbekommen. Ein Investor habe bereits starkes Interesse gezeigt, das Gelände zu kaufen und eine groß angelegte Seniorenresidenz zu errichten. Durch die Epidemie wäre sowohl die kurzfristige Räumung verhindert worden als auch dieser oder ein anderer Kolonie-Aufkäufer langfristig abgeschreckt worden, wenn die Siedlung derart in Verruf gebracht worden wäre. Sylvia war ebenfalls zu der Überzeugung gekommen, man sollte dieses »in bester Absicht begangene« Betrugsmanöver unterstützen und nicht aufdecken. Auch weil ja niemand einen Schaden dadurch erlitten habe (außer mir!).

So ganz stimmten die beiden Versionen ja nicht überein, aber sie widersprachen sich auch nicht. Ich gab zu bedenken, dass sehr bald bekannt werden würde, dass niemand hier an den Pocken erkrankt gewesen sei. Plotnik und Sylvia meinten, wir sollten einfach den Ermittlungsbehörden gegenüber behaupte, von nichts zu wissen, man habe Zobl und Gevelsberg immer für integre Charaktere gehalten, und wir sollten ansonsten die Öffentlichkeit suchen, um ihr die Meinung über die menschenverachtende militärische Behandlung während der Quarantäne speziell und die Missstände in der Kulturförderung im allgemeinen mitzuteilen. Ich bin weder Militarist noch unreflektierter Antimilitarist (vom Pazifisten ganz zu schweigen), und zur öffentlichen Förderung von Kunst (und Wissenschaft) habe ich meine eigene Meinung, jedoch nahm mir Sylvia das Versprechen ab, mich ihnen dabei anzuschließen. Dann erinnerte sie mich dar-

an, dass ich heute Abend mit Kochen an der Reihe sei.
Ich vertrieb die beiden aus der Küche, ohne zu verraten, was ich zu »zaubern« beabsichtige oder ob ich nur Fertiggerichte aufwärmen wollte. Auf ihre Fragen hin wiederholte ich, eine »Curry-Katze« braten zu wollen. Plotnik ging, seinen Freund Grambach zu informieren und zu instruieren, Sylvia zur Noll.
Ehrlich gesagt hatte ich mir bis dahin über das Kochen keine Gedanken gemacht. Als ich jedoch beim Durchsuchen der Küche zwei große Dosen Schältomaten fand, beschloss ich, Spaghetti mit Tomatensauce zu machen. Einen riesigen Berg davon, wie beim Kindergeburtstag. In aller Bescheidenheit bin ich ein ausgezeichneter Koch, aber bis dahin nur in der eigenen, gut eingerichteten Küche, während bei Sylvia und unter Lebensmittelrationierung bei Notversorgung die Möglichkeiten doch sehr eingeschränkt waren. Spaghetti und Olivenöl waren vorhanden, Gewürze aller Arten ebenso, Zwiebeln, Knoblauch und diverse Kräuter wucherten sogar frisch im Garten. Schweres Küchengerät wurde nicht benötigt. Mein privates Rezept ist ganz hervorragend und wird nebenbei gesagt auch von Vegetariern und sogar Veganern im allgemeinen gut vertragen (bei letzteren verzichten allerdings auf geriebenen Käse, im Gegensatz zu Sylvia, die ihre Portionen darunter förmlich begrub). Bei der Nachspeise allerdings war außer Götterspeise aus der Tüte nicht viel zu machen.
Zwar waren die drei – wie üblich Sylvia, Plotnik und Grambach –, als ich auftischte, zuerst belustigt und meinten, Spaghetti mit Tomatensauce zu kochen hätte ich mir wohl zu Studentenzeiten gezwungenermaßen angeeignet. Wenig später mussten sie allerdings meine unerwartete Meisterschaft anerkennen, und Grambach rannte sogar nach Hause, um zwei Flaschen Chianti classico aus seinen Privatbeständen zu holen, da dieser mei-

ner Kochkünste einzig würdig sei. Sylvia meinte, mir sollte ehrenhalber die italienische Staatsbürgerschaft verliehen werden, worauf Plotnik mich für den Rest des Abends mit »Maestro Otterbecchini« anredete. Sylvia bekleckerte sich vor Begeisterung, aber da sie ein schwarzes T-Shirt trug (wie meistens, wenn sie nicht malte), war das nicht so schlimm.

Als schließlich alles aufgegessen war, füllte jeder der drei sein Glas auf's neue, steckte sich eine Zigarette an – beziehungsweise Grambach zur Abwechslung einen Zigarillo – und lehnte sich schwer zurück.

Ich: »Ich nehme an, es gehört hier zum Berufsbild eines Künstlers, jeden zweiten Abend in Geselligkeit mit gutem Essen und viel Alkohol zu verbringen?«

Sylvia, etwas verständnislos: »Wie kommst du denn darauf? Das ist erst so, seit du da bist, dass heißt, seit der Quarantäne. Vorher haben wir das allerhöchstens einmal im Monat gemacht.«

Plotnik: »Nicht, dass man nicht öfter mal mit dem einen oder anderen zusammen ein Glas nähme...«

Grambach: »Ein Grund mehr, die Quarantäne noch etwas aufrechtzuerhalten.«

Plotnik: »Andererseits kommt man kaum noch zum Arbeiten.«

Grambach, zu Sylvia: »Der letzte große Anlass, war das der Geburtstag deiner Komponisten-Freundin?«

Sylvia: »Nein, der ist im März.«

Plotnik: »Du meinst, Anfang Juni, als sie zu vorgerückter Stunde eine Besteckschublade in ihr Klavier ausleerte und John-Cage-Stücke spielte? Oder das jedenfalls behauptete.«

Grambach: »Sie kocht auch immer so scharf, dass man einfach viel trinken muss.«

Längere Pause, an deren Ende das Aufsetzen von Gläsern zu hören ist.

Grambach: »So ganz nebenbei gefragt, welche Rolle spielt eigentlich Zobls Frau, die spröde Iris, bei diesem Pocken-Betrug?«
Sylvia: »Gar keine wahrscheinlich, außer moralische Unterstützung zu geben. Es sei denn, das Ganze war ihre Idee, und Zobl und Gevelsberg sind nur die Ausführenden.«
Plotnik: »Das ist eine Frage, deren Beantwortung ich ziemlich uninteressant finde. Beim Schreiben fällt ja beiden, Zobl wie auch seiner Gemahlin, nichts Rechtes ein, oder nur ziemlich geschraubtes Zeug.«
Ich: »Was schreibt Zobl denn so? Mir war der Name vorher völlig unbekannt.«
Plotnik: »Ich nehme an, Sie haben von niemanden hier vorher gehört oder gelesen. – Zobl schreibt so eine Art Problem-Dramen, die sich lesen, als seien sie Auftragsarbeiten, um die gymnasiale Oberstufe zu quälen. Gelegentlich wird sogar mal eins aufgeführt. In gewisser Weise ist seine Frau tatsächlich die Einfallsreichere: ›Nimm deinen Fuß aus der Tür, ich will sie weit aufmachen!‹«
Ich: »Ah ja…«
Plotnik: »Das war noch eine der besseren Zeilen. Normalerweise betreibt sie so etwas wie lyrische Nabelschau. Eines Tages wird sie sich das Genick dabei ausrenken.«
Grambach: »Wie haben sich die beiden eigentlich kennengelernt?«
Sylvia: »Weiß ich gar nicht mehr so genau. Ich glaube, sie sind in der Mensa mit ihren Tabletts zusammengestoßen, damals in Hamburg.«
Plotnik: »Ein Paar aus zwei Künstlern ist sowieso eine Katastrophe.«
Ich: »Warum?«

Plotnik: »Weil einer der bessere ist, und deshalb nicht beide gleichviel Bewunderung und Respekt investieren können.«
Das war einer seiner Gedanken, den ich sogar mal sofort verstanden habe.
Ich: »Ist das eigentlich nicht immer so, nicht nur bei Künstlern? Und wird Respekt immer proportional zum Verdienst gezollt?«
Plotnik: »Vermutlich haben Sie recht, ich denke nur zu sehr in meinem eigenen Dimensionen.«
Sylvia: »Ich finde den Gedanken ausgesprochen kleinlich, Respekt und Bewunderung aufrechnen zu wollen. In einer Beziehung sollte es ja eigentlich noch mehr geben.«
Plotnik: »Manchmal denke ich, dass ›Beziehungen‹ mit allem, was dazu gehört, so unerfreuliche Sachen sind, dass man jemanden, den man wirklich liebt, nicht damit belasten sollte.«
Sylvia, wütend werdend: »Erst trittst du eine Diskussion über so ein Thema los, dann kommst du mit solchen Totschlagargumenten, die sowieso ziemlich an den Haaren herbeigezogen sind.«
Grambach: »Überlegt euch doch mal, was die Alternative zur versuchten oder meinetwegen echten Gleichwertigkeit wäre, gerade bei Künstlern. Mir ist schon öfters der Gedanke gekommen, die Menschheit verdankt einige ihrer größten Kunstwerke dem Umstand, dass sich ein Genie in eine ganz durchschnittliche oder sogar – ich sage mal: – unwürdige Person verliebt hat und irgendwie fertig werden musste mit den Katastrophen, die sich daraus ergeben. Goethes Werther zum Beispiel: das ganze Theater bis hin zum Suizid wegen was für einer einfältigen Schnepfe! Und im Normalfall ignoriert die Welt die Nichtigkeit der Anlässe. Während ich mir nicht sicher bin, ob man das eher traurig oder lustig finden sollte.«

Ich: „Kommt wohl auf den Einzelfall an.«
Plotnik: »Beides am besten. Muss halt jeder selbst damit fertig werden.«
Sylvia, immer noch sauer: »Jetzt kommen vermutlich wieder die Thesen über die Phasen, die man in seinem Leben durchmachen muss, und die Erfahrungen, an denen man wächst, der ganze Quark.«
Plotnik, zitierend: »›Enthornt werden und sich die Jungfernhäutchen abstoßen.‹«
Ich, nachdem ich ungefähr verstanden hatte, was das bedeuten sollte: »Um Himmels Willen, ist das auch von Frau Grzeschiczek-Zobl?«
Plotnik: »Nein, original von Helmut Grambach.«
Grambach lachte. Doch ein »verkappter Perverser«?, musste ich denken.
Sylvia, sarkastisch: »Sehr hübsch, darf ich das als Bildtitel verwenden?« Ihre Stimme verriet ein gewisses Maß an Angetrunkenheit, ebenso ihr Gang, als sie aufstand, um eine Apothekenflasche Grappa zu holen.
Grambach: »Sie hat recht, wir sollten uns ein angenehmeres Thema such. Erzählen Sie uns doch lieber ein paar Anekdoten aus Ihrer Jugend, Professor Otterbeck.«
Ich: »Lieber nicht. Erstens bin ich ja Dilettant neben einem professionellen Erzähler,« – ich zeigte auf Plotnik – »zweitens ist in meiner Jugend nicht Interessantes passiert, und drittens habe ich Angst, das Plotnik einen Roman daraus machen würde.«
Lautes Gelächter von Grambach und Sylvia.
Plotnik: »Oh, er hat hier aber schnell dazugelernt.«
Grambach: »Zu spät, er weiß schon genug über Sie.«
Plotnik: »Irgend etwas Interessantes wird es bestimmt geben. Sie haben sicher die eine oder andere Leiche im Schrank, die eine schöne Geschichte abgäbe.«
Ich, noch nicht allzu viel Böses ahnend: »Oh, haben Sie so einen schlechten Eindruck von mir?«

Plotnik: »Nein, gar nicht. Das ist nur ein unumstößliches Gesetz in dieser Gesellschaft. Eine Art Initiationsritus. Sehen Sie, bei irgendwelchen Südseestämmen müssen Sie über glühende Kohlen laufen, um in den Kreis der Krieger aufgenommen zu werden, anderswo über Glasscherben, glaube ich. Und hier bei uns müssen Sie über Leichen gehen, wenn Sie etwas sein wollen.«
Jetzt fand ich, dass er langsam zu weit ging mit seinen Späßen.
Ich: »Das gilt sicher erst recht für Sie selbst?«
Plotnik: »Ja sicher. Damals in meiner Managerzeit sowieso. Ich glaube, was mich damals wirklich gestört hat, waren gar nicht die Leichen, über die man zu gehen hatte, sondern die Art, wie man sich gegenseitig erledigt, feige und unanständig nämlich. Und nicht diejenigen, die Sie wirklich hassen, sondern die, die Ihnen im Weg stehen und weg müssen. Und sei es nur, weil sie blöd genug waren, sich als Opfer anzubieten.«
Ich: »Plotnik, ich glaube, Sie vertragen den vielen Alkohol nicht so gut!«
Plotnik: »Sehen Sie, Sie beziehen es auf sich selbst und müssen mir recht geben. Sie sind nämlich auch nur ein Vertreter dieser Gesellschaftsordnung, wo man nicht mehr mit den Wölfen heult, sondern mit den Arschlöchern furzt. Und das halten sie auch noch für einen Fortschritt.«
Betretenes Schweigen, und Plotnik hatte sich anscheinend selbst mit seinen Provokationen überfordert, er stieß vor lauter Gereiztheit sein Glas um, als er danach griff.
Sylvia, versucht die peinliche Situation zu überspielen: »Kleine Sünden bestraft der liebe Gott sofort.«
Grambach: »Und große im Voraus.«
Ich, immer noch wütend: »Da ergibt doch überhaupt keinen Sinn!«

Grambach: »Das heißt einfach, dass es für große Sünden immer eine dumme Entschuldigung gibt. – Nehmen Sie es ihm nicht allzu übel, bei Plotniks liegt dieses eigenartige Aggressionsverhalten in der Familie. Scheinbar eiskalt feuern sie irgendwelche Bosheiten ab. Sein Cousin war politischer Extremist, ich weiß nicht mehr welcher Couleur. Jedenfalls, er kam um bei dem Versuch, eine Briefbombe zu faxen.«
Plotnik: »Blödsinn, ich habe gar keine extremistischen Cousins.«
Als einziger halbwegs Nüchterner unter lauter Betrunkenen fühlte ich mich äußerst unwohl, und mir kam langsam der Verdacht, Plotnik sei eifersüchtig auf mich. Ich hatte sogar ein bisschen ein schlechtes Gewissen deswegen. Ich sagte also gute Nacht und stand auf. Vorsichtig, wegen des Diktaphons. Als ich ein paar Minuten später vom Plumpsklo zurückkehrte und Sylvia die Taschenlampe zurück in die Küche bringen wollte, waren Plotnik und Grambach schon gegangen. Sylvia beendete gerade eine Zigarette und meinte etwas wirr: »Der Abwasch kann ja bis morgen warten.«
Da ich annahm, sie wollte allein oder sogar mit mir weiter trinken, legte ich die ihr Hand auf die Schulter in der Absicht, sie ins Bett oder wenigstens aus der Küche zu dirigieren, damit sie sich ausschlafen konnte. Sie folgte mir eher widerwillig. Vielleicht hatte ich ihre Betrunkenheit auch unterschätzt. Als ich ihre Schlafzimmertür öffnete, unterstellte sie mir offenbar eine Absicht, die ich in diesem Augenblick noch gar nicht hatte. Sie schlang mir die Arme um den Nacken und küsste mich, so, dass mir der Spruch einfiel, eine Raucherin zu küssen sei wie einen Aschenbecher auszulecken. Meine Hände hatten sich allerdings schon anders entschieden. Und nicht nur die. Uns unbeholfen unter Küssen und Umarmungen gegenseitig ausziehend, erreichten wir ihr Bett. Die fol-

genden Minuten waren ein Mischung aus Ekstase und einer gewissen Schwerfälligkeit infolge alkoholischer Benebelung und Sylvias Körperfülle. Beim Malen stellte sie sich erheblich geschickter an, so dass ich mich für einen Moment fragte, ob Zobl mit der Behauptung, sie sei eigentlich lesbisch, nicht recht hatte. Merkwürdig, was man in solchen Situationen manchmal denkt. In der entscheidenden Phase wollte sie unbedingt nach oben, machte dort aber keine allzu glückliche Figur, so dass ich sie schließlich wieder auf den Rücken legte und die Sache zu einem für beide Seiten einigermaßen befriedigenden Abschluss brachte. Dann schliefen wir beide zum Glück schnell ein.

Mehr habe ich zu der ganzen Angelegenheit eigentlich nicht zu sagen. –

Delmenhöfen, den 30.11.1998

Mein lieber Harald!

Eigentlich hätte ich ja erwartet, dass Du Dich mal wieder bei mir melden würdest, nachdem wir uns ja eigentlich recht nahe gekommen waren. Trotzdem nehme ich mal an, dass es Dich interessiert, was bei uns weiter passiert ist. Das Ermittlungsverfahren gegen Zobl und Gevelsberg wurde aus Mangel an Beweisen eingestellt. Die Quarantäne wurde im Nachhinein als Katastrophenübung ausgegeben. Das weitere Schicksal der Kolonie ist allerdings ungewiss. Den meisten von uns ist gekündigt, befristete Aufschübe sind bewilligt worden, aber langfristig ist wie gesagt nichts entschieden. Von dem Altersheim-Investor habe ich allerdings auch nichts mehr gehört. Unbestätigten Gerüchten zufolge soll allerdings das Verteidigungsministerium irgendwelche An-

sprüche auf die Kolonie erhoben haben. – Dr. phil. Zobl übernimmt ab dem nächsten Sommersemester eine Stelle als Privatdozent für Medien- und Theaterwissenschaft in Karlsruhe. Gevelsberg hat im Frühjahr ein große Retrospektive in – ich weiß nicht mehr welcher – Kunsthalle in Hamburg. Mehlhorn hat auf seinen geplanten Pocken-Roman einen saftigen Vorschuss kassiert. Ich habe mit einem »Quarantäne«-Bild ebenfalls eine Menge Geld verdient. Lotte Böckelmann hat sich aus dem Geschäft zurückgezogen. Helmut Grambach ist Anfang November plötzlich gestorben, an Herzversagen, zwei Wochen nach der Hochzeit von Hans-Jürgen und mir. Hans-Jürgen geht es übrigens auch gut, er schreibt weiter an seinem großen Bekenntnisroman. Dostojewski hat er fürs erste zu den Akten gelegt und liest jetzt nur noch Kafka. Gestern beim Mittagessen meinte er, einen größeren Vaterkomplex als Kafka habe nur noch Jesus gehabt. Du erinnerst dich wahrscheinlich an seinen Hang zu solchen Sentenzen. Dabei sei Kafka selbst für einige zum Übervater geworden. Und Jesus erst. Eva Noll ist ebenfalls auf dem aufsteigenden Ast. Eine ihrer Kompositionen, ein reichlich ekstatisches, atonales, aber sehr schönes Klavierstück, ist einmal im Radio in einer Free Jazz-Sendung gelaufen, mit dem Kommentar, die Komponistin und Interpretin sei Vegetarierin (dabei ist sie Veganerin und kommt eigentlich aus der klassischen Musik). Zuerst war sie sauer und schrieb einen Hassbrief an den Intendanten, aber dann war das Stück öfters im Radio, und jetzt kriegt sie am laufenden Band Angebote für Aufnahmen und Einladungen zu Jazz-Festivals. Mir geht es übrigens auch gut, falls dich das interessiert. Ich hoffe, dir ebenfalls.
Grüß deine Frau unbekannterweise von mir und melde dich mal!!!
Deine Silvia Plotnik-Schmitz

PS: Ganz vergessen, dabei wollte ich Dir eigentlich nur deswegen schreiben: Kannst du mir bitte das Rezept von Deiner Tomatensauce schicken?